어느 철학자의
행복한 고생학

KI신서 2922

어느 철학자의
행복한 고생학

1판 1쇄 인쇄 2010년 10월 15일
1판 1쇄 발행 2010년 10월 25일

지은이 신정근 **펴낸이** 김영곤 **펴낸곳** (주)북이십일 21세기북스
출판콘텐츠사업부문장 정성진 **출판개발본부장** 김성수 **경제경영팀장** 류혜정
책임편집 박의성 **해외기획** 김준수 조민정 **본문디자인** 김가희
마케팅·영업본부장 최창규 **마케팅·영업** 김보미 김용환 이경희 우세웅 허정민 김현유

출판등록 2000년 5월 6일 제10-1965호
주소 (우413-756) 경기도 파주시 교하읍 문발리 파주출판단지 518-3
대표전화 031-955-2100 **팩스** 031-955-2151 **이메일** book21@book21.co.kr
홈페이지 www.book21.com **커뮤니티** cafe.naver.com/21cbook

ISBN 978-89-509-2675-5 03810
ⓒ 신정근, 2010

어느 철학자의 행복한 고생학

신정근 지음

21세기북스
www.book21.com

**"고맙습니다, 사랑합니다,
건강하게 오래 사십시오."**

다섯을 키우셨고 아버지와 반백년 같이 사시다 혼자되셨어도

꿋꿋하시고 아직도 줄 것을 생각하시는

칠순의 어머님 조.정.수.(1941~)께 바칩니다

고진감래, 맞는 말인가요?

KBS 〈해피 선데이〉의 '1박 2일'이라는 프로그램은 일요일 저녁마다 우리 가족들을 TV 앞에 붙들어놓는다. 내가 그 시간대에 집에 들어가도 식구들은 나를 본체만체할 정도다. 내가 무엇을 하자고 해도 식구들은 "다 보고나서 하자!"며 조용히 하라고 한다. 간혹 나도 혼자 있기 뭣해서 덩달아 보는데 아무래도 요즘은 '리얼', '야생', '로드' 같은 콘셉트의 프로그램이 대세인가 보다. 이 프로그램 외에도 연예인을 모아 시골에 가서 고생시키는 프로그램들이 대중의 인기를 얻고 있는 걸 보면 말이다. 그러다 나는 궁금해졌다. "이런 프로그램들이 도대체 뭐가 그렇게 재미있을까?"

출연자들은 문명의 도시를 떠나서 시골에서 일어나는 생각지 않은 일로 당황해한다. 한마디로 '생고생'을 하는 것이다. 출연자들은 낯선 상황에서 어설프고 어리바리한 행동을 보여주고 영악하거나 미운 짓만 골라서 하는 인간적인 약점을 노출하기도 한다. 우리 가족들은 그 모습이 밉지 않고 오히려 배를 잡고 웃을 만큼 재미있나 보다. 짜인 각본에 따라 만들어낸 웃음보다 예기치 않은 상황에서 생겨나는 웃음이 재미와 감동을 주는 모양이다.

사실 나는 조금 불편했다. 리얼 버라이어티에 나오는 상황은 우리 세대와 부모 세대가 먹고살기 위해 실제로 겪었던 아픈 기억들이지 웃고 즐기기 위해 연출할 그 무엇이 아니었기 때문이다. 이러다가 '고생'마저 사고파는 날이 오지 않을까? 박완서의 소설 《도둑맞은 가난》에서 주인공 '나'는 부자이면서 가난을 경험하려 하던 상훈에게 "이제 부자들이 가난마저 훔쳐간다"라고 말했다. 이제는 "도시인들이 고생마저 훔쳐간다"라고 말할 수 있을 듯하다.

그렇다고 재미있어하는 자식 세대를 보면서 고생마저 보고 즐긴다고 쉽게 말할 수는 없을 듯하다. 이들이 생각하는 고생은 우리 세대가 생각하는 '고생'과 전혀 다른 모습이 아닐까? 그래서 고생에 대해 생각해보았다. 도대체 부모 세대가 생각하는 고생과 우리 세대가 생각하는 고생, 그리고 자식 세대가 생각하는 고생은 도대체 어떤 차이가 있을까? 삼대(三代)가 생각하는 고생의 모습이 같다면 문제가 없겠지만 다르다면 서로를 이해하기 힘들 것이다. 이해가 되지 않는 것을 넘어 서로 소통조차 할 수 없을 것이다.

세대를 가리지 않고 인생살이에서 겪는 고생을 어디 한두 가지로 간추릴 수 있을까? 하지만 겪을 수밖에 없는 고생을 생각하면 크게 세 가지 그림이 떠오른다.

1. 고등학교나 군대에 갈 즈음에 활짝 열리는 '고생문'

2. 시집가는 또는 결혼한 딸이 고생 좀 덜하고 편하게 살길 바라는 마음

3. 취직해서 이리저리 시달리다가 고생 끝에 집을 살 수 있는 여유

세 장면에는 기본적으로 두 가지 심정이 깔려 있다. 하나는 할 수만 있다면 고생을 덜하고 싶은 마음이고 다른 하나는 지금은 고생을 하지만 얼마 뒤 그것을 보상해줄 만큼의 보답이 돌아올 것이라는 생각이다. 하나로 묶는다면 '고진감래(苦盡甘來)'라고 할 수 있다. 즉, 고생(괴로움) 끝에 낙이 온다는 뜻이고 맛으로 비유하면 쓴맛이 다하면 단맛이 온다는 말이다. 이 말은 원나라 왕실보(王實甫, 1260~1336)가 지은 《서상기(西廂記)》에서 그 출전을 찾아볼 수 있고 우리나라의 《춘향전》과 《심청전》에도 나와 있다.

고진감래에서 '고'는 지금 앞에 마주하고 있는 대상이고 '감'은 앞으로 다가왔으면 하고 바라는 대상이다. 편하게 산다는 것은 '고'와 '감'의 사이가 아주 짧거나 늘 '감'과 함께해야지 '고'와 가까이 할 겨를이 없는 것이다. 하지만 이는 축복을 타고난 사람에게나 가능한 일일 뿐이다.

'고'와 '감' 사이의 시간에 대처하는 방식은 사람마다 다르다. 터무니없이 길다고 절망하는 이도 있고 조금 길어진다고 초조하고 불안해하는 이도 있으며 언젠가 좁혀지겠지 하며 느긋하게 기다리는 이도 있다. 시간의 길이야 짧고 긴 차이가 있겠지만 '고'와 '감'이 합쳐지는 세상이 선진국이고 살맛나는 희망이 있는 곳이다.

그런데 오늘날 우리 주위에 넘쳐나는 말을 보자. 경제가 성장해도 고용이 늘어나지 않는 고용 없는 성장이 지속되고 있다. 취업을 위해 각종 자격증을 따고 어학연수를 다녀왔지만 아예 기회조차 주어지지 않는 경우가 허다하다. 이를 두고 '청년 실업'이니 '88만 원 세대'니 '이태백(이십대 태반이 백수)'이니 '프리터(freeter: 뚜렷한 직장 없이 아르바이트로 생계를 이어가는 사람)'라며 자조적으로 말한다. 그럼 성인은 어떤가? 보통 55~65세가 정년이라고 하지만 현실에서는 '사오정'이라는 말처럼 40대에 정년과 실직의 위기에 내몰리고 있다. 이렇게 보면 기회도 얻기 힘들 뿐만 아니라 기회를 갖더라도 언제 놓칠지 몰라 조바심을 낼 수밖에 없는 것이 우리의 현실이다.

사정이 이러한데 여전히 고진감래가 맞는 말이라고 할 수 있을까? 고진감래를 진리로 믿으며 참고 살아가라고 할 수 있을까?

'감'이 올 가능성이 줄어들고 '감'이 찾아온다고 해도 오래가지 못하고 금방 끝나버린다면 결국 세상살이는 '고'의 연속인 셈이다. 한국의 남성이 군복무 의무를 하면서 견딜 수 있는 것은 끝이 있다는 사실 때문이다. 만약 끝이 없다면 군대에 입대하지 않으려고 할 것이다. 지금 하는 일이 힘들더라도 언젠가 그 덕으로 좋은 일이 생길 것이라는 믿음이 있기에 현실의 고통을 견뎌낼 수 있다. 미래를 담보로 현재의 시련을 이겨내고 있는 것이다.

만약 고진감래가 일어나지 않는데도 그렇게 된다고 믿어야 한다면, 우리는 그렇게 되기 위해 종교적 확신을 갖거나 반칙을 하는 범죄의 길을 걸을 수도 있다. 고생을 하지 않으려는 사람, 대박으로 역전을 꿈꾸는 사람, 가진 것을 시기하고 질투하며 노력하지 않으려는 사람에게 뭐라고 할 수 있겠는가?

현실에서는 고생을 어렵고 힘들다고 아우성치는데 TV에서는 놀이로 여기며 즐거워하는 모습을 보여준다. 고생을 묘사하는 전혀 다른 두 종류의 그림이다.

이제 필자는 이 책을 통해 삼대, 즉 나를 기준으로 부모 세대, 우리 세대, 자식 세대에서 고생을 어떻게 마주하고 피하려고 했는지 그 흔적을 더듬어보고자 한다. 고진감래, 결국 희망이 있다는 말이다. 지금 희망의 빛이 가물거릴 정도로 약하다면 그것을 크게 만들어야 하지 않을까?

목차

1부

행복한 고생학

고생을 알면
소통의 길이 보인다

1장

삶은 물러설 곳 없는 전쟁이다

파부침주,
보릿고개 세대의
고생학

제1대 부모 세대는 1900~1950년대에 가족의 생계를 책임지기 위해 물불 가리지 않고 험한 시대를 살았던 세대를 가리킨다. 많은 분이 이미 돌아가셨고 살아계신다면 적어도 60~70대를 넘긴 분들이 여기에 해당된다.

이 시대는 나라가 있어도 제 나라가 아니고 제 나라가 있어도 나라 구실을 못하던 때였다. 그때는 나와 내 가족이 살아가는 데 그 누구의 도움도 받을 수 없었다. 그렇기 때문에 나를 중심으로 똘똘 뭉쳐 한 푼이라도 아껴야 했다. 그 결과 믿을 것은 오직 가족뿐이라는 생각이 뿌리박히게 되었다.

생존(生存, 살아남음)은 이 시대를 살아가는 사람들에게 지상명령과도 같았다. 생존의 위기는 먹고 싶어도 먹지 못하는 물질적인 부족에서도 왔고 이 나라를 이념의 대결장으로 만드는 정치적인 갈등에서도 찾아왔다. 박완서의 소설 《엄마의 말뚝 2》는 이러한 부족과 갈등의 세상에서 겉으로는 멀쩡해 보이지만 언제 미쳐버릴지 모르는 당대의 불안감을 잘 담아내고 있다. 그런 불안을 떨쳐내고 자신을 지켜내기 위해 무신론자는 가족을 마지막 보루로 생각했고, 유신론자는 효험이 있는 무당이나 서양의 힘센 신에게 매달렸다.

그 세대는 그렇게라도 살아남아야 한다는 과제를 풀고 '무(無)'에서 '유(有)'를 만들어냈다. 그리고 굳은살 박인 거친 손으로 자신이 일군 것을 우리 세대(2세대)에게 넘겨주었다.

가을 농사지어서 겨울을 넘기고 나면 보리가 익을 때까지 참으로 숨 가쁜 나날이 이어졌다. 쌀독의 곡식은 바닥을 보이는데 보리는 생각만큼 빨리 익지 않았다. 그 시간 차이는 살림을 맡은 어머니의 가슴을 숯검정으로 만들고도 남았다. 쌀독을 보며 깊은 숨을 얼마나 내쉬었을까? 그 고개를 넘는다고 신천지가 열리지는 않겠지만 그것만 넘으면 1년은 어떻게든 살아갈 수 있으니까 부모 세대는 보릿고개를 넘고 나면 안도의 한숨을 내쉬곤 했다. 나는 부모 세대(1세대)를 '보릿고개 세대'로 부르고 싶다.

부모 세대를 생각하면 떠오르는 것이 있다. 그것은 다름 아닌 들판에 덩그러니 서 있는 허수아비다. 허수아비는 한 톨의 곡식이라도 새에게 빼앗기지 않겠다는 사람의 굳은 의지를 나타내지만 때론 쫓아 보내야 할 참새가 자기 어깨에서 쉬는 모욕을 당하기도 한다.

가을 내내 들판에 다리를 박고 서 있는 허수아비는 비바람에 시달리면 몰골이 형편없게 변한다. 그렇게 한 철을 보내지만 허수아비에게는 "수고했다"는 따뜻한 말 한마디도 "다음에 잘 해줄게"라는 빈말도 돌아오지 않는다. 그래도 그 자리에 있어야 하므로 서 있을 뿐이다. 죽도록 고생만 하고 복을 누릴 만하니까 하나둘씩 세상을 떠나는 부모 세대와 어찌 그리 닮았는지 모르겠다.

부모 세대에 대한 글을 쓰면서 즐겨 들었던 노래가 있다. 드라마 〈명성황후〉의 주제곡으로 조수미가 불렀던 〈나 가거든〉이라는 곡이다.

쓸쓸한 달빛 아래 내 그림자 하나 생기거든 그땐 말해볼까요. 이 마음 들어나 주라고. 문득 새벽을 알리는 그 바람 하나가 지나거든 그저 한숨 쉬듯 물어 볼까요. 나는 왜 살고 있는지. 나 슬퍼도 살아야 하네. 나 슬퍼서 살아야 하네. 이 삶이 다하고 나야 알 텐데. 내가 이 세상을 다녀간 그 이유. 나 가고 기억하는 이, 나 슬픔까지도 사랑했다 말해주길…….

왜 이렇게 사는 게 빠듯하고 힘들기만 한지 언제쯤 꽉 졸라맨 허리끈 좀 풀고 속 편하게 다리를 뻗으며 숨통이 트일는지……. 그림자라도 부모님의 말을 들어주고 바람이라도 부모님의 물음에 화답을 해주었을 것이다. 웹툰으로 연재했던 강풀의 《그대를 사랑합니다》를 보면 부모 세대가 무엇을 생각하며 살아갔는지 그 정서를 보다 잘 이해할 수 있을 것이다.

부모 세대의 삶을 생각하면 《사기》의 '항우본기'에 나오는 파부침주(破釜沈舟)의 고사가 생각난다.

풀이해보면 밥 지을 솥을 깨뜨리고 타고 갈 배를 가라앉힌다는 뜻이다. 간단하게 보이지만 이야기의 맥락을 훑어보면 사정이 달라진다.

BC 208년, 불사를 꿈꾸던 진시황이 죽고 이세가 즉위한 지 2년이 되는 해이다. 남부 지역에서 영웅들이 속속 진나라를 반대하는 깃발을 내걸었다. 진나라에도 장한(章邯)이라는 유능한 장수가 있었다. 그는 반진의 깃발을 내걸고 북상하던 항량(項梁), 즉 항우(項羽)의 삼촌을 정도에서 패배시켰다. 일단 급한 불을 끄자 장한은 눈길을 동북쪽으로 돌렸다. 그곳에는 조왕 헐(歇)이 거록(巨鹿)을 근거지로 삼아서 진나라로 진격할 틈을 노리고 있었다.

하지만 장한이 20만 병사를 거느리고 거록으로 향하자 조왕은 앉아서 기다릴 수 없는 상황에 이르렀고 결국 초 회왕(懷王)에게 구원을 요청했다. 회왕은 송옥(宋玉)을 상장군으로, 항우와 범증(范增)을 부장으로 삼아 5만 군사로 조나라를 구하게 했다. 신중한 성격의 송옥은 군사를 이끌고 안양에 도착해 우선 전황을 관망했다. 진과 조가 싸우기를 기다리며 어부지리를 얻기 위함이었다. 그러기를 46일이 지났다.

그런데 송옥의 전략을 못마땅해 하던 불같은 성격의 항우가 송옥을 죽이고 반역을 일으켰다. 그리고 적극적인 공세로 전략을 바꾸었다. 그는 먼저 영포(英布)로 하여금 2만 군사를 거느리고 장하(漳河)를 건너서 진나라의 보급로를 끊고 본진과 후방의 연계를 차단했다. 승리와 동시에 항우는 나머지 병사들과 함께 장하를 건너서 장한의 본진으로 나아갔다.

　장하를 건너자 항우는 급하게 군령을 내렸다. 타고 온 배를 강에 가라앉히고 솥단지를 깨부수고 머물 막사에 불을 지르고 병사들로 하여금 각자 3일치 식량만을 준비하도록 했다〔沈船, 破釜甑, 燒廬舍, 持三日糧(심선, 파부증, 소려사, 지삼일량)〕. 이 고사는 '파부침주'지만 기록을 보면 순서도 다르고 글자도 다르다. 기록대로 하면 '침선파부'가 되어야 한다. 실제대로 기록해야 사리에 맞고 긴장감의 고도에도 들어맞는다. 만약 파부침부라고 하면 배안에서 솥을 부수라고 해놓고 병사들이 우왕좌왕하며 배를 내리니 다시 배를 강에 가라앉히라고 하는 것이다. 차라리 솥을 부술 필요 없이 배를 통째로 가라앉히라고 하는 것이 낫다. 반면 침선파부라고 하면 "이제 좀 쉬었다가 싸우러 가겠구나!"하는 병사들에게 느닷없이 배를 가라앉히라고 하여 당연히 다음 수순을 기대하면서 긴장이 극적으로 고조되는 것이다. 이어 불을 질러 전의를 확 타오르게 하고 고통의 시간을 3일로 제한하여 숨통을 터주고 있다.

　이렇게 보면 항우는 성질이 불같이 급하다고 하기보다는 전황을 객관적으로 파악하여 유리한 정세를 조성하며 사람의 심리를 읽어 불안을 잘 이용하는 주도면밀한 사람이라고 할 수 있다. 이후 항우는 아홉 번이나 진나라와 싸워서 승리를 거두어 포위망을 성공적으로 풀었다. 장한은 전투에 패한 이후 싸울 이유를 찾지 못하고 초나라에 투항했다. 사실 장한의 투항 이후로 반진 세력에 맞설 장수가 없었기 때문이다.

전쟁터의 이야기를 무조건 일상생활에 연결시킬 수는 없다. 하지만 부모 세대를 보면 항우처럼 늘 '침선파부' 하며 살았다는 생각이 든다. 오늘날 여유를 누리는 자식 세대의 입장에서 보면 뭘 그렇게 아등바등 사느냐면서 있으면 있는 대로 없으면 없는 대로 살지라고 생각할 수 있다. 이런 생각을 하다 보면 재미있는 이야기가 떠오른다. 부모 세대가 당신이 어렸을 때는 먹을 게 없어서 고생을 했다고 말하자 이야기를 듣던 자식 세대가 "그러면 라면을 먹지요?"라고 대꾸를 하더란다. 말 자체는 틀린 게 아니지만 밥이 없을 뿐만 아니라 라면도 없었다는 사실을 상상하지 못하는 것이 아쉽다.

부모 세대에게 여유라는 것이 있었더라면 해야 할 일을 뒤로 미루어 "다음에 하지"라고 할 수 있었을 것이다. 어찌 보면 다음에 새로운 기분으로 일을 하는 것이 더 좋을 수도 있다. 하지만 늘 빠듯하고 모자라는 살림을 살다 보면 다음이란 게 없고 늘 "이번에 어떻게든지 해야 한다"는 절박함을 느끼게 된다. 부모 세대는 항우처럼 뒤로 물러설 퇴로를 차단하고 각오를 다졌기에 고단한 삶의 길에서 살아남아 자수성가할 수 있었다.

당시에도 늘 "다음에 하면 되지. 꼭 지금 해야 돼?"라는 사람이 있었다. 이들은 삶의 긴장을 놓고 늘 세월을 탓하고 신세를 한탄하고 자신의 지친 삶을 술로 위로했을 것이다. 즉, 기분이 좋아서 즐거움을 나누거나 슬퍼서 슬픔을 달래려고 술을 마시는 것이 아니라 자신의 신세를 비관하고 넋두리를 늘어놓기 위해서 술을 찾았던 것이다. 바깥에서 고단한 일을 겪고 집에 와서는 고래고래 고함을 지르기도 했다. 내 주위에는 어릴 때 '술주정하는 아버지'에 대한 기억 때문에 술을 한 모금도 마시지 않는 이도 있다.

그러나 부모 세대는 삶의 조건을 탓하지 않고 오히려 늘 자신의 물러설 곳을 막고 입술을 깨물며 살았다. 그들은 풀 한 포기 나지 않는 사막에 데려다 놓아도 살아남을 만큼 야생성이 뛰어나다. 여유가 없고 고지식했지만 삶에 대한 긍정적인 태도와 쉽게 포기하지 않는 근성은 지금도 되돌아보아야 할 자산임이 확실하다.

그럼 이제 부모 세대의 '고생'을 모아보자.

하라고 하니까 해야지

박사 학위논문을 쓸 즈음 나는 웬만한 집안의 대소사가 있어도 고향에 가지 않았다. 당시에는 논문 쓰는 일이 급하고 중요하다고 생각했다. 또 형과 동생이 고향에 있던 터라 둘째인 내가 못가더라도 '대신하겠지!'라고 생각하며 미안한 마음을 애써 달래기도 했다. 그리고 제사 때가 되면 "가야 하는데 논문 때문에 못갑니다. 다음에는 갈게요"라고 전화를 거는 게 고작이었다. 결혼하고 나서는 반자(伴者) 혼자 시댁으로 가서 남편 대표 선수 노릇을 하고, 나는 서울에 남아 논문을 쓰기도 했다.

개인적으로 '아내'라는 말 대신 '반자'라는 말을 즐겨쓰게 된다. '아내'라는 말은 '안해'에서 변화한 말로, 어원을 따져보면 바깥 활동을 하는 남편에 대비해서 집안에 있는 사람을 나타낸다. 이러한 어원에도 불구하고 아내는 발음상 부정적인 어감을 전달해 '반려자(伴侶者)'를 줄여 '반자'로 대신하는 것이다. 인생을 함께 살아간다는 의미도 가지고 있고, '반'은 짝이라는 뜻과 절반이란 뜻이 있어서 부부의 관계를 잘 나타낸다고 생각하기 때문이다.

부모님은 나의 전화를 받고 어떻게 생각했을까? 해야 할 노릇을 하지 않고 제 일이 급하다고 빠지겠다는 자식에게 서운하지 않았을까 싶다.

요즘 '출산 파업'이라는 말이 생겨날 정도로 저출산이 심각한 사회 문제로 대두되었다. 결혼해도 자식을 낳을지 말지 고민하고 낳더라도 언제 낳을지 철저하게 계획을 세운다. 하지만 내가 자랄 때만 해도 자식이 많아서 걱정이었다. 집마다 자식이 적으면 서넛이고 많으면 예닐곱 명이었다. 잘살지도 못하던 시절인데 자식은 왜 그렇게도 많이 낳았을까? 그때는 TV도 없었고 전기도 보급되지 않아서 해가 진 후 달리 여가 문화라고 할 만한 게 없었다. 자식 농사도 진짜 농사처럼 풍년인 게 좋다는 생각을 한 듯하다. 또한 피임에 대한 개념이 없었던 것도 자식을 많이 낳는 데 큰 역할을 했을 것이다.

이밖에도 결혼을 하면 애가 생기고 애가 생기면 당연히 낳아야 한다는 시대의 상식이 큰 이유가 되었으리라. 지금이야 결혼도 선택이고 결혼 이후의 출산도 선택이다.

요즘 사람은 결혼을 해도 아이를 꼭 낳아야 한다는 생각이 약하다. 부모 세대가 애를 키우기 어렵다는 것을 몰라서 자식을 많이 둔 것은 아니었다. 그들은 자식을 점지해주는 것으로 믿었지 출산을 주도면밀하게 계획하지 못했고 점지받은 아이를 낳지 않는 시술을 생각해내지도 못했다. 애가 생기면 자연스럽고 당연하게 낳았다. 많이 낳아야 하니까 낳았던 것이다.

출산만 그랬을까. 결혼도 마찬가지다. 예나 지금이나 결혼은 인륜지대사다. 부모 세대의 결혼은 부모님의 부모님에게 큰일이었지 정작 당사자인 부모님에게는 어느 날 갑자기 찾아오는 충격적인 통보에 불과했다. 처음 보는 사람과 어떻게 평생을 보내야 하는지, 또 그간 살을 맞대고 살아온 친정 식구들과 생이별을 하고 층층시하의 시댁 살림에 어떻게 적응해야 하는지는 문제도 아니었다. 다르게 살 수 있는 가능성의 세계가 없으므로 그저 시키는 대로 살아야 할 뿐이었다. 그렇게 살아야 하니까 살았던 것이다.

요즘 명절이 되면 여성, 실제로 며느리의 명절 증후군 기사가 많이 나온다. 가사 노동의 강도가 높은 걸로 치자면 우리 세대의 며느리보다는 오히려 부모 세대의 며느리가 우선이 아닐까 싶다. 부모님의 경우 집안에 대소사가 있으면 한 번에 모이는 사람만도 백 단위를 넘었다. 밥 한 끼만 마련해도 엄청난데 그것을 몇 날 며칠을 했으니 허리가 고무로 만들어지지 않은 이상 허리가 끊어질 듯 아픈 것은 당연했다. 또한 변변찮은 수도 시설 탓에 손의 감각을 잃어버리기 일쑤였다. 달리 할 수 있는 방법이 없었으므로 '나'는 그 일을 하는 수밖에 없었다. 지금은 힘이 들면 "힘이 든다"라고 말이라도 할 수 있지만 당시에는 눈을 위로 치켜뜰 수조차 없었다. 그렇게 하면 "감히 어딜!"이라는 소리가 날아왔다.

부모님께는 모든 일이 하라고 하면 할 수밖에 없는 명령이어서 그렇게 하면 사람이 되고 그렇게 하지 않으면 돼먹지 못한 사람이 되는 것으로 여겨졌다. 명령과 도리 그리고 숙명은 너무나 높고 힘이 셌지만 부모님은 낮고 약해서 그 벽을 타고 넘기 어려웠던 것이다.

자식이 자라서 자기 앞가림을 하면 부모님은 "보시니 참 좋았더라!"라는 심정을 느끼지만 그렇지 못하면 부모님은 "무슨 운명의 장난이 이리도 심한지. 이도 다 내 죄지" 하시며 가슴을 쓸어내린다. 우리 자식들이 할머니와 할아버지께 "왜 그렇게 바보같이 살았어?"라고 말할까 걱정이 된다. 나는 부모님이 바보여서가 아니라 "자신을 위하기보단 너희를 위해서 한 알의 밀알 역할을 하신 거야!"라고 말하리라.

하나도 버릴 것이 없다

나는 지금 서울에 살고 있다. 설과 추석 그리고 생신과 제사가 있을 때 고향을 찾아간다. 그리고 고향에 갈 때마다 그 사이에 늘어난 물건 때문에 한바탕 청소를 한다. 고향 집엔 공간이 있는 곳이면 냉장고며 책상이며 어디에나 여러 물건이 넘쳐난다. 도대체 정리가 되어 있지 않아 어수선하고 복잡하기 그지없다. 이럴 때면 어머니의 양해를 받고 재량을 발휘해서 물건을 치우거나 없앤다. 어머니께도 제발 쓰지도 못할 걸 아까워하지 말고 버리라고, 다신 가져오지도 말라고 다짐을 받는다. 하지만 다음에 고향을 찾으면 전번의 다짐은 어디에 갔는지 물건이 그대로 늘어나 있다.

이런 일이 몇 차례 반복되면 우리 자식들은 어머니와 가벼운 말씨름을 벌인다.

"깨끗하게 치우지 않고 왜 저렇게 지저분하게 모아두세요?"

"물건을 왜 함부로 버리니? 당장 쓸데없어 보여도 나중에 다 쓸 데가 있기 마련이다."

"언제까지 치우지 않고 보물인양 끼고 살 거예요?"

"물건은 다 저마다 쓰임새가 있는 것이어서 버릴 게 하나도 없다."

"아휴, 저 고집을 어떻게 말려."

"그렇게 속 끓을 거 없다. 다 그렇게 안 버리고 알뜰살뜰 모아서 너희들 다 키웠다."

위의 대화는 한 해에도 몇 차례씩 되풀이된다. 우리야 일 년에 겨우 며칠 와서 보고 '지저분하다'고 하는 것이지만 부모님이야 물건이 빠짐없이 있을 곳에 '정리되어 있다'고 할 것이다. 가끔 찾아오는 손님이 늘 사는 주인에게 뭐라고 할 수 있을까. 하긴 나도 책이라면 사족을 못 쓴다. 당장 필요하지 않아도 일단 사고, 한 번 사면 끼고 산다. 대학 다닐 때 사놓고 보지 않은 책도 서가를 매우고 있다. 그러니 부모님께 큰소리칠 형편이 아니다.

우리는 물건이 넘치는 시대에 산다. 자식 세대는 물도 펑펑 쓰고 전기도 흥청망청 낭비한다. 부모님은 도무지 이해가 안 될 일이다. 어떻게 내키는 대로 쓸 수 있는가? 부모님은 약이며 식량이며 뭐든지 절대적으로 부족한 시대를 살았다. 또 있다고 해도 알뜰히 모아두지 않으면 금방 없어지는 살림을 꾸려오셨다. 그래서 늘 모자라서 쪼들리고 남은 것을 아끼고 아껴서 변통하며 살아왔다. 부모님이 하는 말씀에는 '원 없이', '실컷', '맘껏', '질리도록', '물리도록' 이란 부사를 넣은 "하고 싶다"라는 문장이 많다.

늘 식구들 밥걱정을 해야 했으므로 쌀독에 쌀을 가득 담아두고 허리끈을 풀어놓고 원 없이 쌀밥을 먹고 싶으실 것이다. 밥이 먼저 니 제철 과일은 꿈도 꾸지 못했고 과일을 샀다고 해도 자식을 먼저 먹였으므로 겨울철에 나는 딸기를 질리도록 먹고 싶으실 것이다. 자식들 뒷바라지를 하다 보면 급한 돈이 필요한데 그때마다 다른 집에서 꾸어다 썼으므로 앞뒤 걱정 없이 하루 종일 맘껏 돈을 쓰고 싶으실 것이다. 이런 생각에 평소 좋아하시는 것을 사서 가도 꼭 한두 개 맛있게 드시고는 배부르다며 일찍 손을 놓으신다. 배불리 먹는 버릇이 들지 않아서 많이 못 드시는 건지도 모르겠다.

없고 모자라던 시대의 지혜는 무조건 아끼고 집에 들어온 것은 절대 내다 버리지 않는 것이었다. 자식이 많다 보면 무엇이 언제 쓰일지 모르는 일이다. 집은 적절한 부피의 안락하고 쾌적한 공간 이라기보다는 언제 쓰일지 모르는 것을 하나라도 더 많이 모아놓 는 창고에 가까웠다. 외부인이 보기에는 마구간처럼 어수선해 보 일지라도 그것은 잡동사니로 뒤죽박죽된 혼란의 장이 아니라 불 안한 미래를 대비하는 든든한 화수분이었다. 눈에 조금 거슬린다 고 어찌 감히 그것을 깨끗하게 정리할 수 있겠는가? 우리는 자식 들이 마구간을 쓰레기 더미라고 할까봐 얼른 입을 막고 이렇게 말 한다. "여긴 할머니의 보물 창고란다. 여기에 엄마, 아빠가 어릴 때 숨겨놓은 보물도 있어. 한번 찾아보지 않을래?"

고생 끝에 낙이 온다

부모 세대는 뭐든지 모자라고 있어야 할 것이 없는 절대 빈곤의 시대를 살았다. 이 땅에 태어나 산다는 것은 곧 고생문으로 들어선다는 것과 같은 뜻이었다. 특히 부모님은 나라가 망하고 전쟁이 터진 시간 속에서 현대의 거센 파도를 겪었다. 어쩌면 그 험난한 삶을 고생문으로 부르기에는 충분치 않을지도 모른다. 죽음과 삶의 문턱을 수시로 드나든 부모님께는 세상살이가 끔찍하고 지긋지긋해서 단순히 고통스럽다고 말하는 것은 너무 밋밋할지도 모른다. 불러도 누구 하나 대답하지 않고 두드려도 쉽사리 열리지 않는 문 앞에 서서 부모님은 어떻게 자신을 지탱하며 버틸 수 있었을까?

명절이면 나는 가족과 함께 고향을 찾는다. 승용차로 가면 평소 4~5시간이 걸리지만 막히면 10시간을 넘기기도 한다. 반갑게 맞이하는 부모님을 뵈면 고생은 했지만 오길 잘했다는 생각이 든다. 끝이 있는 고생은 그나마 참고 견딜 만하다. 언제 도착하느냐고 시도 때도 없이 물어보는 아이들에게도 조금만 있으면 된다고 이야기할 수 있다.

부모님은 고생의 문이 언제 열릴지 알 수 없는 시대를 살아왔다. 몇 시간에도 힘들다고 아우성을 치는 아이들에게 고생의 시간이 정해져 있지 않은 삶을 살라고 하면 절망할지도 모른다. 고향은 갈 수도 있고 가지 않을 수도 있는 곳이다. 가더라도 막히지 않는 비행기를 탈 수도 있다. 모든 일을 단계별로 나누고 더 좋은 길을 골라 살아가는 이들에게 닫힌 세상은 힘들다고 말하기 이전에 숨쉬기조차 어려운 곳이라고 해야 할 것이다. 그러나 부모님은 다르다. 그분들은 달리 생각할 수 없는 닫힌 세상에 살았으므로 노력해도 나아지지 않는 세상살이에 힘들고 갑갑하더라도 결코 흔들리지 않았다. 당신들이 처해 있는 상황을 숙명처럼 받아들였다.

부모님은 세상을 숙명으로 받아들인다고 해서 무기력하게 앉아 있거나 현실을 저주하며 울부짖지만은 않았다. 다른 세상을 몰라서 무지하다고 할 수는 있을지언정 무책임하게 살지는 않았다. 운명을 받아들이고 그 안에서 자신이 할 수 있는 최고의 목표를 세웠다. 자신을 구해주는 것은 절대자도 국가도 아니고 가족(부모님의 자식인 나)뿐이라고 생각했다. 부모님은 농사꾼의 자식으로 태어난 것을 한탄하기는커녕 자신을 일으켜 세울 수 있는 기회로 보았다.

이를 위해서 부모님은 시간의 흐름을 길게 보았다. 삶이 쉽게 변하지 않는데 자꾸 짧은 단위의 시간을 생각해봤자 자신만 고통스러울 뿐이다. 당장 어떻게 되기를 바라지 않고 긴 안목으로 소처럼 한걸음씩 나아갔다. 그 과정에 슬픈 일도 기쁜 일도 있었지만 그때마다 슬픔은 길게 내뱉어 한숨으로 날려 보내고 기쁨은 스치듯 지나가는 엷은 웃음으로 대신했다. 결코 슬픔에 겨워 쓰러지지 않았고 기쁨에 취해 제자리를 잃지 않았다. 일희일비하지 않다 보니 그들은 자연스레 무표정해 보였다. 그러나 짧으면 자기가 살아 있을 때, 길면 자식 세대에 결국 웃게 될 날이 오리라 믿었다.

당장 바뀌지 않으니 부모님은 '나중에', '훗날', '끝까지' 라는 말을 즐겨 썼다. 억울한 일을 당하더라도 선뜻 나서서 도와줄 사람이 없어 술의 힘을 빌려 "이놈, 너 죽고 나 죽자!"라며 드잡이를 하기도 했다. 이런 성질마저 눌러야 할 처지라면 "이 놈의 자식, 네가 언제까지 그렇게 잘 나가는지 보자"라며 나중에 처지가 뒤바뀔 거라 큰소리를 치는 수밖에 없었다. 때로는 고생길이 너무나도 깊게 패여서 자신을 구해준다는 종교에서 위로를 받기도 했다.

끝까지 가면 달라질 것이라는 말은 단순히 상대를 겁주려고 하는 빈말도, 자신을 크게 보이려는 과장도 아니었다. 한걸음씩 나아가면서 조금씩 좋아지는 상황을 통해 느끼는 자기 신뢰에 바탕을 둔 믿음의 말이었다. 지금 당장 남 보기에는 뚜렷한 뭔가가 없지만 미래의 역전 희망을 현재 당신의 가슴에만 묻어두고 살짝 내보인 웃음이었던 것이다. 즉, 방어를 가장한 공격이었던 셈이다.

부모님은 현재를 미래에 저당 잡혀 제때 놀지도 쉬지도 못하고 맘껏 먹지도 못하며 시간이 흘러가기를 기다렸다. 그 은근한 기다림은 현재의 고통을 고통으로만 보지 않고 미래의 행복을 낳는 거름으로 삼았다. 부모 세대의 웃음에는 한바탕 편하게 웃어젖히지 못하는 불안이 있다. 그때마다 나는 부모님이 "내가 지금 웃어도 되는 걸까?", "지금 웃다가 나중에 잘못되지 않을까?"라고 생각하는 것은 아닐까 걱정이 된다. "이제 손자들처럼 맘껏 웃어보세요"라고 권하고 싶다.

소중함

고향을 찾으면 빨랫줄에 널어놓은 물건을 보고 놀라곤 한다. 너무 의외의 것들이 널려 있어 감동적이기 때문이다. 옷가지며 신발 같은 상식적인 빨랫감이 빨랫줄에 널려 있으면 놀라지 않았을 것이다. 바로 일회용 비닐봉지다. 하얀색도 있고 검은색도 있고 노란색도 있다.

"아니, 어머니. 도대체 왜 비닐봉지까지 씻어서 말리세요?"

"다시 쓰려고."

"그까짓 게 얼마 한다고 그렇게 하세요?"

"멀쩡해서 다시 쓸 수 있는데 왜 새것을 쓰냐?"

"비닐봉지 장사도 먹고살게 버릴 것 좀 과감하게 버리세요."

"요즘 사람들은 뭐든 많아서 그런지 물건 귀한 줄 모른단 말이야. 참 걱정이야."

일회용 비닐봉지가 분해되려면 100년 이상이 걸리므로 그것을 버리면 환경이 오염될 것이다. 우리나라도 비닐봉지의 사용을 억제하고 있다. 아마 어머니도 TV를 통해 환경오염에 대한 이야기는 들었을 테지만 철저한 환경주의자로서 비닐봉지를 재활용하는 것 같지는 않다. 오랜 생활의 습관에서 나오는 행동이 아닐까 싶다. 하긴 이제 우리 집에서도 어머니께서 김치를 담아 보낸 커다란 비닐봉지를 씻어서 말린다. 은연중에 어머니를 닮아가는 셈이다. 그 시어머니에 그 며느리다. 이제 우리 자식 세대가 그 어머니를 닮아갈지 궁금해진다.

부모 세대는 비닐봉지만이 아니라 뭐든지 소중하게 여긴다. 한 번이라도 인연이 닿으면 그것이 사람이든 물건이든 가리지 않고 자신의 곁이나 관심의 대상에서 떼어놓을 줄 모른다. 아니 인연이 닿은 것을 중심으로 부모님의 세계가 만들어진다. 그리하여 세상이 둘로 뚜렷하게 나뉜다. 보고 만나고 아는 대상은 하나같이 금쪽같은 존재여서 나와 떨어진다는 것은 상상할 수조차 없다. 나에게

서 멀어진다면 그것은 철석같이 믿었던 것을 저버리는 나쁜 짓이나 마찬가지다. 사람으로서 할 일이 아니다. 부모님들이 결혼할 때는 백년해로(百年偕老)를 강조했다. 즉, 사람이 부부의 인연을 맺으면 죽을 때까지 이어가라는 뜻이다(나의 부모님도 실제로 그렇게 사셨다). 이처럼 한 번 맺은 인연은 절대로 끊을 수 없고 끊는다면 그 사람에게 뭔가 문제가 있는 것으로 여겨졌다. 그러나 우리 세대와 자식 세대는 다르다. 그들은 결혼을 했더라도 성격 차이나 기타 등등의 이유로 이혼을 한다. 부모 세대는 그런 모습을 지켜보며 "감히 어떻게 이혼을 해!"라며 흥분부터 할 것이다.

부모 세대는 본 적도 만난 적도 없는 대상은 자신에게 아무런 의미가 없으므로 철저하게 조금의 관심도 기울이지 않는다. 미지의 대상을 알려는 욕구도 일지 않을 뿐만 아니라 모험을 무릅쓸 생각은 애초부터 없어 보인다. 물론 썩 내켜하지는 않으셨지만 회갑이나 칠순에 해외여행을 하며 새로운 세계에 발을 들여놓기도 한다. 또 전에 보지 못하던 선물을 받아들고 좋아하며 이걸 어디서 구했느냐고 물어보기도 한다. 하지만 그 반응은 그렇게 신통하지도 않고 강렬하지도 않다. 여행을 다녀와서는 기껏 하신다는 소리가 이렇다. "거기도 다 사람이 사는 곳이고 뭐 특별한 것은 없더라!" 여행을 가더라도 당신의 세계와 다른 것이 눈에 띄지 않고 같은 것만 눈에 들어오는 것이다. 새로운 물건을 보고서 몇 차례 신기한 듯 이리 보고 저리 보지만 그 호기심은 그렇게 오래 가지 못한다. 다음에 가서 전에 사드린 물건이 어디 있느냐고 하면 감쪽같이 잃어버렸거나 그렇지 않으면 어디에 두었는지도 모르신다.

그만큼 부모님의 세계는 구체적이며 감각적이라고 할 수 있다. 새로운 것에 대한 호기심은 쓸데없는 짓이기도 하고 시간과 돈을 버리는 철모르는 짓이기도 하다. 중요한 것은 나의 눈에 보이고 귀에 들리는 편안한 일상의 영역이다. 그곳을 쓸고 닦으며 소중하게 가꾸기에도 벅찬데 뭣하려고 그 밖의 세계에 관심을 두거나 이쪽저쪽을 넘나들며 기웃거리는지 도무지 이해가 되지 않는 것이다. 한두 번 해외여행에 다녀오셨더라도 한 번 더 갔다 오시라고 하면 겉으로는 "몸이 불편해서 못가겠다"는 핑계를 대시지만 속으로는 "그럴 돈 있으면 나 줘. 멀리 갈 필요 없이 가까운 친구들이랑 모여서 맛난 것 사먹게!"라고 말하실 것이다. 그렇다고 손자 세대가 "할머니와 할아버지는 해외여행 안 좋아하서. 우리끼리 갔다 오자!"라고 큰 소리로 말한다면 부모님은 겉으로 드러내지는 않겠지만 서운해하실 것이다. 해외여행을 못 하게 돼서 그런 것이 아니라 당신들을 빼놓고 이야기하는 것 같기 때문이다. 당신들이 소중하게 가꿔온 세계가 어떤 것인데 당신들 없이도 잘 돌아간다니, 그 사실을 선뜻 받아들이기 어려운 것이리라.

세상의 중심에는 어른이 있다

어린 시절의 기억이 별로 없다. 그중 또렷이 기억에 남는 일이 있다. 밥 먹는 시간이었다. 오늘날처럼 식탁 의자에 앉아서 먹는 것이 아니라 대청마루에 두레상을 놓고 식구들끼리 삥 둘러앉아서 먹었다. 어머님은 식사 때마다 상을 두 곳에 차렸다. 하나는 개나리 소반에 할머니와 아버님의 겸상을 마련하고 다른 하나는 자식

들이 먹는 큰 상을 차렸다. 가난한 시절이라 별 반찬이 없었지만 아이들은 계란이나 생선, 고기반찬을 하는 날이면 아우성을 쳤다.

“엄마, 언제 밥 먹어요?”

“할머니가 오시면 먹지.”

“지금 계란찜 먹으면 안 돼요?”

“안 돼. 할머님이 먼저 드셔야지.”

“왜 만날 할머니가 먼저 먹어야 돼. 우리도 빨리 먹고 싶어 죽겠는데…….”

“할머니가 어른이니까 먼저 드시고 애들은 나중에 먹어야지.”

밥 먹는 것만 그런 것이 아니었다. 이웃집에서 귤을 선물로 보내 주었을 때도 할머님이 먼저 시식을 해야 우리가 먹을 수 있었다. 외출했다고 돌아와서도 아이들은 집의 어른을 먼저 뵙고서야 자신의 일을 할 수 있었다. 빠듯하고 없는 살림이지만 맛있고 좋고 예쁜 것은 모두 어른이 먼저 맛보고 입고 신어봐야 했다. 늘 그렇게 하다 보니 “어른이 먼저!”라는 생각이 몸에 배게 되었다.

지금과는 너무나도 다른 풍경이다. 아침이면 ‘어른 먼저’가 아니라 ‘급한 사람 먼저’다. 집에 화장실이 하나라면 먼저 나가는 사람이 우선권을 가지고 있다. 밥도 나가는 순서대로 챙겨 먹는다. 외식을 할 때면 선택에 느린 어른들이 머릿속으로 이것저것 따져보는 사이에 아이들은 벌써 “이거요, 저거요!” 선수를 치며 주문을 하려고 한다. 어른은 뒤로 물러나고 아이들이 전면에 서서 선택의 권력을 행사한다. ‘아이 먼저’인 세상이다.

옛날에도 아이들은 아이들인지라 '어른 먼저'의 규칙에 도전을 내밀기도 했다. 어머님이 이웃집에서 보내온 홍시를 바가지에 담아 감추어두었다. 그것을 모를 리 없는 악동들은 어머니가 부엌에 없는 틈을 타서 홍시를 몰래 먹기도 했다. 들통이 나지 않을 리 없었다. 특히 어머님이 할머니께 홍시 이야기를 했다면 일은 한층 커진다. 그런 날이면 불호령이 떨어지고 그날은 밥 먹을 기회를 잃을 수도 있었다.

어머님은 호통을 치셨지만 어디 마음속으로 자식 먹이고 싶은 마음이 없었을까. 다만 모든 것이 귀하고 부족하다 보니 악역을 맡으신 거지. 그때 울면서 "왜 우리가 먹으면 안 돼?"라고 항변을 할라 치면 어머님도 편치 않은 목소리로 "너희들은 나중에라도 먹을 수 있잖아!"라고 대답하시곤 했다. 그때는 그 말의 의미를 다 이해할 수 없었다. 당장 내 입에 들어가는 것과 그렇지 않은 것만을 따지던 터라 '나중'은 설득력이 없었다. 오히려 마음속으로 "어머님은 우리보다 할머니를 더 좋아하나 보다"라는 억지를 부리고 있었다.

그때는 그랬다. 어른이 숟가락을 들어야 아이들도 숟가락을 들고 따라 먹었다. 어른이 집을 나서야 아이들이 뒤에서 쫄래쫄래 따라가고 어른이 그만 자자고 해야 아이들이 잠자리에 들었다. 세상 모든 일이 어른 중심으로 움직였다. 지동설이란 말을 패러디하면 어른 '장' 자를 써서 장동설(長動說)이라고 할까.

이제와 보니 '나중'의 뜻을 알겠다. 나는 옛날에는 듣도 보도 못했던 것을 먹을 수 있는데 할머님은 저 세상 사람이 되신 지 오래라 맛있는 것을 드시지 못한다. 할머님도 나처럼 어린 시절의 '나중'에 삐치고 '나중'에 희망을 걸었을 텐데 그것을 찾아서 드셨을까? 제사상에 맛있는 것을 올리면 찾아서 드시겠지.

지독한 사람

나는 농촌에서 태어났지만 도시에서 살고 있다. 고향 길을 가다 보면 차창 너머로 세상이 회색에서 녹색으로 바뀐다. 그즈음이면 시선을 바깥에 고정하고 뭐가 있는지 찾아본다. 점점 논밭에 사람은 줄어들고 기계가 눈에 띈다. 기계가 여러 사람의 몫을 후딱 해치운다.

옛날 우리 집은 남강 둔치에 5000평에 가까운 밭을 가지고 있었다. 밭의 고랑이 200미터가 되었다. 소를 이용해서 밭갈이를 하면 소가 힘들어해서 밭 가운데 물을 놓아두고 마시게 했다. 사람도 한 차례 김을 매려고 하면 어찌나 진도가 나가지 않는지 일하다 말고 자꾸 고개를 들어서 얼마나 남았는지 어림해보았다. 그 일을 기계로 대신하면 몇 분 만에 고랑을 왕복할 수 있었다.

논농사도 마찬가지다. 모를 심을 때 논두렁의 양옆에서 줄을 치고 일일이 사람 손으로 모를 심었다. 처음 몇 번이야 거뜬하지만 시간이 지나면 지날수록 허리를 일으켜 세우기가 쉽지 않다. 허리가 끊어질 듯하다는 말이 수사적 표현이 아니라 실시간으로 고통이 전해진다. 그 작업을 이앙기가 대신하면 사람 십여 명이 달라붙어서 오랜 시간이 걸리던 것이 짧은 시간에 후딱 끝내버린다.

농사가 사람 손을 덜 타고 기계로 바뀔 때 부모님들이 입버릇처럼 하던 말이 있다. "세상 참 좋아졌다. 오래 살다 보니 저런 것도 보네."

가사일도 마찬가지였다. 할머님이 계실 때는 우리 집이 마을 어른이 계신 곳이고 큰집이라서 명절에 인사를 오는 사람이 많았다. 그러다 보니 자연히 음식을 많이 장만했다. 반자는 결혼 후 첫 명절에 깜짝 놀랐다고 한다. 친정집에서는 명절이라도 본가 제사만 지내기 때문에 식구들이 먹을 음식 정도만 준비했다고 한다. 시댁에서는 한 집 식구가 아니라 몇 집 식구가 먹을 분량의 음식을 마련하니 입이 다물어지지 않았지만 문화 차이라고 생각하며 넘어갔다고 한다. 지금도 그때 놀란 이야기를 하면서 이해하기 어려웠다고 한다.

명절 전에 고향에 내려가서 음식을 장만하기는 하지만 사전 준비는 오로지 어머님 몫이다. 튀김이며 생선이며 나물이며 고기며 미리 장을 봐서 손질하고 다듬어두신다. 우리는 이미 준비된 자료를 가지고 음식을 만드는 마지막 공정만 할 뿐이다. 엄청나게 많은 재료를 도대체 언제부터 준비했느냐고 물어보면 어머님은 며칠 동안 잠도 제대로 못 주무시고 혼자서 준비를 했다고 말씀하신다.

젊은 우리도 놀라서 "어떻게 그렇게 하시냐", "그러다 병나지 않을까 걱정이다"라고 염려를 하지만 어머님은 괜찮단다. 다 자식들과 친척들이 먹고 가지고 갈 것이니까 한 몸 움직여서 여럿이 좋으면 그만이라고 한다. 주위 분들은 그런 어머님을 보고 '쇳덩어리'라고 한다. 사람 몸이 어떻게 쇠로 만들어질 수 있겠느냐만 지치지 않고 엄청난 일을 해내는 어머니를 두고 혀를 차면서 그렇게 말한다. 자식으로서 부끄럽고 황송한 일이다.

어머님의 괴력은 어디에서 나오는 것일까? 요즘 사람 생각으로는 가사 도우미를 쓰거나 그것도 아니면 다른 사람의 손을 빌리지 왜 그렇게 하지 않을까 하고 의아할 수 있다. 오랜 세월 그렇게 살아온 관성이 있으니 일이 생겨도 다른 방법을 생각하지 않고 하시던 대로 하는 것 같다.

어머니는 누구에게 기댈 사람이 없었다. 도움을 청할 수 있는 길이 닫혀 있으니 당신 아닌 다른 곳으로 눈을 돌릴 수 없었다. 오로지 자신에게 집중하는 것이 일을 풀어가는 유일한 방법이었다. 결국 자야 될 잠을 자지 않고 쉬어야 할 때 쉬지 않고 먹어야 할 것을 건너뛰어야 했다. 즉, 자신이 힘들어져 더 이상 움직이지 못할 때까지 일을 손에서 놓지 않는 것이다. 자기착취(self-exploitation)라고밖에 말할 수 없다. 요즘 사람들에게 그렇게 살라고 하면 두 손 두 발 다 들고 줄행랑을 놓을 것이다.

없는 시골 살림에 시어머니 모시고 자식 다섯을 공부시킨다는 것이 그렇게 만만치 않은 일이라는 것을 깨닫고 보면 참으로 대단한 일이다. 내가 자라면서 부모님께 용돈 타령이며 괜한 짓에 쓰려고 돈을 달라고 하지 않았는지 궁금해진다. 주고 싶어도 주지 못할 때 부모님은 당신들의 몸이 땅속으로 들어가는 느낌이었으리라. 요즘 어머님은 근력이 떨어지시는지 옛날처럼 몸을 움직일 수 없다고 하시지만 하는 일을 보면 늘 나의 상상을 넘어선다. 어머님 앞에 서면 '힘들다'는 말을 끄집어낼 수가 없다.

조상의 은공

사람들은 노력이 차이를 낳는다고 믿는다. 차이는 나의 미래가 지금과는 다르리라는 것과 내가 남과도 다르리라는 것이다.

노력해서 앞으로 바뀔 것이 없다면 고생을 하려고 할까? '그렇다'고 대답하기가 쉽지 않다. 우리는 바뀐다는 것을 좋아진다는 것으로 받아들이기 때문에 그럴 것이다. 지금 있는 것을 그대로 지키려고 해도 노력이 필요하고 지금보다 더 나빠지지 않으려고 해도 노력이 필요하다. 이는 노력해서 좋아지는 것만큼 신명나지는 않을 것이다.

부모 세대가 그렇다. 내가 일구어서 획기적으로 달라질 것이 없었다. 특별한 일이 없는 한 마을 사람끼리 알고 지내고 재산이 갑자기 확 불어날 일도 없이 늘 하던 일을 하던 방식대로 하면서 주위 사람들과 서로 고만고만하게 어울려 지냈다.

부모 세대의 경우 내가 어떻게 살 것인가는 내 자신이 결정하는 것이 아니라 자기 이전부터 정해진 전통 같은 것이었다. 또 내가 어엿한 사람으로 주장을 할 수 있으려면 결혼을 해서 부모님으로부터 재산을 물려받아야 했다. 내 식대로 한다거나 상속받지도 않고 제 것인 양 떠들고 다닌다면 아직 뭐가 뭔지 모르는 철없는 어른, 즉 '어른 아이' 대접을 받았다.

이렇게 보면 나의 명줄을 쥐고 있는 것은 내가 아니라 나를 있게 한 어른들이자 어른들이 만들어놓은 전통이다. 전통이란 무엇인가? 과거에 만들어져 조상 대대로 전해 내려오는 뿌리가 아닌가. 부모 세대의 인사법은 오늘날과 비교하면 상당히 독특하다. 오늘날은 사람들이 만나면 명함을 건네주면서 "어디에서 일하는 아무 개입니다"라고 말한다. 그 다음에 내가 구체적으로 무슨 일을 하는지 특기가 무엇인지 하는 등의 이야기가 이어진다. 어렸을 적 친구네 집에 놀러갔다고 생각해보자.

"자네는 누구인가?"
"길동이 친구 정근이입니다."
"집은 어딘가?"
"의령입니다."
"부모님 함자(성함)는?"
"신자 재자 천자입니다."
"부모님은 무엇을 하시는가?"
"농사를 짓고 계십니다."
"형제는 어떻게 되는가?"
"3남 2녀입니다."

대화 어디에도 나 자신에게 해당되는 질문을 하지 않는다. "당신 부모가 누구인가?"를 묻는다. 설혹 내가 취미와 직업 등을 들먹이며 누구라고 대답해도 그것은 묻는 사람에게 중요하지 않다. 어디 사는 아무개의 자식이란 말이 내가 누구인지 더 확실하고 분명하게 드러내는 것이다.

결혼도 당사자의 사랑보다는 집안의 의지가 중요했다. 얼굴 한 번 본 적 없던 사람도 "이 사람과 혼례를 올려라!"라는 말 한마디에 결혼을 했다. 반대로 사랑하던 연인도 쓰디쓴 눈물을 흘리며 말했다. "나는 당신을 사랑하지만 집안에서 반대하기 때문에 결혼할 수 없어요."

그럼 나는 누구인가? 나는 면면히 이어지는 전통의 고리일 뿐이다. 내가 나서서 지금의 상황을 획기적으로 바꿀 일은 드물다. 내가 할 수 있는 건 물려받은 것을 잃지 않고 잘 지켜서 다음 세대에게 넘겨주는 것이다.

내가 만약 사소한 잘못이라도 범하게 된다면 그것은 단순히 개인적 실수에 그치지 않고 유구한 전통을 끊어버릴 수 있는 중대한 과실을 저지른 위험한 인물이 되는 것이나 다름없는 일이다. 내가 나를 남과 다르게 주장할 수 있는 권리는 한없이 작지만 전통과 하나가 되어서 그것의 일부가 되어야 하는 책무는 턱없이 많은 것이다.

나 자신이 어찌할 수 없다면 조상의 힘에 기대지 않을 수 없다. 조상과 나는 전통을 공유하고 있으므로 서로 통한다고 할 수 있다. 내가 전통을 어기지 않는다면 조상은 늘 나의 편이 되어줄 것이라고 생각하게 된다.

반면 내가 전통을 조금이라도 어긴다면 조상은 말썽을 일으키는 나를 더 이상 보호해주지 않고 오히려 나에게 벌을 주려고 한다. 왜냐하면 이미 전통 속에 모든 답이 있는데 괜스레 일을 복잡하게 만들고 주위 사람들을 힘들게 하기 때문이다. 그리하여 이 시대를 지배하는 기준은 조상을 따르면 잘되고 나를 따르면 못 된다는 것이다. 이런 사고로 인해서 '잘되면 조상 덕이고 못되면 내 탓'이라는 말이 생겨난 것이다.

혼신의 힘으로

2002년 한일 월드컵에서 4강에 들긴 했지만 한국의 남자 축구는 여자와 달리 아직도 변방에 있다. 월드컵을 보면 강팀과 약팀의 차이가 확연히 보인다. 한국은 예선 통과가 최종 목표 아닌 목표이므로 예선전부터 가장 뛰어난 선수를 기용한다. 그리고 팀으로서 발휘할 수 있는 모든 힘을 다 쏟아 부어서 경기를 이기려고 한다. 반면 강팀은 예선을 당연히 통과한다고 생각하고 본선부터 전력 집중한다. 예선에서 몸을 풀듯이 슬슬 하는 강팀과 예선부터 온 힘을 다하는 약팀의 차이는 뛰어넘을 수 없을 정도로 확연하다. 간혹 강팀이라도 조직력이 살아나지 않고 약팀이 악착같이 덤벼들면 의외로 고전을 면치 못하거나 예선에서 탈락하기도 한다.

부모 세대의 인생살이를 축구 경기에 견줘보면 어떨까? 강팀처럼 예선에서는 슬슬, 본선에서는 온힘으로 뛰었을까? 아니면 약팀처럼 예선, 본선 가릴 것 없이 늘 죽기 아니면 까무러치기로 뛰었을까? 부모 세대는 강팀을 부러워했을지도 모르지만 현실에서는 늘 약팀처럼 살아왔다.

힘을 아낀다는 말이 있다. 사람이 일을 할 때 자신의 역량을 100퍼센트 쓰지 않고 30퍼센트나 70퍼센트의 힘만 쓴다는 말이다. 아버지가 어린 자식과 팔씨름을 할 때 힘을 100퍼센트 쓴다면 팔씨름 자체가 되지 않는다. 아버지는 아이의 팔목을 잡거나 손가락으로 팔씨름을 한다. 이렇게 되려면 30퍼센트의 힘으로도 일을 충분히 할 수 있고 또 나중에 힘을 쓸 일이 있게 된다. 즉, 이번 한 번으로 모든 것이 끝장나지 않을 뿐만 아니라 설령 이번에 못하더라도 다음에 잘할 수 있는 기회가 남아 있어야 한다.

이유는 또 있다. 나와 상대의 힘을 객관화해 파악할 수 있고 어떻게 해야 좋은 결과를 거두는지도 알게 된다. 모든 것이 여유가 있다.

그러나 부모 세대는 지금 하는 일이 늘 마지막이고 다음을 위해 아껴둘 힘이 없어 온 힘으로 살았다. 이런 상황은 최서해의 《탈출기》에 잘 나온다. 박씨는 먹고살기 힘들어 어머니와 아내를 데리고 간도로 갔다. 그가 주워들은 정보에 따르면 간도에서는 맘껏 농사를 지을 수 있으므로 고향에서 품지 못한 이상촌의 꿈을 키울 수 있을 것 같았다.

하지만 박씨는 간도에서 땅을 얻기도 힘들었고 일자리를 구하지 못해 늘 굶주리며 먹고사는 문제조차 해결하지 못했다. 박씨는 박씨대로 구들을 고치고 어머니와 아내는 그들대로 방아를 찧는 등 하지 않는 일이 없었지만 제대로 된 생활을 할 수 없었다. 임신한 아내가 부엌에서 주운 귤껍질을 뜯어먹다가 박씨에게 몰래 맛있는 것을 먹는 것으로 오해를 받기에 이르렀고 급기야 박씨는 집을 떠나게 된다.

나는 여태까지 세상에 대하여 충실하였다. 어디까지든지 충실하려고 하였다. 내 어머니, 내 아내까지도 뼈가 부서지고 고기가 찢기더라도 충실한 노력으로써 살려고 하였다. 그러나 세상은 우리를 속였다. 우리의 충실을 받지 않았다. 도리어 충실한 우리를 모욕하고 멸시하고 학대하였다.…… 이 분위기 속에서는 아무리 노력하여도 우리의 생의 만족을 느낄 날이 없을 것이다. 어찌하여 겨우 연명을 한다 하더라도 죽지 못하는 삶이 될 것이요, 그 영향은 자식에게까지 미칠 것이다.

박씨의 충실은 어떤 일을 하더라도 힘을 남겨두지 않고 자신이 가진 모든 힘을 남김없이 쏟았다는 것을 말한다. 이렇게 했는데 세상은 그에게 기회를 주지 않고 왜 일자리를 찾지 않느냐며 나무라고 또 훔치지 않았는데도 훔쳤다고 손가락질을 했다.

이에 대응할 수 있는 길은 그렇지 않다는 것을 몸으로 보여주는 수밖에 없다. 열심히 하는 모습을 몸으로 보여주어야지 일을 하는 둥 마는 둥 대충대충 하거나 빈둥거릴 수 없는 것이다. 그렇게 한다면 이웃의 곱지 않은 시선에 더 부채질을 하게 될 것이 뻔하기 때문이다.

부모 세대는 땅에 뿌리를 박은 나무처럼 ― 박씨와 달리 남은 아내와 어머님처럼 ― 그곳에 남아 살기 위해서 악으로 버티며 악착스럽고 억척스럽게 아득바득거렸다.

그들은 볼 때는 하고 안 볼 때는 노는 요령을 피우거나 원하는 것을 먼저하고 꺼리는 것을 나중으로 미룰 줄도 몰랐다. 고지식하고 무모할 정도로 '뼈가 부서지고 고기가 찢기도록' 일을 했던 것이다.

악 쓴다

모든 운동 경기에서 선수들은 자신이 가진 기량을 발휘해서 상대와 다투어 승리를 얻고자 한다. 경기에서 승부가 이미 기울었다고

하더라도 주어진 시간이 있는 한 경기를 멈출 수는 없다. 잘 생각
해보면 모든 스포츠는 아니지만 끝까지 가지 않아도 되는 경기가
있다. 예컨대 기록경기에는 기권이 있고 야구에는 콜드게임
(called game)이, 권투에는 수건 던지기가 있다.

마라톤은 더 이상 뛸 수 없으면 완주하지 않고 도중에 경기를 포
기할 수도 있고 야구는 기상이 악화되거나 점수 차이가 크면 5회
에 끝날 수도 있다. 권투도 마찬가지다. 자기 선수가 도저히 싸울
수 없다고 판단되면 코치가 수건을 던져 경기 중단을 요구할 수도
있다. 기권은 선수 자신이 결정하고 콜드게임은 심판이 규칙에 따
라 선언하며 수건은 코치가 상황을 종합 판단해서 던진다.

왜 다른 경기와 달리 육상·야구·권투에서는 중도 포기가 인정
되는 것일까? 권투는 아무래도 선수 보호가 가장 중요한 이유일
것이다. 야구에서 날씨와 큰 점수 차이는 사람으로서 어떻게 할 수
없는 불가항력을 인정하는 것이다. 사람이 무슨 수로 나쁜 날씨를
좋게 할 수 있으며 지고 있는 팀이 얼마 남지 않은 기회에 어떻게
많은 점수 차이를 극복할 수 있겠는가. 육상도 마찬가지다. 선수가
몸의 고통을 돌보지 않고 계속 뛸 수는 없다. 아마추어 야구에서
점수 차이로 경기를 중단하는 데는 더 이상 게임을 진행해도 의미
가 없다는 점 이외에도 재미와 흥행을 떨어뜨린다는 경기 외적 고
려를 빼놓을 수 없다.

스포츠에는 희로애락(喜怒哀樂)이 있기 때문에 종종 인생과 닮았
다고들 한다. 하지만 중도에 포기하거나 멈출 수 있는 한 스포츠는
스포츠일 뿐 인생과 완전히 같을 수는 없다. 인생은 아프다는 이유

로 혹은 재미가 없다는 이유로 그만둘 수 없는 것이다. 특히 부모 세대는 한없이 지쳐서 죽을 정도로 아픈 몸을 이끌고 일을 했고 누가 들으면 재미없고 무료하기 이를 데 없는 세상살이를 살아왔다.

부모 세대는 왜 그렇게 살아야 했을까? 없는 살림에 자신이 넘어져서 일어서지 못하면 그 가정은 그날로 깨져서 뿔뿔이 흩어져야 하기 때문이다. 뒤에 친척이나 사회나 정부라도 있었다면 이렇게 최악으로 몰리지는 않았을 것이다. 친척은 친척대로 힘이 들어 주위를 돌아볼 여력이 없었고 정부는 여전히 "가난은 나라도 못 당한다"는 해묵은 구호를 외치며 복지를 모르는 체했다. 상황이 이렇다 보니 부모 세대는 힘들어도 힘들다고 말하지 못하고 아프다고 드러눕지도 못했다. 버티는 것도 이번이 마지막이라는 말도 마지막이 아니었다. 늘 그 자리에서 다시 일어서 시작해야 했다.

넘어질 때 지팡이라도 있으면 여간 고맙지 않다. 손을 허공에 휘젓지 않고 지팡이에 기대서 일어날 수 있으니까. 그거라도 없으면 두 손을 무릎에 올려놓고 미간에 힘을 모으고 '끙' 소리를 내면서 일어나야 한다. 이를 '악을 쓴다'고 하고 '깡으로 버틴다'고 한다. 그런 사람을 두고 깡다구가 세다고 한다. 그 모양새가 드세고 볼썽사나워 보여서 짐승 같다는 소리까지 나온다. 부모 세대는 그렇게 악으로 버티며 악착스럽고 억척스럽게 아득바득거렸기에 오늘날 우리 세대와 자식 세대가 있을 수 있었다.

그런데 왜 다른 말이 아니라 '악'으로 버틴다고 했을까? 일단 '아'와 '악'을 발음해보면 안다. 우리가 신세 한탄을 하며 '아' 하고 숨을 내뱉을 때 나가는 숨과 함께 몸이 풀어지면서 허리가 조금

젖혀지게 된다. 우리가 몸을 일으키며 '아아악' 하면서 소리를 내면 배에 힘이 들어가면서 허리가 곧추 선다. 마른 수건을 짜는 형국이다.

김동인의 단편 소설 《감자》를 보면 조신하게 자란 복녀가 꿋꿋하게 살다가 결국 가난으로 인해 몸을 팔게 된다. 마지막으로 감자를 가진 왕서방과 관계를 맺다가 질투 어린 사랑 때문에 죽게 된다. 《탈출기》의 박씨나 《감자》의 복녀는 힘들어도 다시 일어서며 마지막을 부정하지만 결국 마지막을 인정하면서 일상의 삶을 뛰쳐나갔다. 누가 이들에게 인내심이 약하다고 돌을 던질 수 있겠는가? 돌을 던진다면 개인에게 너무 가혹한 책임을 묻는 것이 아닐까?

박씨나 복녀와 달리 힘든 삶의 파고를 넘으면서 깡 대신 허세를 부리고 담 대신 비굴함으로 자신을 드러내는 사람도 있다. 부모 세대만이 아니라 오늘날에도 이런 사람이 있다. 그것도 나름의 생존 전략이고 복녀처럼 몸을 파는 것이다. 《논어》에 보면 공자의 제자 자공이 "가난해도 아첨하지 않고 부유해도 교만하지 않으면 어떻습니까?"라고 물었다. 이에 공자는 "그것도 좋지만 가난해도 도를 즐기고 부유해도 예를 좋아하는 것만 못하다"라고 대답했다. 두 사람이 뭘 몰라서가 아니라 오히려 세상 물정을 더 잘 알기에 그런 말을 하지 않았을까 싶다. 남의 것을 욕심내지 않고 오로지 자기 힘으로 일어섰던 부모 세대가 바로 공자가 예찬해 마지않던 경지가 아닐까 싶다.

한 푼 두 푼 모아서

세상이 바뀌면서 많은 것들의 가치도 바뀐다. 그중에서 동전의 처지만큼 딱하게 된 것도 없으리라. 동전은 옛날에만 해도 사람의 손에서 꿈틀거리면서 희망을 실어다주는 마법의 양탄자와 같았다. 그러나 지금은 책상서랍 어디엔가 처박혀 지내다가 책상을 정리하면서 햇빛을 보는 일도 있지만 있어도 그만 없어도 그만인 존재가 되었다. 옛날에는 길에서 동전을 주우면 "웬 횡재지?"라고 했지만 지금은 동전이 떨어져도 주우려고 하지 않는다.

"엄마, 나 아이스크림 사 먹게 돈 좀 줘."

"오늘은 안 돼."

"그럼 언제 줄 거야?"

"나중에."

"나중에 언제?"

"얘가 왜 이래. 나중에 준다면 주는 거지. 오늘 따라 왜 자꾸 칭얼대지."

"치. 만날 나중이라고 하면서 안 주니까 그렇지." (울음을 참다가 결국 울고 만다)

"(아버지가 이 장면을 보고서) 얘를 왜 울려요? 옛다, 어서 가서 사 먹어라."

"아니 당신은 얘가 운다고 돈을 주면 어떡해요? 그러다가 버릇 들면 어떻게 하려고 해요?"

동전은 아이에게나 부모에게도 우주만큼의 무게를 가지고 있었다. 아이는 동전으로 맛있는 것을 사 먹으면 세상을 가진 듯 기뻤다. 부모는 그 동전을 그냥 동전이 아니라 나중에 큰돈을 낳을 황금알로 보았기 때문이다. 어디 한 푼이라도 허투루 쓸 수 있겠는가? 한 푼이라도 소중히 여기지 않는다는 것은 곧 희망의 미래를 낳는 종자를 내다 버리는 것과 같은 말이다.

하긴 서울 강남에서 장사를 하는 어떤 분은 어린아이가 10만 원권 수표로 돈을 내려고 하자 집으로 확인 전화를 했다고 한다. 아이의 부모님은 태연하게 "용돈으로 주었다"고 했단다. 가게 주인은 10만 원은 아이가 가지고 있기에 너무 큰돈이라고 생각한 것이다. 그 생각의 밑바탕에는 아이들이 동전 아니면 잔돈을 가지고 있는 게 당연하고 10만 원이라는 큰돈을 가지고 있는 것이 이상하다는 판단이 깔려 있는 것이다.

부모 세대는 모든 것이 부족했다. 조금이라도 모이면 적금을 들고 많이 모이면 땅과 집을 사서 재산을 불렸다. 땅과 집으로 재미를 본 사람은 간혹 떼돈을 벌어서 팔자를 고치기도 했지만 대부분의 사람들은 적금을 부어서 숫자가 조금씩 늘어가는 맛에 고생스럽다는 생각을 잠시 잊기도 했다.

한 푼씩 불어나는 재미와 한 번에 떼돈을 버는 재미는 사람을 다른 사람으로 바꾸어 놓는다. 떼돈 재미를 알게 된 사람은 만나는 사람에게마다 새로운 정보와 소식을 캐내기에 혈안이 되어 있고 기회 포착을 중시한다. 또 계산에 밝아서 얼마나 이익이 될지 재빨리 알아채고 투자해야 할 타이밍을 정확하게 선택한다. 반면 한 푼 재미에 길든 사람은 세상 돌아가는 이야기에 약간 어둡고 한번 하기로 한 일은 무슨 일이 있어도 끝까지 해낸다. 또 얼마나 성실한지 눈이 오나 비가 오나 가리지 않고 맡은 일을 해내고 시계처럼 늘 같은 자리를 나무뿌리처럼 지키고 있다. 그리하여 떼돈은 사람을 더욱더 손해와 이익을 따지는 데 민감하게 만들고 돈이 되면 모험을 즐기며 아는 것을 무기로 삼는다. 한 푼은 손해를 보더라도 늘 하던 대로 하는 것을 중시하고 변화보다는 안정을 추구하며 꾸준한 것을 미덕으로 삼는다.

나의 부모님은 당신이 일하는 만큼 정직하게 버는 것 이외에 욕심을 내지 않고 자식 키우는 것을 재미로 삼았다. 요즘 들어 사회적으로 일확천금(一攫千金)이나 벼락부자나 로또 당첨 같은 한꺼번에 돈을 버는 것을 자랑으로 여기는 풍조가 강해지고 있다. '술 권하는 사회'에다 '로또 권하는 시대'가 된 것이다. 티끌 모아 태산이 되는, 즉 적은 것을 쌓아서 크게 되는 적소성대(積小成大)가 미덕이 아니라 멍청한 짓으로 여겨지고 있다. 사람들은 "그러다가 언제 집 살래?"라며 한심한 듯 쳐다본다.

내가 하고자 하지 않은 바를
남에게 억지로 시키지 마라, 기소불욕 물시어인

부모 세대에게 인생은 한마디로 고생길이었다. 산다는 것이 곧 고생한다는 말과 같았다.

고된 인생살이라고 해서 잔재미가 없을 수는 없겠지만 잔재미가 길게 패인 주름과 거친 손등을 부드럽게 만들어줄 수는 없는 것이지 않은가.

그렇게 지내온 삶을 다시 한 번 더 살겠느냐고 물어본다면 아마 '지긋지긋하다', '넌덜머리가 난다' 며 고개를 절레절레 흔들 것이다. 삶이 땅에 뿌리를 박고 있고 극한 상황에서도 살아남았으므로 보릿고개 세대만큼 야생성이 뛰어난 세대는 없으리라.

하지만 부모 세대는 유독 자기식대로 하려고 하고 다른 말에 귀를 기울이려고 하지 않는다. 자신이 살면서 터득한 세상살이 이치는 그 어떠한 것보다 신성하고 절대적인 진리다. 절대 대화를 필요로 하지 않는다. 1991년 11월부터 1992년 5월까지 MBC에서 55부작으로 방영된 〈사랑이 뭐 길래〉라는 드라마에서 이순재가 맡은 대발이 아버지가 바로 이런 사람이다. 죽음 앞에서 건진 이치이기에 그에 대한 애착을 이해하지 못할 바가 아니다. 세상이 바뀌었는데 이전과 똑같은 방식으로 살려고 하니 다음 세대에게 '답답하다', '갑갑하다'는 소리를 얻어먹을 수밖에 없다.

김국환은 '타타타'라는 노래에서 근심 걱정을 오히려 재미라고 말한다. 한 술 더 떠서 벗고 살지 않으면 그 정도로도 좋지 않느냐며 껄껄 웃는다.

산다는 건 좋은 거지, 수지맞는 장사잖소. 알몸으로 태어나서 옷 한 벌은 건졌잖소. 우리네 헛짚은 인생살이, 한 세상 걱정조차 없이 살면 무슨 재미, 그런 게 덤이잖소.

이런 생각을 지닌 분을 만나면 투박한 얼굴에서 잔잔한 여유가 읽힌다. 각박하고 빠듯하게 살았지만 다른 사람을 돌아보는 예쁜 심성이 보인다.

부모 세대가 다른 세대를 만나려면 관용의 자세가 필요하다.

무에서 유를 일군 세대인 만큼 자기 고집이 너무도 세다. 무슨 일이든 자기식대로 하면 100점은 아니더라도 50점 이상은 된다는 논리를 펼친다. 그러면서 다른 사람의 말이 가진 합리성에 주목하기보다는 자신과 다른 소리를 낸다는 것에 역정을 내기 쉽다. 이렇게 자기 고집을 피우다 보면 주위 사람들이 알아서 모시는 태도를 취한다. 서로 부딪쳐봤자 피곤하기 때문에 가급적 문제될 요인을 줄이는 것이다. 이러면 부모 세대는 괴팍한 노인네라는 소리를 들으며 주위로부터 점점 고립될 수 있다.

이때 다른 세대와 소통하기 위해서 귀담아들을 만한 좋은 글이 있다. 《논어》의 〈위령공〉 24단락에 보면 "자신이 하고 싶지 않는 곳을 타인에게도 시키지 마라〔己所不欲, 勿施於人(기소불욕, 물시어인)〕"는 구절이 나온다.

우리는 앞으로 '나'와 다른 사람들을 지금보다 훨씬 더 많이 만나게 될 것이다. 오늘날의 서울 시내에는 10년 전보다 훨씬 많은 외국인이 있다. 외국인은 생김새부터 복장, 행동거지까지 모두 '나'와 다르다. 우리는 외국인이 나와 다르다고 해서 나와 같아지기를 바라지도 요구하지도 않는다. 하지만 자신과 잘 아는 사람, 일상적으로 늘 어울리는 사람에게는 외국인을 대하듯 하기가 쉽지 않다. 오히려 나와 관계가 깊기 때문에 그냥 내버려두지 못하고 이래라저래라 참견하고 끼어들게 된다. 예컨대 부모 세대에게 옷차림은 단정해야 하는 것이었다. 하지만 자식 세대는 단정과 거리가 멀다. 부모 세대는 자식 세대더러 껄렁껄렁하다며 단정하게 입기를 요구한다. 자식 세대가 일정한 틀 안에서 자기 멋을 부리면 그것이 문제로 보이는 것이다.

〈위령공〉의 말처럼 부모인 '내'가 하고 싶은 것이 있듯이 자식인 '내'가 하고 싶은 것이 있다. 두 사람 중 어떤 '내'가 옳고 어떤 '내'가 틀렸다고 할 수도 없다. 적어도 복장 같은 문제의 경우에는 '다르다'를 '틀렸다'로 여겨 시정을 요구할 것이 아니라 다른 것이 공존할 수 있도록 내버려두는 열린 자세가 필요하다. 이것이 바로 "자신이 하고 싶지 않은 것을 타인에게도 시키지 마라" 즉, 관용의 태도라고 할 수 있다. 아침에 등교하는 자식(손자)의 머리와 옷이 눈에 거슬려서 뭐라고 한소리를 하려고 할 때 "기소불욕, 물시어인"을 주문처럼 외우면 좋겠다.

부모 세대가 오로지 '나' 자신만이 옳다고 생각하지 않고 다른 '나' 들도 옳을 수 있다는 생각을 갖는다면 가정과 사회 그리고 직장에서 지금보다 더 많은 웃음꽃이 피어나고 세상살이가 조금 덜 빡빡할 것이다.

변화와 저항의 시대 한 가운데

화씨지벽, 삼겹살 세대의 고생학

제2대인 우리 세대는 눈이 휘둥그레질 정도로 빠르게 변화하던 1960~1980년대에 더 나은 삶을 위해 고향을 떠나 살아온 세대를 가리킨다. 이제 우리 세대는 성장기를 끝내고 사회 구석구석에서 허리로서 큰일을 하고 있다. 나이로 보면 40~50대의 베이비붐 세대(1955~1963년 사이 출생자)가 여기에 해당된다.

우리 세대에는 짧은 시간에 많은 변화가 일어났다. 유럽의 산업화는 200~300년에 걸쳐 일어났지만 우리나라에서는 20~30년 안에 급격한 사회변화가 진행되었다. 이를 두고 '한강의 경제 기적', '고도성장' 혹은 '압축 성장'이라고 말했다. 자고 나면 없던 건물이 들어서서 잠깐 외국이라도 다녀오면 낯선 느낌마저 들었다. 산업의 주기가 짧아서 하나의 상품이 뜨고 나면 금세 또 다른 상품이 나와서 늘 새 것을 사용하면서도 헌 것을 쓰는 듯한 느낌이었다. 변화에 뒤떨어지는 것이 곧 후퇴하는 것으로 여겨졌다. 그 결과 변화에 뒤처지지 않고 따라잡아야 한다는 불안과 강박증을 갖게 되었다.

부모 세대와 마찬가지로 우리 세대도 생존의 위기로부터 완전히 자유롭지는 못했다. 하지만 생존은 부모 세대처럼 그렇게 절박하거나 절실하지는 않았다. 생존의 문제는 해결되었지만 그보다 더 나은 수준을 즐기려면 가만히 앉아 있을 수는 없다. 여유 있는 생존, 달리 말해서 많은 생산(生産, 만들어냄)이 문제였다. 부모 세대가 무에서 유를 만들어냈다면 우리 세대는 부모가 만들어낸 유를 키우고 불렸다고 할 수 있다.

우리 세대의 사정은 공지영의 《도가니》에 나오는 농아 학생들이 당한 고통을 풀기 위해 노력하던 강인호의 처지와 비슷하다. "가난, 그는 아직 구체적인 가난을 겪어본 일이 없었다. 초등학교 교사이던 아버지는 성실하셨고 어머니는 검소하셨다. 가지고 싶은 건 무엇이든 다 가져본 일도 없지만 배를 곯아보지도 특별히 멸시를 당한 적도 없었다." 이렇게 가난으로부터 일정한 거리를 둘 수 있었기 때문에 가난이 불의와 함께 가는 것을 보고서 담담하게 말한다. "가난이 남루한 이유는 그것이 언제든 인간의 존엄을 몇 장의 돈과 몇 조각의 빵 덩어리로 치환할 수 있기 때문이리라."

우리 세대가 생존의 절박함으로부터 여유를 찾았다고는 하지만 국가적으로 자원과 에너지가 없는 형편이었기에 외부의 충격에는 아주 약했다. 특히 1973~1974년과 1978~1980년 사이에 불어 닥친 석유파동이나 국제 경기의 침체 영향을 받아서 한국의 산업과 개인의 살림살이는 바람 앞의 등불처럼 위험하기 짝이 없었다. 늘 위기와 변화에 대응해야 한다는 현실은 사람들로 하여금 개혁과 혁신보다는 안정과 수구를 선호하게 만들었다.

사회제도, 정치 문화, 기업 환경에 문제가 있더라도 근원적으로 뜯어고쳐서 더 좋게 만들기보다는 있는 것을 조금씩 고쳐가자는 생각을 가지게 되었다. 또 외부의 충격에 맞서기 위해서는 사회 각 분야의 주체들이 떠들썩하게 토론해서 민주적으로 해답을 찾기보다는 기업과 정부가 다양한 소리를 잠재우고 강력한 지도력을 발휘하는 것이 효율적이라고 생각하게 되었다. 그 결과 권위적인 문화가 사회 각 분야에 똬리를 틀고 자유와 민주를 열망하는 목소리를 누르고 있었다. 특히 한반도의 분단 상황과 군사정권의 장기 집권으로 이러한 권위주의가 사라지지 않고 세력을 떨쳤다.

박정희 전 대통령의 '서거'에도 불구하고 군사정권의 명맥은 유지되었다. 하지만 사회 각 분야에서는 변화의 바람이 몰아쳤다. 전체적으로 권위적이던 사회 문화가 민주적이고 자유로운 방향으로 바뀌었다. 아울러 고도성장의 결실이 사회로 흘러들었다. 술 하면 부모 세대는 변변찮은 안주 없이 막걸리와 깡소주를 마시던 게 보통이었다. 그러나 우리 세대는 주머니가 두둑하지 않아도 소주를 먹다가 한 번씩은 생맥주를 마시기도 했다. 부모 세대는 잔칫날과 같은 특별한 날에만 고기를 먹을 수 있었다. 그러나 우리 세대는 삼겹살을 한 달에도 몇 번씩 먹곤 한다. 집에서뿐만 아니라 산이나

들로 바다로 놀러가서도 휴대용 가스버너에 삼겹살을 구워먹는
다. 제대로 된 안주에다 소주 그리고 입가심으로 맥주를 즐기게 된
것이다. 그래서 나는 우리 세대를 '삼겹살 시대'라고 부르고 싶다.

우리 세대를 생각하면 또 떠오르는 것이 있다. 자신의 차를 타고
놀러가는 장면이다. 우리 세대는 공부를 하기 위해 고향을 떠나 다
른 도시를 갈 때 큰 버스를 탔다. 그리고 시간이 한참 흐른 오늘날
우리 자신은 스스로 기사가 되어 도로를 누비게 된 것이다.

우리 세대 글을 쓰면서 두 곡의 노래가 떠올랐다. 조금 우울하면
서도 구도적인 송창식의 〈고래 사냥〉과 명랑 쾌활한 조용필의 〈여
행을 떠나요〉다. 전자는 기차 여행이 어울린다.

자 떠나자 동해 바다로, 삼등 삼등 완행열차, 기차를 타고…….

위 가사의 느낌이 그렇다. 후자는 기차도 어울리지만 먹을 것을
트렁크에 싣고 떠나는 자가용 여행이 더 어울린다.

푸른 언덕에 배낭을 메고 황금빛 태양 축제를 여는 광야를 찾아서, 계
곡을 향해서 먼동이 트는 이른 아침에 도시의 소음, 수많은 사람 빌딩
숲 속을 벗어나 봐요.

떠났다가 다시 돌아올 운명이지만 잠시나마 소음과 빌딩 숲의
도시를 떠나는 것은 변화에 지친 우리 세대의 영혼을 쉬게 해주었
다. 특히 가족과 함께 떠난다면 주중에 많은 시간을 함께하지 못하

는 미안한 마음을 달래줄 수 있다.

나의 세대를 생각하면 《한비자》의 '화씨'에 나오는 화씨지벽(和氏之璧)이란 고사 성어가 생각난다.

뜻 자체는 너무나 싱겁다. '화씨가 찾은 옥돌'이라는 뜻이니까. 하지만 이 옥돌이 만들어낸 이야기 속으로 들어서면 인간사의 여러 단면을 볼 수 있다.

때는 싸우는 나라들의 시대, 즉 전국(戰國)시대이고 장소는 초나라의 궁전이다. 변화(卞和)라는 인물이 형산(荊山)에서 큰 옥돌을 주웠다. 옛날에는 뭔가 특별하고 좋은 것이 생기면 내 호주머니에 집어넣는 것이 아니라 임금에 바쳤다. 오늘날을 기준으로 생각하면 어리석은 행동이라고 생각할 수 있다. 하지만 진기한 물건을 받으면 임금도 이에 상응하는 선물을 주기 때문에 무조건 어리석다고만 할 수는 없다.

하여간 이런 관행이 변화에게 엄청난 불행을 불러왔다. 먼저 려왕(厲王)에게 옥돌을 바치자 세공사에게 감정을 받게 했다. 세공사는 옥돌이 아니라 그냥 보통 돌일 뿐이라는 평가를 내렸다. 왕을 속인 죄로 변화는 왼쪽 다리의 발뒤꿈치를 베는 형벌을 받았다. 얼마나 시간이 흘렀을까. 무왕(武王)이 즉위하자 변화는 다시 옥돌을 바쳤다. 결과는 마찬가지였다. 이번에는 그나마 남아 있던 나머지 발마저 형벌을 받았다. 또 많은 시간이 흘렀다. 문왕(文王)이 즉위했다. 변화는 형산 아래에서 사흘 낮과 밤 동안에 울어 피눈물이 흘렀다. 경사스런 날에 일어난 울음 사건이 문왕에게 보고되었다.

문왕은 사람을 보내서 다리 장애인이 한둘이 아닌데 왜 그렇게 우느냐고 물었다. 변화는 자초지종을 말했다. 이에 문왕이 다시 감정을 하게 하니 과연 천하에 둘도 없는 옥돌이었다.

한비자는 이 이야기를 왜 하는 걸까? 하나는 리더(지도자)의 능력 문제이다. 예나 지금이나 어디를 가더라도 쓸 만한 사람, 즉 인재가 없다고 아우성이다. 물론 인재가 없는 것이 문제가 될 수 있다. 정작 중요한 것은 인재가 있더라도 알아볼 수 있는 안목이다. 안목이 없다면 인재가 찾아오더라도 놓칠 것이고 옆에 있어도 내버려둘 수밖에 없기 때문이다. 변화 이야기는 결국 해피엔딩으로 끝났지만 잃지 않았어야 할 발꿈치는 안타까울 뿐이다.

다음으로 개혁(변화)의 어려움이다. 개혁은 기존의 관행을 부정하고 새로운 관행을 만드는 작업이다. 한비자는 약육강식의 시대에서 살아남기 위해 사람보다 제도가 위주가 되는 객관적인 시스템을 구축하려고 했다. 기득권을 가진 집단은 개혁을 추구하는 법술지사(法術之士)를 자신의 이익을 침해하는 세력으로 보았다. 그 결과 전국시대에 상앙(商鞅)처럼 제도 개혁을 추진했던 숱한 법술지사들이 기득권의 견제를 넘어서지 못하고 비참하게 최후를 맞이했다.

개혁이 성공하려면, 즉 변화와 같은 인물이 화를 당하지 않으려면 지도자가 합리적인 안목을 갖추고 법술지사는 기득권 세력의 견제를 넘어설 수 있는 강한 연대를 가져야 했다. 그렇지 않으면 제 아무리 개혁의 명분이 좋고 실질적인 성과를 가져온다고 해도 변화를 추진하는 사람은 시대와 불화를 겪을 수밖에 없었다. 그래서 혁명보다 개혁이 어렵다고 한다. 우리나라 역사에서도 숱하게 개혁이 시도되었지만 성공보다는 좌절된 경우가 더 많았다.

나의 세대는 부모 세대보다 민주화에 대한 더 깊고 더 넓은 열망을 가졌다. 학교가 사회 각 영역에서 권위적이고 독선적인 사회 문화와 충돌했다. 기득권 세력이 워낙 강고했기 때문에 숱한 사람들이 목숨을 바쳐가며 "독재를 민주라 부르는 것이 부당하다"고 외쳤다. 한 사람이 쓰러지면 다음 사람이 이어서 그 소리를 이어갔다. 그 결과 우리나라는 민주화를 가장 빠르게 신장시킨 나라들 중의 하나가 되었다.

만약 1980년대에 부자유를 자유라 말하고 독재를 민주라 말하는 것을 사실로 받아들였다면 한국의 민주화는 지금보다 훨씬 늦게 실현되었을 것이다. 활동 영역이 학교에서 사회로 바뀌면서 우리 세대는 새삼스레 현실의 벽을 느꼈다. '나'는 소수이고 다른 '나'가 다수인 곳에서 민주적 가치를 주장하기란 쉽지 않다. 그래서 변화와 달리 두 번 쓰러진 뒤에 더 이상 옥돌이라고 주장하지 않고 침묵을 지키거나 다른 목소리를 내는 사람들도 생겨났다.

하지만 이제 나의 세대도 기성세대가 되어가고 있다. 지금까지는 부모 세대와 뚜렷하게 사회적으로 달라 보였지만 먼일 같았던 것이 점점 더 뚜렷하게 보이고 있다. 즉, 기성세대에 의해 발꿈치를 잘렸지만 이제 기성세대로서 새로운 변화의 발꿈치를 자를 수 있게 되었다는 뜻이다. 자신이 당한 고통을 잊지 않으려면 독선적 자세를 벗어나 미래 세대와 함께 호흡해야 할 것이다.

이제 우리 세대의 '고생'을 알아보자.

해야 하니까 한다

부모 입장에서야 손가락 깨물어 안 아픈 손가락이 없듯이 다섯 자식 중 예쁘지 않은 자식이 없다. 뭐라도 생기면 당신 입에 들어갈 것은' 남겨두지 않고 자식들에게 골고루 나눠서 먹이고 싶어 한다. 먹일 게 없는 게 문제지 어떻게 나눠서 먹이는가는 아무런 문제가 되지 않는다.

자식들의 입장에서 생각하면 상황이 좀 다르다. 먹을 게 있느냐 없느냐는 자식들이 걱정할 일이 아니다. 음식이 있다면 누가 먹느냐 또는 누가 얼마만큼 먹느냐가 신경 쓰이는 일이었다. 큰애는 자신이 크므로 많이 먹어야 하고 작은 애는 자신이 작으니까 먹고 커야 하므로 많이 먹어야 했다. 저번에 내가 적게 먹었으므로 이번에는 내가 많이 먹어야 하고, 저번 일은 저번 일이고 이번 일은 이번 일이므로 새로 나누는 법을 정해야 한다고 우기기도 했다. 말로 조용히 정리하지 않으면 결국 싸우게 되고 그러다 보면 누군가 한 녀석은 울기 마련이었다. 먹을 것이 없으면 모를까 있어도 이 지경이니 집에 바람 잘 날이 없었다. 부모님이나 형과 누나가 규칙을 정해서 "이렇게 하자, 저렇게 하자!" 하면 큰 말썽 없이 넘어갔다.

늘 그렇게 싸움만 한 건 아니었다. 당시에는 없는 살림을 해야 했으므로 부모님이 집에 '없는' 경우가 많았다. 틈만 있으면 부모님은 들에 가서 일하고 농한기가 되면 품삯을 받을 일거리를 찾아서 멀리 나가기도 했다. 그러면 집의 큰애는 어머니가 해놓은 밥을 챙겨서 동생을 먹이기도 했고 나잇살을 먹으면 아예 살림을 해야 하기도 했다. 누나와 형은 "내가 왜 해? 나 놀고 싶어"라고 말하지 않았다. 그들은 부모 있는 가정이지만 집에 없는 부모를 대신해서 자신들이 해야 할 몫을 척척 떠맡았다. 동생들도 이것저것 해달라고 보채거나 앙탈을 부리기보다는 자연스레 자신의 일을 찾아서 했다. 모두가 나서서 일을 나누어하지 않으면 가정은 유지될 수 없었다.

부모님은 집으로 돌아오면 조금이라도 빨리 몸을 누이고 싶었을 것이다. 어른이 없던 집이 온전할 리가 있을까? 부모님, 특히 어머니는 다시 출근을 한 셈이나 마찬가지였다. 밥 하고 집안 청소를 하고 빨래를 하고……. 아이들 중에는 아예 부모를 대신해서 그 역할을 척척 하는 '착한' 아이가 있었다. 또 고생하시는 부모님 생각에 다른 아이들 다하는 떼도 안 쓰고 말썽도 피우지 않는 '얌전한' 아이도 있었다. 이런 아이들을 보고 일찍 철이 들었다고 했다. 당시에는 이처럼 착하고 얌전한 아이들이 칭찬을 많이 들었다. 나이는 어리지만 하는 것은 어른에 어울리는, 아니 아이의 마음속에 어른이 들어 있는, 아이 어른이 많았다. 한편 당시에는 가난에 찌들어서 어른이면서 제 노릇을 못하고 걸핏하면 술을 먹고 아이를 때리는 등 행패를 부리는 어른 아이도 많았다.

부모 세대는 개인의 뜻보다는 어른의 명령과 지시에 따라 일을 했다. 좀 얌전하게 말하면 "하라고 하니까 해야지!"라고 할 수 있고 좀 거칠게 말하면 "까라고 하면 까야지 뭘 그리 말이 많아!"라고 할 수 있다. 이렇게 권위와 명령으로 지탱하던 시대도 박정희의 '서거'와 더불어 어느 정도 그 위력이 약해졌다.

우리 세대는 굳이 누가 하라고 하지 않아도 어떤 상황에 놓이면 내가 뭘 해야겠구나라는 생각을 했다. 내가 어떤 상황에 어떻게 대응해야 하는지 본능적으로 아는 것이 중요했다. 그래서 꼭 시켜서 한다기보다는 해야 하니까 하는, 스스로 알아서 하는 자원자(自願者)가 되었다. 그래도 아이인지라 일하기는 싫고 한껏 놀고 싶을 때도 있었다. 그럴 때면 아이인 점을 내세우며 해야 할 상황을 모르는 체하고 넘어갈 수는 있었지만 마음이 편하지는 않았다.

한번은 수업을 마치고 학교에서 친구들과 공을 차다가 늦게 들어갔다. 특별히 내가 해야 할 중요한 일이 없다고 하더라도 나 대신에 한 번 더 몸을 놀리고 힘들어했을 부모님이나 형과 누나를 보면 주눅이 들었다.

수업을 마치면 책걸상을 뒤로 앞으로 옮겼다 하면서 청소를 했다. 청소 당번이 모두 합심해서 일을 하면 금방 끝낼 수 있다. 그때마다 꼭 뒷짐 지고 빈둥거리거나 바깥을 들락날락하면서 청소를 안 하는 친구들이 있었다.

군대도 그렇다. 누군가 해야 하지만 궂은일이나 귀찮은 일이 있으면 어디에 숨었는지 모습을 감추는 사람들이 있었다. 그리고 일이 끝나면 귀신같이 나타났다. 먹을 것이 있으면 빠지지 않고 제일 앞에서 설쳐대기도 했다. 그때 이들을 '뺀질이'라고 불렀다. 그들은 오늘날처럼 왕따의 대상이 되지는 않았지만 남에게 피해를 주기 때문에 좋은 평가를 받지는 못했다.

필요한 것은 갖고 불필요한 것은 버리자

고향을 떠난 뒤 참으로 많이 이사를 다녔다. 지금은 기억도 희미해서 일일이 꼽을 수도 없다. 생각나는 대로 따져 봐도 20~30번은 될 듯하다.

나는 진주에서 중·고등학교를 다녔다. 그때 부모님과 떨어져서 할머니랑 살게 되었다. 처음에는 상동서동에서 전세를 살았다. 다음에는 고향 밭 5000평을 팔아 칠암동에 집을 샀다. 내가 서울에 있는 대학에 입학한 뒤에는 칠암동 집을 팔고 도동에서 전세로 살았다. 고향 간다고 진주로 내려가니 그 사이 또 전셋집이 바뀌어서 겨우 찾아간 적도 있었다.

서울 와서 처음에는 비수도권 학생에게 제공하는 기숙사에서 살았다. 1년 뒤에 기숙사를 나가야 했기에 11월쯤에 신림동에서 친구랑 자취를 시작했다. 그 뒤로 계약 기간이 끝나면 신림동과 봉천동을 번갈아가며 몇 번이나 자취집을 구했다. 누님이 결혼해서 수도권에 살게 되었을 때 잠깐씩 원당과 안양에서 살았다. 결혼한 뒤에 다시 신림동에서 전세 살림을 시작한 뒤로 광명시의 광명동과 하안동에서 전세로 살았다. 박사 논문을 쓸 무렵에는 서울대학교가 제공하는 기혼자 아파트에서 살았다. 당시 하안동에 전셋집을 빼서 이사를 가야하는데 IMF 구제금융을 겪던 때라 전셋집이 빠지지 않아 곤혹을 치렀다. 박사 학위를 받고서 다시 하안동으로 갔다가 창경궁 부근에 있는 대학교에 임용된 뒤 출퇴근이 너무 어려워서 서울 삼청동으로 전셋집을 옮겼다. 그 뒤 연구년(안식년)을 맞이해서 베이징에서 1년 살다가 귀국해서 다시 명륜동에서 전세를 살고 있다. 하긴 연구실도 비가 새고 물이 새서 두 차례나 옮겼다.

"이거 버려, 아니면 가져가?"

"가져가야지!"

"정말 중요한 거야, 아니면 버리지 못해서 끼고 사는 거야?"

"중요한 거야. 저번에……."

"(말을 끊으며) 이렇게 가지고 다니고서 한 번도 들춰본 적도 없잖아! 이번에 확 정리하지!"

"(목소리를 높이며) 알았어. 언제 볼 일이 있을지 모르니까 가지고 다니는 거지!"

굳이 반자의 한소리를 듣지 않아도 언젠가 버릴 건 버리고 챙길 건 챙겨야 한다. 평소에는 그게 잘 안 되지만 이사를 하게 되면 그렇게 될 수밖에 없다. 작은 평수로 이사를 가게 되면 있던 짐을 다 새집에 둘 수 없기도 하고 새 책을 사기 위해서라도 전에 가지고 있던 자료를 줄여야 했기 때문이다. 자신의 물건 중 소중하지 않은 것이 없겠지만 책이나 복사물도 참으로 소중하다. 때로는 그것을 얻기 위해 엄청나게 발품을 팔았던 일도 있고 도서관에 없는 것도 있으므로 버려야 하지만 버리지 못하고 끼고 다닌 지 오래된 것이 많다.

고향에 있으면 집이라도 있으니 물건을 어디에라도 쟁여놓겠지만 도시 살림은 그것마저도 쉽지 않다. 돈이라도 있으면 어디 창고를 빌려서 그곳에 두면 되겠지만 그것도 쉽지 않다. 결국 어쩔 수 없이 선택을 해야 하는 상황에 놓이게 된 것이다. 모든 것을 늘 가지고 갈 수는 없으므로 어떤 녀석은 나와 동행을 그만두어야 했고 어떤 녀석은 이번에도 용케 선택을 받아서 살아남았다.

자료나 물건마다 사연이 있고 그 사연으로 애착이 있는지라 가려서 뽑는 또는 가려서 버리는 선택이 쉽지 않다. 아마도 우리 세대도 모자라거나 부족한 시대를 살아왔기에 선택에 약한 듯하다. 풍요의 시대를 사는 자식 세대는 나보다 아니 나와 비교할 수 없을 정도로 버리고 헤어지고 다시 사고 만나는 데에 쿨할 듯하다.

도시의 살림살이는 결국 끊임없이 사다가 쓰고 버리고, 버리고 새로 사서 쓰는 과정을 되풀이하게 되어 있다. 그렇게 자꾸 버리다 보니 남겨서 간직해야 할 것마저 실수이든 선택이든 버리게 된다. 우리나라 사람들이 원래부터 기억력이 나빴던 것이 아니라 이런 생활을 반복해서 중요한 사건과 그 의미를 쉽게 잊어버리게 된 것이 아닐까?

나는 그렇게 쉽게 버리는 행렬에 동참하지 않겠다고 생각한 적이 있다. 개인이 어렵다면 기억해야 할 것을 모아두는 박물관과 기념관을 많이 지었으면 좋겠다. 나도 좀 쉽게 버릴 수 있게 말이다.

고생 안 하면 좋지

부모 세대는 부자보다 가난한 사람이 훨씬 많았다. 가난한 사람에게 삶이란 축복받은 레드 카펫이 아니다. 절대로 열고 싶지 않아도 열려 있고 힘껏 밀어서 좀 닫아두었나 싶으면 금세 다시 열리고야 마는 고생문이었다. 고생문을 두고 돌아갈 길이 없었다. 정면 돌파하는 수밖에 없었다.

우리 세대는 좀 다르다. 부모 세대가 일구어놓은 재산도 있고 땀

이 배어 있는 경험도 있다. 또 무엇보다 우리 세대는 대부분 공교육의 세례를 받았을 뿐만 아니라 고향을 떠나서라도 대학 졸업장을 받으려고 했다. 우리 세대는 아무리 세상살이가 험하다고 하더라도 가정이든 교육이든 고생을 피할 수 있는 든든한 배경을 지니고 있었다. 따라서 세상살이 그 자체가 고생문으로 들어서는 것은 아니었다. 제 자신이 하기에 따라 고생을 많이 할 수도 있고 덜 할 수도 있다.

"전 과장, 이번 보고서 어떻게 되었어요?"

"예, 지금 작성 중입니다. 아직 몇 가지 자료를 찾지 못해서 늦어지고 있습니다."

"뭐요? 아직도 작성 중이라니. 저번 보고서 건 벌써 잊었어요?"

"아, 아닙니다. 저번 일을 되풀이하지 않으려고 최선을 다하고 있습니다."

"이번에도 실수해서 우리 팀을 개고생시키면 안 됩니다."

"여부가 있겠습니까. 이번에는 절대 그런 일이 없을 겁니다!"

이 대화는 회사에서 자주, 아니 질리도록 듣는 소리이다. 챙겨야 할 것을 챙기고 않고 변화된 상황을 고려하지 않아서 성사 직전의 프로젝트를 날리기도 하고 막대한 피해를 가져오기도 한다. 사람이 신이 아닌 이상 모든 것을 다 알 수도 없고 실수를 할 수도 있고 실패도 할 수 있다. 하지만 하기에 따라 얼마든지 피할 수 있었는데도 피하지 못했다면, 그것은 우리가 인간이라는 이유로 그냥 넘어갈 수 없는 일이다. 피해가 한 사람에 그치지 않고 회사와 사회 나아가 국가에 엄청난 손실을 입히기 때문이다. 예컨대 우리나라가 국가 부도 사태를 맞이했던 1997년의 경우도 그렇다. 정부가 부실기업을 잘 걸러내고 투기 자본의 유입을 잘 통제했더라면 숱한 사람이 하루아침에 가진 것을 몽땅 잃고 삶의 밑바닥까지 떨어지는 일을 겪지 않았을 것이다.

우리 세대의 삶도 그렇게 만만하거나 말랑말랑하지 않다. 팍팍하고 빡빡하기는 여전한 것이다. 하지만 챙겨야 할 것을 빠짐없이 챙기고 유동적인 상황을 철저하게 점검하고 면밀하게 예행연습을 한다면 얼마든지 고생을 줄일 수 있다. 즉, 준비하지 않아서 개고생하거나 무턱대고 덤벼들었다가 생고생하는 일을 겪지 않을 수 있다. 준비하고 연습하는 만큼 전략에 따라 고생을 덜 할 수 있다. 아니, 극단적으로 어려워서 불가능에 가깝다는 일을 너무나도 쉽고 간단하게 매듭지을 수 있다.

그렇지 않아서 고생을 하면 그것은 어쩔 수 없는 고생이 아니라 쓸데없는 고생이다. 이처럼 고생은 우리 세대에 이르러 사람의 어깨를 짓눌렀지만 그 무게가 조금씩 빠지기 시작했다. 부모 세대가 고생 앞에 늘 주눅이 들어 있었다면 우리 세대는 고생에 반기를 들었던 것이다. 고생은 더 이상 내가 어디를 가더라도 앞길을 턱하니 막아서는 무시무시한 괴물이 아니다. 내가 하기에 따라서 줄었다 커졌다 하는, 부딪쳐볼 만한 친구가 되었다. 불기에 따라서 커졌다 작아졌다를 반복하는 풍선과 같다고도 할 수 있다. 시험도 입찰도 사업도 준비하기에 따라 고생의 양이 달라진다.

우리 세대는 부모 세대처럼 끝까지 두고 보자는 말을 많이 하지
않는다. 끝까지 갈 것 없이 이번에 바로 상황을 역전시킬 수 있기
때문이다. "다음에 두고 보자"라고 말하는 것보다는 얼마나 경쾌
한가. 그리고 '제대로', '잘', '철저하게', '최선'이란 부사를 잘
사용하고 "조사해봤어?", "확인했어!", "모르면 다시 알아 봐!"라
는 말을 자주 한다. 이 말대로 한다면 일을 시작하기 전에 고생은
이미 우리 앞에 납작 엎드릴 것이다. 계산해보고 아니다 싶으면,
즉 고생이 너무 심할 것 같으면 그 길을 버리고 다른 길을 고를 수
도 있다. "아직도 그 고생하고 있어? 사람이 미련하기는"이라는
소리가 여기저기서 흘러나온다. 이 소리가 자칫 변칙과 탈법마저
서슴지 말고 하라는 뜻으로 읽혀지지 않을까 걱정이다.

고마움

우리 부부는 길눈이 매우 어둡다. 어디를 가면 가는 길이며 여정을
꼭 확인하고 떠난다. 현실은 늘 그렇듯이 사전 조사대로 딱딱 맞아
떨어지지 않는다. 길을 잘못 들어서기도 하고 제대로 가는 것 같아
도 확실하지 않아 불안하기도 하다. 그때마다 목적지에 전화를 걸어
서 어떻게 가느냐고 물어본다. 전화를 받는 이는 친절하게 설명하기
도 하지만 아직도 그 흔한 차량 자동 항법 장치(내비게이션)가 없는
지 의아해하는 어감을 전하기도 한다. 그런 말을 들으면 우리도 구
입해야지 하면서도 아직도 사지 않고 있다. 이렇게 버티는 우리를
두고 아이들은 이해를 잘 못하는 눈치다. 아마 "그깟 내비게이션 하
나 사면 될 것을 만날 저 고생이야"라고 생각하지 않을까 싶다.

하지만 우리는 아이들과 달리 생각한다. 자주 외출할 일이 없으니 내비게이션을 사도 쓸 일이 없을 것이고 길을 떠날 때 약간의 불안과 걱정이 미지의 세계로 떠나는 재미 아닌 재미를 주기도 한다. 묻고 부딪치며 때론 짜증을, 때론 고마움을 느끼는 것이 사람이 어울려 사는 참 재미가 아닐까?

우리 세대가 아무리 교육을 받고 물적, 정신적 자원을 물려받았다고 하지만 결코 신처럼 모르는 게 없고 못하는 게 없을 수 없다. 특히 처음 하는 일이라면 마음 걱정이 심하기 마련이다. 일을 하기에 앞서 준비를 한다고 해도 빠짐없이 제대로 준비했는지 걱정되고 잘될까 싶어서 불안하고 무슨 안 좋은 일이 생기지 않을까 마음을 졸인다. 이때 "일을 해봐서 경험이 많은 사람에게 물어볼 수 있었으면…….", "전문가의 조언을 들을 수 있었으면……." 하는 생각이 절로 든다.

"유 선생, 얼굴이 왜 그래! 무슨 걱정 있어?"

"이번 해외 교류 건 말입니다. 어떻게 해야 할지 몰라 걱정이 이만저만이 아닙니다."

"그 일 때문에 그렇구먼. 그럼 저번에 했던 파일을 한번 보지!"

"그 파일은 벌써 봤지요. 그게 언제 이야기데요."

"그래, 벌써 그렇게 시간이 지났나. 참 생각났다. 그러면 영어과에 가서 김 선생님에게 물어보지!"

"아 맞다. 내가 왜 그 생각을 못했지? (벌써 저만치 가고 없는 최 선생님의 뒤꽁무니에 절한다.)"

고마운 사람이다. 내가 일을 잘 몰라서 한걸음도 나아가지 못하고 있는데 크게 티내지 않고 길을 슬쩍 알려준다. 나중에 일이 끝나면 "술이라도 한 잔 사야지!" 사람과 사람 사이에 보이지 않는 전기가 흐르는 장면이다. 이 전기는 사람과 사람을 묶어주는 끈과 같다. 물론 엮이기 싫어하는 사람에게는 이 전기가 "어머, 웬일이야?" 하며 깜짝 놀라게 만드는 충격이리라.

부모 세대는 없이 살았기 때문에 모든 게 소중하고 절실하다. 무엇 하나를 얻어도 하늘을 얻은 듯 기쁘고 반대로 잃으면 땅이 가라앉는 듯 슬프다. 상대가 선뜻 도움을 주지 않으면 도움을 구하는 부모 세대의 자세는 절실하다 못해 비굴해 보이기까지 하다. 옆에서 보고 있던 자식이 눈을 흘기는 모습이 선하게 그려진다.

하지만 그게 없으면 죽을 팔자인데 어쩌겠는가? 도움을 주지 않을 줄 알면서도 형님 놀부를 찾아갈 수밖에 없는 흥부의 심정일 것이다.

우리 세대는 사람에게 다가가거나 일을 처리하면서 목숨 걸고 도움을 청하지 않는다. 부모 세대가 자존심이 없고 우리 세대가 유달리 자존심이 세서 그런 것은 아니다.

내가 혼자서 일을 할 수 있도록 나를 차근차근 이끌어갈 수 있는 매뉴얼은 어디에나 널려있다. 내가 받은 교육의 힘이 매뉴얼이 어디에 있는지 찾을 수 있게 해주고 찾은 매뉴얼을 읽는 방법을 능력을 길러주었기 때문이다.

내가 거들먹거리는 상대에게 아쉬운 미소를 짓지 않고 여유를 부리게 해주는 믿는 구석이 있다. 상대는 자신이 대단한 정보를 쥐고 있다고 생각하지만 찾아보면 그런 정보를 가진 사람이 적지 않다. 다만 그 사람이 가까운 곳에 있을 뿐이다. 또 내가 조금 더 고생을 하면 얼마든지 해결할 수 있는 것이기도 하다. 조금 편하게 하느냐 그렇지 않느냐의 차이일 뿐이므로 상대에게 굽실거릴 필요가 없다. 그만큼 뭔가를 가진 어른의 지위가 낮아진 것이다. 덩달아 유일한 것에 대한 절실함과 간절함도 점차 줄어들었다. 대신 서로 언제든지 아쉬운 사람이 될 수 있는 사람들끼리 고마움을 주고받는 편한 사회가 된 것이다.

나도 중심인물이 될 수 있다

초·중·고등학교를 다닐 때 한 달에 한 번 정도 월요일마다 전교 학생이 교정에 모여 조회를 하곤 했다. 학생들은 키 순서에 따라 반별로 줄을 맞춰 섰다. 그렇게 줄지어 선 학생들의 앞에는 반장들이 한 줄로 섰다. 그 반장들 앞에는 회장이 혼자서 교단을 응시하며 섰다. 선생님들은 각자의 반 앞에 한 줄로 늘어섰다.

"엄마, 나 이번에 반장 선거 나가면 안 돼?"
"안 돼."
"왜 안 돼? 반장도 하고 나중에 회장도 하고 싶다 말이야."
"엄마, 아빠는 바빠서 학교 갈 시간도 없고……."
"엄마, 아빠 학교에 안 와도 좋아. 나 혼자서 잘 할 수 있어!"
"너, 선거에 나가서 뽑힐 자신 있어! 안 될 거면 아예 하지도 마. 떨어지고 나서 울고불고 하지 말고!"

어린 아이들 눈에는 아이들의 차이가 잘 보이지 않는다. 한동네에서 오래 살다 보면 어른들이나 아이 어른 또는 애 늙은이 눈에는 아이들이 다들 고만고만해 보이지 않는다. 누구 자식이 어떠어떠한지 훤히 알 뿐만 아니라 그 부모가 뭘 하고 잘사는지도 꿰뚫고 있다. 그래서 어른들은 반장선거를 치르기 전에 누가 될 줄 미리 짐작할 수 있는 것이다. 철없는 아이는 그것을 보지 못하고 표만 얻으면 될 수 있다고 생각하기에 선거에 나가려고 하는 것이다. 때론 선거가 어른의 눈에 보이는 세상과 달리 친구들 사이에 인기가 많은 사람이 당선되는 경우도 있었다. 반란 아닌 반란, 이변 아닌 이변이 일어났던 것이다. 물론 철없는 아이는 그것이 이변인 줄도 모를 것이다.

반장 선거의 결과는 어른과 아이 모두에게 아이들 일에 어른들이 끼어드는 것이 한계가 있다는 사실을 일깨워준 사건이었다. 가난해도 자기 하기에 따라서 뭐든 할 수 있다는 생각이 무럭무럭 자라나게 되었다. 이런 희망은 우리 세대가 고향을 떠나서 일자리를 찾아 나서거나 대처로 공부를 하려고 떠나서도 꺼지지 않았다. 고향을 떠난 것 자체는 힘들고 불안한 일임이 틀림없었다. 하지만 그 불안이 여기서 내가 잘하면 지금과 다른 나를 만날 수 있다는 부푼 꿈을 사라지게 할 수는 없었다.

그 꿈이 가장 먼저 활활 타오르는 곳이 대학진학이었다. 우리나라 대학생 수는 1985년만 해도 126만 명에 이르렀고 1990년대에는 200만 명, 2002년에는 드디어 300만 명대를 넘어서게 되었다. 즉, 대학 진학률이 80퍼센트를 상회하게 된 것이다. 왜 너도나도 대학에 가려고 할까? 아마도 우리는 사람이 일단 대학을 나와야만 꿈을 키울 수 있는 사다리에 올라탈 수 있다고 생각하기 때문일 것이다. 아울러 이런 생각에 발맞추어 수많은 대학들이 우후죽순처럼 생겨나 대학에 가기가 쉬워지게 되었다.

1980년대는 박정희 전 대통령의 '서거'로 인해 권위주의를 끝내고 민주주의를 꽃피울 문이 열렸지만 정작 그 문을 가장 먼저 열고 들어간 세력은 신군부였다. 그러나 제아무리 신군부의 총칼이 드세다고 해도 한번 무너진 권위와 독재의 망령이 되살아날 수는 없었다. 사회 각 분야에서 어른이 일방적으로 명령하고 지시하던 흐름에 제동이 걸리기 시작했다.

아울러 사회는 급격하게 민주화가 진행되면서 어른 중심의 사회에서 다른 한 쪽으로 기울었지만 금세 견제와 균형이 새로운 시대를 운영하는 틀로 자리 잡았다. 물론 권위가 사라진 사이에 아주 사소하고 작은 것을 두고서도 '아옹다옹'하고 같은 생각을 가지고서도 주도권을 잡기 위해 '티격태격'하는 갈등이 끊이지 않았다. 사회의 한편에서는 '아옹다옹'과 '티격태격'을 불필요한 싸움으로 보고 새로운 질서를 세우기 위해 과거의 권위를 다시 세워야 한다는 목소리를 높이기 시작했다.

우리 사회는 민주화의 진전으로 대놓고 야만적으로 권위(독재)를 내세우기 어렵게 되었다. 정치와 기업 활동에서 은밀하게 독재를 하더라도 당사자들은 문제가 생기지 않게 절차적 합리성을 갖추려고 무진 애를 썼다. 독재의 제도는 사라졌지만 그 추억은 남아 있었다. 사회에 혼란과 불안의 수치가 높아지면 사람들은 독재의 쓰라린 기억은 잊어버리고 일사불란했던 효율성만 아름답게 추억한다. 그만큼 우리 사회의 민주주의 뿌리가 튼튼하지 않다는 뜻이리라.

하지만 제아무리 독재(권위)가 아름답게 보인다고 하더라도 누군가가 자신을 유일한 주인으로 생각하고 우리를 종으로 취급한다면 결코 성공하지 못할 것이다.

열심히

교장 선생님이 주말에 학교에 나와서 교실을 쭉 둘러본다. 주말에도 아랑곳하지 않고 자율 학습을 하는 3학년을 보고 가까이 다가가서 한마디 한다. "열심히들 하는구먼! 대입까지 얼마 안 남았지요? 남은 기간 동안 최선을 다합시다."

퇴근 시간을 훌쩍 넘긴 밤늦은 시간 공장 사무실에 기계 돌리는 소리가 요란하다. 퇴근한 줄 알았던 공장장이 맛있는 통닭을 사가지고 와서 사람들을 불러 모은다. "자, 먹고들 합시다. 퇴근했다가 열심히 하는 여러분 생각이 나서 그냥 있을 수 있어야죠. 먹을 것 좀 사왔어요. 먹고 힘냅시다."

우리 세대가 공부를 하거나 취직을 해서 업무를 볼 때 '열심히'라는 수식어는 그림자처럼 늘 따라다녔다. 누구더러 열심히 하는 사람이라고 하면 좋은 사람일 뿐만 아니라 능력 있고 앞길이 밝은 사람을 가리키는 것이었다. 열심에다 부지런하기까지 하면 그보다 더 좋은 것이 없는 최상의 사람이었다. 반대로 열심히 하지 않는 데다 게으르기까지 하면 그 사람은 믿을 만하지 않을 뿐만 아니라 앞길이 무척 어두울 것으로 여겨졌다.

"이거 야단났네."

"부장님, 왜 그러세요?"

"김 대리, 우리가 맡은 프로젝트 말이야. 모레까지 기안을 올리라고 하네."

"어떡하지요? 끝내려면 삼사일 더 걸리는데요."

"그러게 말이야. 현장 사정도 모르고 저렇게 쪼아대니, 나 참 죽겠어. 이거 어떡하나?"

"오늘 야근해야죠. 방법이 없잖아요?"

야근은 퇴근해야 할 시간에 계속 직장에 남아서 일을 하는 것이다. 당시라고 집에 일찍 들어가고 싶지 않는 사람이 있었겠는가? 특히 그날 집안 모임이나 중요한 약속이 있는데 그런 일이 생기면 사람의 가슴을 후벼 파게 만들었다. 전화로 사정을 말하면 꼭 싫어서 피하는 느낌을 줘서 죽을 맛이었다. 업무 일정과 완공 기간이 예정과 달리 갑작스레 당겨진 것을 뭐라고 한들 소용이 있겠는가. 직장에서 밥을 벌어먹고 살기 때문에 하는 수밖에 없었다. 금세 마음을 다잡고서 누구라도 해야 할 일이라며 일의 세계 속으로 들어갔다.

어떤 면에서 보면 야근을 반기는 측면도 있었다. 특히 생산직과 공무원의 경우 월급봉투가 늘 얄팍했으므로 야근을 해서 봉투를 약간 두툼하게 만들 수 있었기 때문이다. 이런 야근이 한두 번이라면 추억거리라도 되겠지만 너무 자주해서 식구들, 특히 어린 자식의 얼굴을 잊어버릴 정도였다. 얼마나 야근을 많이 했으면 "야근을 밥 먹듯이 한다"는 말까지 생겨났을까.

이런 생활을 하다 보면 집에 있는 시간은 적고 회사에서 보내는 시간이 많았다. 눈만 뜨면 회사에 있다고 봐야 했다. 근무가 끝나면 집에 있는 게 정상인데도 오히려 회사에 있으면 더 편안하다고 느낄 정도였다. 자기 자신을 회사와 동일시하기도 했다. 회사가 잘되는 것이 곧 내가 잘되는 것이라고 믿게 된 것이다. 회사가 잘나간다면 열심히 일한 것을 보상받으며 보람을 느낄 수도 있었다.

이런 생각 때문에 우리 세대는 일중독으로 살다가 40대에 과로사하는 경우가 많았다. 아무리 좋은 대우를 받았다고 해도 남겨진 가족이 여생을 살기에는 충분하지 않았다. 1997년 IMF 구제금융 시기처럼 회사가 어려워지면 하루아침에 이메일 한 통이나 문자 메시지 한 건으로 해고를 통보받았다. 마른하늘에 날벼락을 맞는 심정이었을 것이다. 가장만 믿고 살아왔는데 가장의 사망 이후 가정은 앞으로 어떻게 되는 것이며 다른 곳에 기웃거리지 않고 청춘을 고스란히 바치며 회사 생활을 했는데 회사를 나가라고 하면 어떻게 앞길을 헤쳐나갈 수 있을까? 한 마디로 "열심히 일한 것의 대가가 이것인가?"라는 깊은 회한을 안겨주었다. 이로써 "열과 성을 다하다", "열심히 하다"를 미덕으로 삼아온 사람들은 꽤나 깊은 상처를 받았다. 그래서 '무조건 열심히'라는 말 이외에 '적당히 열심히', '살살 열심히'라는 신조어가 생겨났다.

동문의 힘

부모 세대는 태어난 곳에서 그대로 사는 경향이 많다. 아버님은 잠깐 여행을 갔다 오거나 병원에 입원한 것을 빼면 돌아가시기 전까지 고향(의령군 장박)을 떠난 적이 없다. 어머님은 함안군에서 남강을 건너 고향으로 시집온 이래로 지금도 고향에 살고 계신다. 어머님은 훗날 몸이 불편해서 혼자 살기 어려우면 서울로 오신다고 하니 그 이전에 고향을 떠나실 일은 없을 것이다. 두 분의 인생에서는 살고 있는 땅으로 맺어진 인연이 무엇보다도 중요하다고 할 수 있다.

다른 인연이 왜 없겠느냐만 모두 땅으로 맺어진 인연에 묻혀서 자라났다. 같이 어울려 지내는 마을에는 남이 없다. 모두 수십 년을 같은 곳에서 희로애락을 같이하면서 서로의 처지를 헤아리고 서로의 속내를 읽을 수 있는 친구들이다.

우리 세대는 적어도 대한민국 땅 안에서 좋은 학교에 다니기 위해서 이곳저곳을 자유롭게 떠돌아다녔다. 자연히 땅의 인연에만 매이지 않았다. 학교를 옮겨 다니면서 계속 배움의 인연을 맺어갔다. 인연은 한 번 맺어지면 결코 풀어지지 않는다. 아니 서로 풀려고 하지 않고 더 강하게 묶어두려고 한다.

"여보세요. 거기 신정근 님 아니십니까?"
"그런데요. 누구신데 저를 찾는지요?"
"혹시 동명고 몇 해 졸업생 아니십니까?"
"맞습니다."

"아이고, 형님. 저는 37회 졸업생 이몽룡입니다. 지나는 길에 연락 한 번 드렸습니다."

"그래, 언제 시간 되면 한번 찾아오지. 같이 식사라도 한번 하자고."

타향이나 해외에 가면 아무리 준비를 잘해도 허점이 나타나고 곤란한 일이 생긴다. 거기에 만약 동문이 있다면 전화 한 통으로 모든 문제를 해결할 수가 있다. 어떻게 그렇게 신분 확인이 되는지 참으로 '놀랠 노'자다. 여느 때 같으면 믿을 만한 사람인지 어디 다른 속셈이 없는 건지 따지고 셈하며 시험할 텐데 말이다.

나와 동문이라는 단 하나의 사실만으로도 화기애애한 분위기에서 먹는 문제를 해결할 수 있고 적응에 필요한 온갖 정보를 얻을 수 있다. 둘이 술한잔하고 교가나 고향을 떠올리는 노래 한 자락을 뽑으면 만남은 절정에 이른다. 이제 두 사람은 처음 만난 것이 아니라 오래 전부터 서로 알 수 없는 운명의 사슬로 이어져 있다가 오늘에서야 해후를 한 묵은 인연이 된다.

나는 사교적인 사람이 아니다. 대학 다닐 때 동문 친구와 어울리기는 했지만 동문회에 그렇게 적극적이지 않았다. 대학을 마치고서 친구들이 각종 동문회에 오라고 하지만 선뜻 참석하기 어렵다. 동문회 특성상 우리 학교(나)와 경쟁 학교(남)가 서로 잘되는 것보다 으스대며 내가 남보다 잘난 것을 앞세운다. 여기에 그치지 않고 무슨 안경을 단체로 맞춰서 썼는지 내가 잘한 것은 돋보이고 못한 것은 작아 보이지만 남이 잘한 것은 작아 보이고 못한 것은 돋보인다. 선의의 경쟁이 아니라 괜한 우월 의식을 집단으로 공유하는 말과 몸짓이 영 마음에 닿지 않는다.

대한민국에서 시민 단체는 회원이 없어서 늘 죽는 소리를 하지만 잘되는 동문회는 늘 사람들로 넘쳐난다. 내 생각에 한 동문회가 성원의 뜻을 물어서 한 시민 단체를 후원한다면 둘 다 잘 되지 않을까 싶다. 동문회는 동문이라는 닫힌 성격을 벗고 시민 단체의 공적 기여를 나누어 가질 수 있고 시민 단체는 적은 회원과 불안한 재정의 걱정을 덜어서 서로 보탬이 되지 않을까 생각해본다. 나만의 상상이리라.

사람은 어딘가에 소속되면 안정감을 느끼게 된다. 그래서 땅의 인연과 배움의 인연이 사라지지도 줄어들지도 않고 시간이 흐름에 따라 눈덩이처럼 불어난다. 그 안정감이 개인에게 너무 깊게 자리하면 까닭 모를 편견과 우월 의식을 갖게 된다. '나'는 원래 동문의 일부에 불과하지만 일체시를 통해 자신을 학교와 동일시하게 된다. "나, 어디 나왔는데……." 이런 말에서 나는 불안감을 느낀다. 한국 사회에서 동문의 힘이야 없어질 수 없겠지만 그것이 단순히 친목과 화합을 다지기에 좋은 '추억들'의 잔고가 넘쳐나는 은행 역할에 머물고, 괜스레 오버해서 국가와 사회 발전의 동력으로 여겨지지 않았으면 좋겠다.

힘을 나누어서

부모 세대는 눈만 뜨면 일을 했다. 일 이외에 다른 데 관심을 둔다면 게으른 사람이거나 앞길이 캄캄한 사람으로 취급되었다. 한편에서 "어떻게 일만 하고 살아. 놀고도 살아야지"라고 볼멘소리를 할라치면 금방 "일해서 먹고 살기도 바쁜데 어느 틈에 다른 짓을 할 수 있겠어"라는 지청구가 들어오는 듯하다. 이솝우화 《개미와 베짱이》는 이 맥락에 딱 들어맞는 이야기다. 개미는 여름 내내 고생하며 양식을 모아 겨울을 따뜻하게 보냈다. 베짱이는 여름날 그늘에서 노래를 부르고 노느라 식량을 모으지 않았다가 겨울이 닥치자 춥고 배가 고파 개미의 집을 찾아가 도움을 청했지만 거절을 당한다.

이 이야기는 라 퐁테느가 그리스어로 된 이솝 우화를 프랑스어로 옮기고 그것이 다시 영어와 다른 나라 말로 옮겨지면서 세계적으로 널리 알려지게 되었다. 나라에 따라 베짱이가 매미나 여치로 바뀐 경우도 있다. 재미있게도 앞의 줄거리는 라 퐁테느의 프랑스 판에 나타난 것이지만 일본에서는 다른 버전으로 알려져 있다. 《일본인과 미국인의 의식구조》의 저자 와가즈마 히로시는 두 버전의 차이를 재미있게 분석했다. 특히 마지막 부분이 일본의 동화책에는 여치가 개미에게 도움을 청하는 장면에서 "개미는 담아두었던 먹을 것을 내주었습니다"로 되어 있거나 늦게 찾아온 것을 나무라며 "여름엔 노래 부르고 겨울엔 춤을 추고 있나 생각했었지. 자, 사양하지 말고 많이 드시오. 원기를 회복해서 올 여름에도 즐거운 노래를 들려줘요"라고 했다고 한다. 우리나라 드라마가 제아무리 해피엔딩을 좋아한다고 해도 우리는 《개미와 베짱이》를 일본식보다는 라 퐁테느식으로 보는 데 익숙한 듯하다.

우리 세대에 이르러 베짱이가 늘어났다. 특히 마이카 시대가 시작되자 사람들은 일하는 것만큼이나 노는 것에도 관심을 쏟았다. 더 적극적으로 일하기 위해서라도 잘 놀아야 한다는 적극적인 유흥론이 등장했다. 유홍준의 《나의 문화유산답사기 1》은 이런 시대적인 흐름과 기가 막히게 딱 들어맞았다. 많은 사람들이 바둑에서 복기를 하듯이 이 책을 교과서마냥 손에 들고 여행을 다녔다. 일주일은 이제 일만 하는 시간이 아니라 일도 하고 여가도 보내는 시간으로 나뉘게 되었다.

둘 다 잘하려면 한꺼번에 모든 힘을 쏟을 수 없었다. 만약 부모 세대처럼 혼신의 힘을 다 바치거나 아니면 너무 열심히 한다면 여가를 보낼 힘이 남아 있지 않게 된다. 그래서 직장에서도 누군가 철없이 열과 성을 다해 일에 열중하면 어디에선가 "고마 살살해라. 그러다 병날라"라는 말이 들려오기 시작했다. 병날 정도로 일하는 것이 무조건 좋은 것이 아니라 자신의 건강도 챙기지 못하는 모자란 사람이 되어버린 것이다.

'나'는 야근을 해야 할 경우 내가 가진 힘의 100퍼센트를 들여서 일을 하지만 보통의 경우에는 내가 가진 힘의 70~80퍼센트로 일하고 여가나 자아실현을 위해 힘의 20~30퍼센트를 남겨두었다. 나는 여전히 열심히 하는 것을 미덕으로 삼지만 언제나 늘 그렇게 하지는 않는다는 것이다. 부모 세대가 모든 일을 혼신으로 하던 것과 너무나도 다르다. 당신들은 나무 한 짐을 하더라도 밥 한 숟가락을 뜨더라도 나의 모든 것이 함께 따라갔다. 우리 세대는 맡은 일을 정성으로 대할 때 부모 세대와 차이가 없지만 건성으로 대할 때는 부모 세대와 완전히 달라 보였다.

그리고 주말에 다녀온 바깥 세계의 공기가 이제 회사 안으로 밀려오게 되었다. 옛날에는 일하는 사이에 기껏해야 연예인 이야기나 정치 이야기 아니면 스포츠 이야기가 오갔지만 이제는 휴가에 다녀왔던 곳과 보았던 걸 이야기한다. 이야기를 듣던 나도 그렇게 해봤으면 좋겠다는 생각에 멍해졌다. 나도 오로지 직장만 생각하던 삶에서 벗어나 직장과 휴가를 대등하게 놓는 새로운 사고를 하게 되었다.

나아가 나와 회사의 관계를 언젠가부터 확 달리 바라보게 되었다. 예전에는 어느 날 갑자기 회사에서 쫓겨나도 속수무책으로 당하기만 했다. 이제 쫓겨났던 그때의 쓸쓸한 추억을 되풀이하지 않기 위해 잘리기 전에 내가 회사를 떠날 수 있는 준비를 하게 되었다.

애쓴다

대학원 석사 과정 때 일이다. 학위논문을 쓰기 전에 결의를 다지자며 동학들과 설악산에 오르기로 했다. 별다른 운동을 하지 않았던 터라 체력이 썩 좋지 않은 상태였다. 오색 약수터에서 올라가기 시작했다. 힘든 걸음으로 한 발씩 앞으로 내딛었다. 눈이 내린 뒤라 그런지 올라가기가 더욱 힘들었다. 올라가다가 대청봉을 한번 쳐다보면 금방이라도 가닿을 듯 가까이 느껴졌지만 실제로 걷고 또 걸어도 대청봉은 더 멀어지기만 할뿐 가까워지지 않는 듯했다. 동학들은 결국 탈진해서 눈밭에 쓰러지듯 벌렁 넘어지며 더 이상 못 올라가겠다고 했다.

만약 날이라도 저문다면 숨이 턱에 막히더라도 쉬지 못하고 악을 써서라도 걸음을 재촉해야 했다. 다행히 일찍 산을 올랐던 터라 시간이 여유가 있어서 한참 쉬고서 체력이 좀 회복된 뒤에 다시 걸음을 내딛었다. 이때도 몸이 천근만근인지라 그만 내려가고 싶다는 마음이 없었던 것은 아니었다. 대청봉을 오르기로 했던 초심을 지키기 위해서 무거운 몸을 일으키려 무척 애를 썼다. 그렇게 애를 쓴 덕분에 대청봉에 올랐을 때 기쁘기보다는 빨리 두 다리 쭉 뻗고 쉬고 싶었다.

부모 세대는 힘이 바닥나더라도 그대로 벌렁 나자빠지지 않는다. 더 이상 쥐어짤 힘이 없더라도 마른 수건을 짜듯이 힘을 내 움직인다. 이를 두고 '기를 쓴다', '악을 쓴다'고 말한다. 가운데서 포기하는 법이 절대로 없는 것이다.

우리 세대는 그렇게 그악스럽게 굴지 않는다. 그게 나쁘다기보다 그렇게까지 할 필요가 있을까라는 생각이 들어서 그렇다. 대학가 주변의 술집을 가면 수시로 껌을 팔려는 분들이 들락거린다. 시중가가 500원인 껌을 1000원에 판다. 한 번에 사는 사람도 있지만 몇 차례 찾아와도 사지 않는 사람도 있다. 뒤의 사람은 자신이 "안 사겠다!"고 의사를 분명히 한 만큼 껌 파는 분이 순순히 물러나면 되지 끝까지 사라고 오는 것을 못마땅해 한다. 껌 파는 분은 살기 위해서 지독하게 악을 쓰는 것이지만 손님 입장에서는 오히려 괜한 일로 기분을 망치는 꼴이 된다.

우리 세대는 모든 일을 악착같이 하기보다는 좀 아니다 싶으면 몸을 뒤로 살짝 뺀다. 하지만 세상살이가 어디 그렇게 만만하기만 한가! 경우에 따라서는 소가 도살장에 끌려가는 심정으로 내키지 않지만 해야 할 일도 있다.

"그 사람 연락처 여기 있어. 연락해서 의사를 좀 타진해봐?"
"나는 모르는 사람이라 연락하기가 좀 그래. 그러니까 잘 아는 당신이 만나서 애 좀 써봐!"
"잘 알기는……. 사실 그 사람과 관계가 좀 껄끄럽단 말이야."
"지금 그것 따지고 있을 때야. 지푸라기라도 잡는 시늉을 해야지, 안 그래!"
"그래 알았어(마지못해 일어서며 머리를 긁적거린다)."
"잘되면 내가 한턱 낸다. 파이팅!"

부모 세대라면 누구나 살기 위해서 늘 악을 써야 했다. 우리 세대는 필요할 경우에 한해서 내키지 않더라도 한 번씩 애를 썼다. 악은 스스로 쓰는 것이기 때문에 위로를 받거나 보상을 받는 일이 없다. 애를 쓰는 것은 특별한 경우 다른 사람을 위해 하는 일이기 때문에 일을 하고 난 뒤에 감사의 대가를 받는다. 이처럼 악과 애는 다르면서 닮았다.

이와 달리 우리는 특별하지 않은 상황에서 좋은 결과를 거두기 위해서 우리 스스로 애를 쓰기도 한다. 당연히 이를 위해서는 평소보다 조금 노력을 들여야 하므로 최선을 다하게 된다. 이마저도 하지 않고 좋은 결과만을 바란다면 그것은 요행을 바라는 것이지 노력의 대가를 바라는 것이 아니다. 이런 뜻으로 쓰이는 경상도 말이 '욕봤다'다. 전라도 출신의 반자가 결혼해서 시댁에 갔을 때 시어머니의 일을 거들어주고 그 말을 듣고서 무슨 뜻인지 몰라 좀 당황했던 말이기도 하다.

더 많은 수익을 찾아서

한 푼 두 푼이 모이면 언젠가 큰돈이 된다. 큰돈(목돈)을 굴릴 수 없는 시장에서는 이 논리가 가능하다. 내가 중·고등학교 다닐 때만 해도 집에서나 학교에서 은행 통장을 만들어 다달이 저금하는 습관을 기르도록 가르쳤다. 부모님과 선생님은 늘 말씀하시곤 했다. "이렇게 한 푼 두 푼이 쌓여서 나중에 요긴하게 쓸 때가 있으니 돈이 생기면 그 자리에서 쓰지 말고 모아둬라."

이 논리에 따라 만든 이야기가 있다. 손에 100원을 가지고 버스를 타면 그 돈이 버스에서 내릴 때 송아지를 살 돈으로 불어난다는 것이다. 이야기인즉슨 이렇다. 처음에 100원으로 병아리를 산다. 병아리를 잘 돌봐서 암탉으로 키운다. 암탉을 잘 돌봐서 매일 알이 생긴다. 알을 하나씩 모아서 사람들에게 판다. 알을 판 돈을 은행에 가서 저금을 한다. 그렇게 저금하다 보면 돈이 불어난다. 어느 날 그렇게 불어난 돈으로 송아지를 산다. 이렇게 이야기가 이어지다 보면 동전 100원은 빌딩을 사고 차를 사고 도시 전체를 살 수 있는 돈으로 불어나게 된다.

옛날은 옛날일 뿐 지금이 아니다. 옛날의 방식으로 한 푼 두 푼 모으다가는 언제 집을 사느냐라는 구박 소리가 들릴 뿐이다. 부동산과 주식, 선물과 환차익 등 때를 잘 맞추어 한꺼번에 떼돈을 벌면 한 푼 두 푼 모아서 빌딩을 샀다는 신화는 참으로 초라해 보인다. 토끼와 거북이 시합처럼 아무리 착실하게 한 푼 두 푼 모아도 한꺼번에 훌쩍 뛰어가는 떼돈은 따라잡을 수 없다. "아직도 적금 부어서 목돈 마련하려고 하세요?", "차라리 은행에서 돈 좀 얻어서 땅을 사요, 땅을 사!"라는 소리가 들려오는 듯하다.

우리 세대는 한 푼이 두 푼이 되고 두 푼이 목돈이 되는 적금의 신화를 믿으면서도 동시에 한꺼번에 떼돈을 버는 로또의 신화도 믿는다. 사람마다 다르겠지만 대체로 안정과 모험의 중용을 선택한다. 그럼에도 불구하고 우리 세대는 부모 세대와 달리 돈을 한 곳에 가만히 두지 못하고 수익률을 좇아서 끊임없이 움직이게 한다. 아울러 더 많은 수익률을 거두기 위해서 정보를 캐내려고 쉼 없이 노력을 한다. 물론 제 꾀에 넘어가 손해를 보기도 하지만 황금알을 낳은 로또의 신화에 귀가 꽤나 얇아져 있는 실정이다.

사람들은 더 높은 수익률에 커다란 관심을 가지고 있지만 안타깝게도 제조업이나 벤처 기업을 운영해서 돈을 벌기보다는 상대적으로 골치를 덜 썩이는 부동산과 주식을 통해서 돈을 벌려고 한다. 기업의 경우도 마찬가지다. 정작 기업 본연의 기술 혁신과 상품 개발을 통해 수익을 거두기보다 업무용 토지를 빙자한 토지와 부동산 거래로 막대한 수익을 거두는 경우가 허다하다.

〈한경비즈니스〉는 매년 '한국의 100대 기업' 리스트를 발표하고 있다. 이 발표에 따르면 한국의 100대 기업 중에 1980년대에 창업한 기업은 12개, 1990년에 창업한 기업은 5개에 불과하다. 특히 2000년대에 창업한 기업은 1개에 지나지 않는다. 한국의 100대 기업 중 94퍼센트가 1989년 이전에 만들어진 것이다. 1949년 이전은 14개, 1950년대는 13개, 1960년에 30개, 1970년대에 25개가 창업했다. 한국의 이런 상황은 오늘날 세계 굴지의 기업이 된 구글이 1998년에 창업했다는 사실과 뚜렷하게 대비된다.

어찌 보면 참으로 심각한 현상이다. 한국에는 젊은 기업은 없고 대부분 늙은 기업만 있는 것이다. 늙은 기업이 많다는 게 잘못이라기보다 젊은 기업이 계속 생겨나지 않는 것이 문제이다. 여기에는 여러 가지 원인이 있을 것이다. 사람들이 모험보다 안정을 추구하여 기업가 정신이 약해져서 이런 일이 생긴 것일 수도 있다. 뒤집어 생각해보면 우리가 땀 흘려 한 푼 두 푼 모아서 큰돈을 버는 것보다 한꺼번에 떼돈을 벌겠다는 사고에서 이런 일이 생겨나지 않았을까?

미국 애플사의 스티브 잡스 사장은 아이폰을 개발하면서 소프트웨어 프로그램을 만드는 회사와 공존할 수 있는 방식을 채택하고 있다. 여기서 우리나라 기업이 반성할 점이 있다. 재계는 걸핏하면 규제 만능과 반기업 정서 등을 들먹이며 사업하기 어려운 이유가 국가 경제와 국민의 의식과 관련이 있다고 누누이 말하곤 한다. 한국 100대 기업의 창업 실태를 보면 기업 스스로 신규 사업자의 진출을 반기기보다는 막는 측면이 있다는 것을 부인하기 어렵다.

이제 가족과 기업 그리고 국가와 세계 경제를 위해 아무리 경쟁이 첨예화된다고 하더라도 상대를 짓밟으며 나의 이익을 키우기보다는 상대와 공존하며 전체의 이익을 키우는 방안에 관심을 둘 때가 되었다고 하겠다.

자신이 좋아하는 대로 좇아서 하다, 종오소호

우리 세대에게 인생은 한마디로 기회의 장이었다.

산다는 것은 힘들게 하는 것〔苦生(고생)〕과 즐겁게 사는 것〔樂生(락생)〕이 적절하게 뒤섞인 것이다. 맛으로 말하면 쓴맛과 단맛이 골고루 뒤섞인 비빔밥과도 같다고 할 것이다. 쉼 없이 닥쳐오는 위기를 헤쳐 나가고 끊임없이 일어나는 변화를 따라간다는 뜻이다. 앞으로 나아간다고 하더라도 남보다 뒤처지면 결국 퇴보하는 셈이었다.

　빠르게 변하는 인생살이라 해서 즐거움과 희열이 없는 것은 아니다. 열심히 노력해서 치열한 경쟁에서 살아남았을 때 그라운드에서 골을 넣은 축구 선수처럼 즐거웠다. 호프집에서 벌어진 축하 자리는 마치 전쟁에서 이기고 돌아온 영웅의 귀환과도 같이 떠들썩했다. 그러나 승리감만으로 문득 찾아오는 "앞으로 잘 살 수 있을까?", "내가 제대로 살아가는 건가?"라는 속마음을 완전히 감출 수는 없었다. 또 늘 승리하란 법은 없다. 승리와 실패가 번갈아 찾아오면서 머리는 지끈지끈하고 몸은 개운하지 않고 늘 찌뿌드드하다. 사우나에 가는 횟수만큼 피로가 회복되는 속도는 늦어지고 머리에는 흰머리가 늘어난다.

우리 세대는 한국 역사에서 처음으로 민주와 자유의 공기를 많이 마셨다. 그 결과 우리 사회의 공적인 영역과 광장에서 민주와 자유가 흘러넘치게 되었지만 사적인 영역과 밀실에서는 여전히 권위와 명령이 사라지지 않고 있다. 우리 세대는 사회생활을 하면서 두 가지 공기를 섞어 마시면서 갈팡질팡하기 시작했다. 부모 세대와 다음 세대로부터 '우유부단하다', '허둥지둥하다', '확실하지 않다'는 소리를 들었다. 민주주의와 자유의 가치를 굳게 믿지 못하는 이는 효율성을 내세우며 권위주의로 되돌아서기조차 했다.

우리 세대의 로망을 떠올리면 두 가지 노래가 생각난다.

하나는 '즐거운 나의 집'이라는 노래다. 원곡은 영국의 작곡가 비숍이 곡을 쓰고 미국의 극작가이자 배우인 존 하워드 페인이 노랫말로 지은 〈Home! SWEET HOME〉이다. 한국에는 김재인에 의해 〈즐거운 나의 집〉으로 번역되었다. 이 노래는 1862년 미국의 버지니아 레파히녹크 리버 전투를 종결시켰다고 한다. 《음악 속의 숨은 이야기》라는 책에 일화가 소개되었는데, 당시 군악대가 이 노래를 연주하자 병사들이 서로 적이라는 사실도 잊고 합창을 하기 시작했다고 한다. 하지만 아이러니하게도 이 노래의 가사를 지은 페인은 노랫말과 어울리는 가정을 가지지 못한 것으로 알려져 있다.

즐거운 곳에서는 날 오라 하여도, 내 쉴 곳은 작은 집 내 집 뿐이리. 내 나라 내 기쁨 길이 쉴 곳도, 꽃 피고 새 우는 집 내 집뿐이리

어머님이 시집오면서 해온 혼수 중에는 자수를 뜬 것이 많았다. 그 중에 'SWEET HOME'이라는 글자가 선명한 것이 있다. 어머니는 이 글자의 연원을 모르시겠지만 페인의 노랫말에서 따온 것이다. 글자처럼 꿈꾼 결혼 생활을 하셨을까? 그 희망은 어머니의 자식 세대, 즉 우리 세대에게 넘겨졌다. 아내와 남편 중 누군가 출근하고 제때에 퇴근하고서 집에 일찍 들어와 식탁에 온 식구가 둘러앉아 밥을 먹으며 그날 있었던 일을 이야기하고……. 하지만 우리 세대의 가정을 보면 아이들은 학교를 마치고도 학원에 가고 가장은 늘 집에 없는, 집에 와서 잠깐 잠자고 밥 먹고 나가는 하숙집과 다를 바가 없다. 아직도 '내 쉴 곳은 작은 집 내 집 뿐이리(There's no place like home)는 노래 속에만 있는 듯하다. 재미있는 건, 원곡에는 '나라'라는 말이 없다는 것이다. 번역도 창작의 일종이긴 하지만 이 경우는 황당하기까지 하다.

다른 하나는 권진원의 〈살다보면〉이다.

살다보면 하루하루 힘든 일이 너무도 많아 가끔 어디 혼자서 훌쩍 떠났으면 좋겠네. 수많은 근심걱정 멀리 던져버리고 언제나 자유롭게 아름답게 그렇게. 내일은 오늘보다 나으리란 꿈으로 살지만 오늘도 맘껏 행복했으면 그랬으면 좋겠네.

옛날에는 훌쩍 떠나고 싶어도 버스가 없었고 버스가 있어도 시간이 맞지 않았다. 지금은 밤이라도 차가 있으니 훌쩍 떠날 수 있다.

나의 세대가 다른 세대와 만나려면 잠시라도 의무의 사슬에서 벗어나 욕망의 진로에 관심을 둘 필요가 있다. 이와 관련해서 살펴볼 만한 글귀가 있다. 《논어》〈술이〉 12단락에 나오는 종오소호(從吾所好)라는 말이다.

이 구절이 무엇을 나타내는지 알려면 앞뒤 문맥을 살펴볼 필요가 있다. 아마 누군가가 공자에게 "당신은 돈도 제대로 벌지 않는데, 도대체 뭐하면서 살 건가요?"라고 물어본 듯하다. 이에 대해 공자가 대답했다.

富而可求也, 雖執鞭之士, 吾亦爲之 부이가구야, 수집편지사, 오역위지
如不可求, 從吾所好 여불가구, 종오소호

경제적 성공을 추구할 수 있다면 시장에서 채찍을 잡는 문지기라도 나는 꼭 할 것이다. 만약 그걸 추구할 수 없다면 나는 자신이 좋아하는 일을 좇아가리라.

여기에 나의 세대 보통 '엄마'가 있다고 치자. 그가 만약 옷가게에 옷을 사러 가면 먼저 어디를 갈까? 아동, 청소년 매장에 가서 아이들 옷을 고른다. 다음으로 남성복 매장에 가서 옷을 고른다. 그리고 지나가다 여성복 매장에 들러서 옷을 보더라도 만지작거릴 뿐 살 기미가 보이지 않는다. 또 슈퍼에 장 보러 가면 어떻게 될까? 슈퍼에 들어서자마자 "우리 아이가 좋아하는 것이 무엇일까?"라는 생각부터 한다. 사람에 따라 아이 자리에 부모님이 들어갈 수도 있고 또 다른 사람이 자리 잡을 수도 있다.

　중요한 것은 소비 행위에 있어서 철저하게 '나'는 없고 다른 '나'들로 가득 차 있다는 점이다. 물론 그 '나'들과 나를 칼로 자르듯이 나눌 수 있느냐고 반문을 할 수도 있다. 하지만 일상생활에서 그렇게 '나'를 묻어두기 시작하면서 '나'는 다른 영역에서도 잊히는 존재가 되어버린다는 것이다.

　이것은 나의 세대 보통 '아빠'도 마찬가지다. 우리나라도 1953년부터 근로기준법에 따라 하루 8시간 노동을 하게 되어 있다. 하지만 사회생활을 하다 보면 하던 일이 저녁 6시에 딱 끝나지 않는 경우가 많다. 이 경우 '오늘 여기까지 정리하고 다음은 내일 해야지!'라는 생각이 정상인데도 아직 철모르는 이야기로 들린다. 하루 이틀이 아니라 많은 날을 그렇게 지내다 보면 '오늘 일찍 집에 가서 가족들이랑 즐거운 시간을 보내고 싶다' 는 욕망도 사치가 되어버린다. 주말이 되면 주중의 피로를 풀 겸 잠이라도 늘어지게 자고 싶지만 가족들과 시간을 보내야 한다는 생각이 차오른다. 이러다 보니 이 시대의 남성들도 하고 싶은 것은 못하고 해야 하는 것에 자신을 맡기게 된다.

　이때 공자의 '종오소호'라는 말을 되새겨볼 만하다. 그 말은 잃어버린 '나'를 다시 중심에 세운다는 뜻이다. 여성이라면 빠듯한 살림에 늘 내 옷을 사리라 결심할 수는 없지만 그래도 "이번에는 내 차례다!"라는 생각을 가져야겠다. 남성이라면 당연하다고 생각하는 삶의 관행에 대해서 곰곰이 생각해볼 필요가 있다.

　그러면서 '한 번 뿐인 나의 인생'에 대해 생각해보자. 아이들의 인생은 아이에게 맡겨두고 국가와 민족의 문제는 그 문제를 책임질 사람에게 맡겨두자. 잠시라도 이전에 '나'의 자리에 대신 들어섰던 다른 '나'들을 옆으로 제쳐놓자. 요즘은 나도 젊은 시절엔 입지 않던 청바지를 입고 다닌다. 그리고 가족들과 음식점에 가면 차례를 정해서 "이번에는 내가 먹고 싶은 대로 먹자!"라며 주문을 한다 하나씩 '내'가 하고 싶은 것을 찾아나가야겠다.

3장

새로운 삶에
도전하다
계명구도, 피자 세대의
고생학

제3대 자식 세대는 1980~1990년대에 태어난 세대이다. 빠른 이는 벌써 생업의 현장에 있고 대부분은 학교에서 배움의 과정에 있다.

이 세대는 대부분 없는 것이 없는 풍요의 시대를 보냈다. 하지만 이들이라고 시대의 그늘이 없을 수 없다. 한국의 정치·경제가 독자적인 규칙에 따라 굴러가기도 하지만 점차로 다른 나라들의 정치·경제적 상황과 연결돼서 움직이는 측면이 늘어나기 시작했다. 정보화니 세계화니 하는 말은 자식 세대가 앞으로 활동하며 살아가야 할 상황이 이전 세대보다 훨씬 폭이 넓고 경쟁이 심하다는 것을 나타낸다. 우리 세대보다 훨씬 짧아진 변화의 주기에 대응하는 것이 자식 세대에 숙명처럼 주어진 과제다.

자식 세대는 비로소 조상 대대로 바라마지 않았던 '흰 쌀밥에 고깃국 먹고 비단옷에 기와집에 사는' 염원이 이루어진 시대를 살았다. 풍요의 세대라고 할 만하다. 삶에 풍요의 여유가 찾아든 만큼 자식 세대는 재미를 찾고 즐거움을 누리는 것에 주춤하지 않고 당당하다.

자식 세대는 무에서 유를 만든 부모 세대와 유를 크게 키운 우리 세대를 이어서 크게 키운 유를 더욱더 키우고 잘 유지해야 하는 역할을 맡았다. 이를 위해서 다시금 이전의 두 세대가 걸어왔던 길을 되돌아보며 배울 것은 배워야 한다. 이전 세대는 갑작스런 근대화에 접어들어서 맨땅에 헤딩하듯 길을 만들어갔다. 자식 세대는 이전 세대가 만든 매뉴얼을 참조하면서 새로운 상황에 적용할 수 있는 텍스트를 넓혀야 한다.

자식 세대는 풍요의 시대를 사는 만큼 먹는 것이나 입는 것이나 사는 것이나 이전 세대가 누리지 못했던 새로운 것을 즐긴다. 자식 세대는 살아남아야 한다는 부모 세대의 생존과 무엇이든 많이 만들어내야 하는 우리 세대의 생산을 넘어서 싱싱하고 힘찬 기운이 넘치는 생기(生氣)를 드러내고 있다. 우리 세대에게는 빈대떡이나 파전이 입에 맞지만 자식 세대에게는 피자와 파스타가 더 맛이 있다. 우리 세대는 새로운 피자에 주춤하며 일정한 거리를 유지하지만 자식 세대는 너무나도 가까워서 결코 떨어질 수 없다. 자식 세대(3세대)는 홍수처럼 쏟아지는 새로운 것을 원래 있었던 것과 구별 없이 자연스럽게 받아들이고 그것과 함께 살아가고 있다. 그래서 나는 자식 세대를 '피자 세대'라고 부르고 싶다.

자식 세대를 생각하면 떠오르는 것이 있다. 이전 세대의 학창 시절 책상에 없던 것들이 자식 세대의 책상에 놓여 있다. 컴퓨터가 그렇고 휴대전화가 그렇고 전자책이 그렇고 MP3가 그렇다. 이전 세대는 가족 모두의 소유였지만 지금은 혼자 가지고 있는 것이다. 또 자식 세대가 방안에서 끊임없이 외부 세계와 접촉할 수 있는 기기이기도 하다. 이로 인해 방은 나만의 안락한 사적 공간이기도 하면서 세계와 교신하는 기지이자 센터가 되었다. 센터를 지휘하는 본부에는 으레 세계 지도가 있기 마련이다. 그래서 자식 세대는 공간에 뿌리를 박은 부모 세대와 달리 끊임없이 세계를 항해하므로 '지구본'을 가지고 있는 것이다.

자식 세대의 글을 쓰면서 '티아라'라는 걸그룹의 〈너 때문에 미쳐〉를 여러 차례 들었다. 가운데 후렴처럼 반복되는 '철없게'라는 말은 몇 번 들어 보고서야 알아들을 정도로 빠르다.

봐도 봐도 봐도 내가 봐도 봐도 보고 싶어. 너 땜에 온종일 미쳐. 내 영혼마저 미쳐. 꽂혀 꽂혀 꽂혀, 내가 너에게로 꽂혀 꽂혀. 끌리는 내 몸이 꽂혀. 너 땜에 내가 미쳐.

또 하나는 2AM의 〈죽어도 못 보내〉다.

난 죽어도 못 보내. 내가 어떻게 널 보내. 가려거든 떠나려거든 내 가슴 고쳐내. 아프지 않게 나 살아갈 수라도 있게. 안 된다면 어차피 못살 거 죽어도 못 보내. 아무리 네가 날 밀쳐도 끝까지 붙잡을 거야. 어디도 가지 못하게. 정말 갈 거라면 거짓말을 해. 내일 다시 만나자고 웃으면서 보자고. 헤어지자는 말은 농담이라고. 아니면 난 죽어도 못 보내.

사랑은 두 사람이 하는 것이다. 두 노래에서는 사랑이 과연 두 사람이 서로 하는 것인지 의구심이 든다. 내가 좋으면 좋은 것이고 내가 보내기 싫으면 보내기 싫은 것이다. 관계에서 전적으로 '내'가 중요한 것이지 '네'가 어떠한지 세심하게 고려할 대상으로 여기지 않는다. '나' 자신에게 도취되어 있는 것이다. '나'에 취해 있으면서 '너'로 인해 아파하고 힘들어하고 있다. 얼핏 보면 노래가 '너' 또는 나와 네가 함께 있는 의미를 말하는 것이 아니라 '나'의 감정을 여과 없이 배설하고 있는 것으로 보인다. 그렇지만 나는 너를 끊임없이 필요로 하고 있다. 어쩌면 사랑을 말하는 방식의 차이가 아닐까?

자식 세대하면 떠오르는 고사성어가 있다.

《사기》 '맹상군열전'에 나오는 계명구도(鷄鳴狗盜)가 그것이다. 글자 그대로 풀이하면 '닭이 울고 개 흉내를 내서 훔친다'라는 뜻이다. 고사성어가 그렇듯이 글자만으로는 의미가 잘 들어오지 않는다.

싸우는 나라들, 즉 전국시대에 진나라와 제나라는 서로 멀어서 직접적으로 충돌하는 일은 드물었다. 하지만 두 나라는 언젠가 서로 일전을 겨룰 날이 있을 거라는 생각을 가지고 있었다. 맹상군은 식객을 3000명이나 거느릴 정도로 제나라에서 유력자였다. 진나라 소왕(昭王)은 맹상군의 명성과 재능을 듣고 만나고 싶다며 진나라로 초대했다. 사실 소왕은 맹상군을 만나보고서 괜찮으면 재상으로 삼을 생각이었다. 맹상군의 식객들은 소왕이 선의로만 초대하지 않았을 거라며 진나라로 들어가는 것을 반대했다.

맹상군은 반대를 무릅쓰고 진나라로 들어가서 소왕에게 예물로 호백구(狐白裘)를 바쳤다. 호백구는 여우 겨드랑이에 있는 하얀 털로 하나하나 손으로 만든 당시 최고급 의복이었다. 당시에 천금(千金)이라고 하니 지금 정확하게 환산할 수는 없지만 수천 아니 수억에 해당되지 않을까 싶다. 처음에는 상황이 맹상군에게 우호적이었다. 하지만 소왕은 맹상군이 아무리 능력이 출중해도 결국 제나라 이익을 진나라 이익보다 우선할 거라는 판단이 서자 애초의 계획을 바꿔 꼬투리를 잡아 맹상군을 죽이려고 했다.

맹상군 사절단은 급하게 '탈출' 프로젝트에 들어갔다. 당시 소왕은 원하는 바를 말하면 무조건 들어주던 애첩이 있었다. 맹상군 측은 사람을 보내서 뭐라도 줄 테니 맹상군의 목숨을 살려달라는 제안을 했다. 뜻밖에도 비는 구명의 대가로 호백구를 원했다. 주겠다고 했지만 참으로 난감한 상황이 되었다. 준비된 호백구는 하나뿐이었고 이미 소왕에게 건넨 뒤였기 때문이다. 이로 맹상군 측이 고민을 하자 말석에 앉아 있던 식객이 자신이 소왕에게 바친 호백구를 되찾아오겠다고 확언을 했다. 그는 개 흉내를 잘 내는 사람이었는데 궁실의 경계병의 눈을 따돌리고 말한 대로 호백구를 구해 왔다. 이를 소왕의 애첩에게 바치자 그는 소왕에게 맹상군의 구명을 이야기해서 맹상군을 석방시키기로 결정되었다.

이 결정이 나자마자 맹상군 측은 1초도 지체하지 않고 함양궁을 떠나서 제나라로 길을 재촉했다. 한시 바삐 진나라의 국경을 벗어나야 하는데 진의 동대문 함곡관(函谷關)에 이르자 한밤중이었다. 만약 아침까지 기다린다면 상황이 또 어떻게 전개될지 몰라 초조하기 그지없었다. 이때 말석에 있던 식객이 닭 울음소리를 내자 그 소리를 듣고 다른 닭들이 일제히 울기 시작했다. 아침이 된 줄 알고 국경 수비대가 함곡관의 문을 열었다. 이 틈을 타서 맹상군 일행은 진나라를 무사히 벗어날 수 있었다. 물론 진나라 병사들이 뒤를 쫓아왔을 때 맹상군이 떠난 사실을 확인할 수 있었을 뿐 다른 방법이 없었다.

시간 순서로 보면 고사는 계명구도가 아니라 구도계명(狗盜鷄鳴)이 되어야 한다. 계명구도라면 맹상군은 '계명'이 아무런 쓸모도 없을 뿐만 아니라 맹상군 측이 호백구를 훔쳐내서 구명에 성공하더라도 결국 함곡관에서 잡혀서 죽게 되었으리라.

이 고사는 누구의 입장에서 보느냐에 따라 의미가 달라진다. 맹상군 입장에서 보면 사람을 가리지 않고 재주가 있는 사람이라면 누구라도 환대를 한 것이 좋았다는 결론이 나게 된다. 한편 식객의 입장에서 보면 나의 재주가 늘 주목을 받지 못하지만 길게 생각하면 언젠가 쓰일 일이 있다는 결론이 된다. 여기서는 후자에 초점을 맞춰보자.

오늘날 직업은 부모 세대의 기준으로 보면 이해하지 못할 것도 많다. 예컨대 프로게이머는 '게임'을 하는 것이 직업이다. 부모 세대의 기준, 즉 일과 놀이가 엄격히 구분된다는 생각으로 보면 게임은 할 짓이 못되는 것이다. 잠깐 머리를 식히느라 할 수는 있지만 오래 빠지거나 직업으로 삼을 수는 더더욱 없는 것이다. 하지만 시대가 바뀌어 게임을 하는 것이 직업이 되었다. 그 사람들은 처음에 가족이나 주위 사람들로부터 환대를 받지 못했을 것이다. 그 냉대를 이겨내지 못하고 게임을 그만두었더라면 오늘날 프로게이머가 될 수 없었을 것이다.

'구도'와 '계명'은 사람이 동물 흉내를 내는 재주이다. 보통 흔히 쓰일 일도 없을 뿐만 아니라 사람들이 그 가치를 높이 치지 않는다. 하지만 어떤 재주이든 그것을 하다 말거나 어설프게 배우는 것이 아니라 확실하고 완벽하게 하면 기막히게 쓰일 때가 있는 것이다. 상황을 만나고서 재주가 없다면 무슨 소용이 있겠는가?

지금 자식 세대는 부모 세대나 나의 세대와 달리 새로운 것을 찾아 모험의 길에 나선다. 기성세대의 입장에서 보면 평범하지도 않고 좋아보이지도 않는 일이다. 한비야의 경우도 일종의 구도계명이라고 할 수 있다. 그녀는 회사 생활에서 안정을 찾지 못하고 세계 구석구석을 누볐다. 우리나라에서 해외여행이 자유화되고 배낭여행이 하나의 추세가 되자, 그간 한비야가 외롭고 힘들게 걸어갔던 길이 빛을 발하게 된 것이다.

사람마다 안정과 모험을 좋아하는 방식이 다르다. 어떤 이는 안정된 삶을 목표로 할 수 있고 어떤 이는 모험의 삶을 선택할 수 있다. 물론 안정과 모험이 적절하게 뒤섞이는 삶을 선택하는 사람도 있다. 많은 경우 한 사회가 오랜 시간을 통해 갈고닦아 많이 사람들이 걸어가는 안정된 삶, 즉 평범한 삶을 살아간다. 하지만 기인(奇人)과 이인(異人)은 아니더라도 색다른 삶을 사는 사람이 없다면 그 사회는 활력을 잃고 타성에 젖게 될 것이다. 그래서 직업의 귀천을 떠나서 어떠한 재주라도 갖출 수 있는 새로운 구도와 계명이 필요하다. 우리나라는 희망이 많다고 할 수 있다. 자식 세대는 기성관념에 사로잡히지 않고 새로운 것에 도전하기 위해서 길을 떠나는 이들이 많기 때문이다. 예컨대 젊은이들은 해외여행을 할 때도 명승지나 관광지가 아니라 오지나 사람들이 찾지 않는 곳으로 간다. 공부 이외에도 다양한 취미 활동에 훨씬 더 적극적이다. 이러한 노력과 시도들이 모여서 자식 세대가 기성세대가 되면 지금과는 다른 한국이 되리라 생각한다.

이제 자식 세대의 '고생'을 만나보자.

하고 싶어야 한다

비가 온 날이면 신발에 묻은 모래와 흙 때문에 현관이 서걱거린다. 보기에 좋지 않을 뿐만 아니라 모래가 거실과 방안으로 딸려올 수 있다. 치우는 게 약간 귀찮을 수는 있지만 집에서 누구라도 해야 할 일이다. 내가 이름을 부르며 "여기 모래 좀 치우지?"라고 하면 대뜸 들려오는 소리가 있다. "내가 왜 해야 돼요?"

가족들이 서울의 형제들 집에 모이는 경우가 있다. 서울의 삼형제가 모이면 식구가 열 명이 넘으므로 먹고 마실 것을 준비하기가 만만치 않다. 집에서 음식을 먹으면 한 사람이 모든 것을 마련하기 어려우므로 자연히 여러 사람이 달라붙어서 하면 좀 쉬워진다. 이때도 슈퍼마켓에 가서 물건을 사거나 식재료를 다듬을 일이 생긴다. 아이들의 손을 빌리려고 가게에 가서 "계란 좀 사오라"고 하면 "내가 왜 해야 해요?"라는 말을 쉽게 한다.

명절이 되면 고향에 가서 음식 장만을 하게 된다. 대개 우리 가족이 먼저 가서 어머님이 준비해놓은 먹을거리를 다듬기도 하고 나물을 씻어서 무치기도 하고 밀가루 반죽을 해서 생선과 고구마에 옷을 입혀 전을 굽기도 한다. 아이들은 또 퉁명스럽게 말한다.

"왜 우리만 만날 일을 해야 해?
"다른 사람들은 출근하기도 하고 사정이어서 일찍 못 오니까."
"기다렸다가 같이 하면 될 거 아냐?"
"그러면 늦잖아."
"늦으면 어때?"
"할머니는 우리보다 더 힘들게 하셔. 식구들을 위한 일이니 누가 해도 괜찮아!"
"아냐. 만날 우리만 한단 말이야. 그건 공평하지 않아."

아이들 눈에는 할머니도 우리 부부도 이해가 되지 않는 모양이다. 며칠 동안 잠도 제대로 자지 못하고 많은 음식을 장만하는 할머니도 다른 자식들이 있는데도 일을 해야 하는 엄마, 아빠도 이상하게 보이는 모양이다. 물론 아이들이 하는 말을 할머니나 엄마, 아빠가 한 번도 생각해보지 않는 것은 아니다. 어른들의 입장에서는 상황이 뜻대로 되지 않으면 누구라도 해야 하니까 할 수밖에 없다. 아이들의 입장에서도 반론을 펼칠 수는 있지만 뚜렷한 해결책은 없는 것이다.

아이들은 하고 싶지 않은 일을 좀처럼 하려고 하지 않는다. 하게 되더라도 입이 한 발이 나온 채 억지로 하며 열의도 없고 성의도 없이 대충하게 된다. 여기서 아이들과 우리 세대 사이에 갈등이 생겨나게 된다. 우리 세대는 "하기 싫더라도 해야 하면 하지 않느냐?", "세상에서 어떻게 하고 싶은 일만을 하며 살아갈 수 있느냐?"라고 말한다. 아이 세대는 "하기 싫은 일을 도대체 왜 해야 하는가?", "하고 싶은 일도 다 못하는데 왜 하고 싶지 않은 일을 해야 하는가?"라고 맞선다.

그러나 게임, 휴대전화, TV, 스포츠, 음악, 팬클럽 등 자신들이 하고 싶은 일이라면 사정이 확 달라진다. 공부를 하라면 "조금 있다가……"라고 하면서 어떻게든지 시간을 뒤로 늦추려고 애쓴다. 게임을 할라치면 그만하라는 말은 들은 척도 하지 않고 몰두해서 정신을 차리지 못한다. 심지어 밥 먹고 하라고 해도 아무런 대답 없이 그냥 게임을 한다. 그러다가 자신이 예상하는 결과가 나오지 않으면 뽀로통해져서 말도 하지 않는다.

아이여서 그런 것 같지는 않다. 부모 세대가 무에서 유를 일구고 우리 세대가 유를 크게 일구었다면 자식 세대는 일군 유를 즐기고 누리는 세대다. 여전히 우리 사회에 결손가정이 적지 않지만 자식 세대는 공부하는 것 이외에 힘들어도 해야 하는 경험이 거의 없다. 공부 이외로부터 완전히 격리돼 살아온 만큼 부모 세대의 "무조건 자신이 해야 한다"거나 우리 세대의 "싫어도 해야 하니까 한다"는 생각을 가지기 어렵다.

다른 사람이 아니라 결국 우리 세대가 자식 세대를 그렇게 키운 결과라고 할 수 있다. 마음에 들지 않더라도 어떻게 하겠는가? 자

식 세대는 자기주장을 내세우고 권리를 주장하는 데 익숙하므로
자신들끼리 그렇게 부딪치며 살아갈 것이다.

왜 버리지 못하고 끼고 살지?

군대를 다녀와서 1990년대에 박사과정을 밟았는데 밥 먹으려고
학교 식당에 갔다가 깜짝 놀란 일이 있다. 식당 탁자 위에 있는 과
자 봉지에는 아직 다 먹지 않은 과자가 그대로 놓여 있었다. 나는
처음에 누가 찾으러 오겠지라고 생각했지만 잠깐 기다려보아도
오는 사람이 없었다. 누가 모르고 과자를 놓아둔 것이 아니라 알고
서 버려둔 것이었다. 먹을 만큼 먹고 나머지는 가져가지 않고 그
자리에 놓아둔 것이었다. 처음에는 충격이었지만 다 먹지 않고 놓
아둔 경우를 많이 보면서 조금씩 적응하게 되었다.

우리 세대가 1980년대에 대학을 다닐 때는 제아무리 여유가 있
다고 해도 먹는 것은 늘 모자랐다. 그래서 라면 한 그릇이라도 밥
한 끼라도 먹을 때면 배식하는 분에게 "좀 많이 주세요!"라는 말을
달고 살았다. 음식이 나오면 뭐든지 바닥이 보일 때까지 깔끔하게
다 먹어치웠다. 여름방학 때 농촌활동을 벌일 때도 서툰 솜씨로 음
식 장만을 하지만 늘 서로 조금 더 먹으려고 했지 먹다가 남아서
걱정한 적은 없었다.

자식 세대는 확실히 부모 세대와 우리 세대에 비해서 풍요로운
세계를 살고 있다. 없어서 힘들고 모자라서 배불리 못 먹는 것이
아니라 많아서 고르기 힘들고 남아서 치우기가 귀찮은 상황이 된
것이다.

"여기 레고 가지고 다 놀았니?"

"예. 이제 다른 것 가지고 놀아요."

"그럼 레고를 한곳에 담아서 치워놓고 놀지 않겠니?"

"좀 있다가 치울게요."

"지금 치우지. 놀다가 밟으면 부서지지 않을까?"

"그럼 다시 새것을 사주면 되지요."

중학교 땐가 고등학교 땐가 선생님께서 학생들에게 공부를 시키려고 하루에 몇 장씩 문제 푼 연습장을 제출하게 했다. 일일이 검사를 하지 않을 거라 생각해서 어떤 친구는 한꺼번에 볼펜을 두세 개 쥐고서 연습장의 숫자를 빨리 채우려고 했다. 그런 숙제를 할 때마다 볼펜심이 너무 빨리 닳아 볼펜 심만 새것으로 바꿔 사용하곤 했다. 연필도 웬만큼 쓰면 손에 쥐기 어렵게 되는데 그때면 끝부분을 조금 파내서 볼펜 자루에 끼워서 끝까지 쓰곤 했다.

요즘 집을 치우다 보면 웬 필기도구가 그렇게 많은지 모르겠다. 다 쓴 것은 없고 아직 쓸 수 있는 것과 새것이 함께 뒹굴고 있다. 자식 세대는 이전 세대와 비교해서 풍요의 시대를 살고 있다. 그 결과 그들은 음식, 장난감, 필기도구만이 아니라 모든 것에서 부족함이나 없는 것에 대한 아쉬움과 안타까움을 잘 느끼지 못한다. 우리 세대는 옷이 귀해서 명절이나 소풍(현장학습) 때 새 옷과 새 신발을 받곤 했는데, 그러면 자다가도 벌떡 일어나 그것이 제자리에 있는지 확인했다. 실수나 부주의로 물건을 잃어버리면 그것을 찾기 위해서 잃어버린 곳을 몇 번이고 돌아다니며 찾아보았다. 그러다 끝내 찾지 못하면 세상을 잃은 듯 울고불고 난리를 피웠다. 뭐든 소중하지 않은 것이 없었다. 이제 자식 세대에서는 바라던 물건을 힘들게 구하더라도 그것을 애지중지하고 누가 가져갈까봐 서랍에 넣어두고 자물쇠로 채워두는 것이 낯선 풍경이 되고 있다.

자식 세대는 풍요로운 삶의 혜택을 누리고 살기에 이전 세대가 미처 생각하지도 못했던 것을 취미로 삼기도 한다. 예컨대 개나 고양이를 애완동물로 키우는 것은 기본이다.

사슴벌레를 키우느라 끊임없이 젤리를 사서 먹이고 많은 돈을 들여서 사진기를 사서 어릴 적부터 사진을 찍기도 한다. 사슴벌레를 잘 키우고 사진을 잘 찍기 위해서 인터넷에서 정보를 수집하는 등 자신의 취미에 온갖 신경을 다 쓴다. 그러다가 사슴벌레가 죽거나 고가의 물건이 고장 나면 자식 세대도 이전 우리 세대가 겪은 것처럼 아파하고 힘들어한다. 나름대로 소중함을 느낀다고 할 수 있겠다. 차이점이라면 우리 세대와 자식 세대가 소중함을 느끼는 넓이와 폭이 다르다는 것이다. 자식 세대는 지극히 개인적이며 사적인 방식으로 소중함을 느끼는 것이다. 사슴벌레가 죽었다고 아이가 풀이 죽어 있더라도 친구들은 "뭐 그것 가지고 그러냐?"라는 반응을 보일 수 있다. 공감하기가 어렵다는 뜻이다.

고생도 스펙의 일종

중·고등학교에 가면 한 번씩 다녀오는 캠프와 수련회가 있다. 딸은 고등학생이 되고 나서 해병대 캠프를 다녀왔다. 얼마나 피곤했는지 갔다 와서는 하루 종일 잠만 잤다. 딸에게 어떻냐고 물으니 힘들지만 다녀올 만하다고 한다.

배낭여행은 어학연수와 함께 대학생의 로망이다. 배낭에 최소한의 옷과 약 그리고 비용을 챙기고서 걷거나 대중교통을 이용해 가급적 많은 지역을 돌아다니는 것이다. 공부만 하던 '내'가 대학에 와서 공부 이외의 일을 주체적으로 하는 최초의 경험이다. 이를 통해서 진정한 나를 만날 수 있을 것이다.

이들의 공통점은 뭘까? 현대판 "젊어서 고생은 사서도 한다"는 현상이라고 할 수 있다. 옛날 판 "젊었을 때 고생은 금 주고도 못 산다"와는 다르다. 옛날 판은 돈을 쓰는 것이 아니라 돈을 버는 것이다. 현대판은 돈을 벌기보다는 돈을 덜 쓰는 것이다.

반면 집을 사거나 가전제품을 들이거나 결혼을 할 때면 고생은 철저하게 삶에서 제외하려고 한다. 집 자체가 고가인지라 이것저것 신경을 쓸 수밖에 없지만 무엇보다도 생활하는 데 사람을 힘들게 하는 일이 있을지를 세세하게 따진다. 그리고서 "이런 점이 불편해서 맘에 들지 않는다"라며 퇴짜를 놓는다.

어느 시대라고 자식이 결혼해서 고생하기를 바라겠는가? 그 부분에서야말로 부모 세대, 우리 세대, 자식 세대의 삼대가 모처럼 의견을 하나로 모을 수 있다. 하지만 결혼 생활에서 '고생', '고통', '고난', '고초' 등 고(苦)라면 깡그리 씨를 말려서 자식들 주변을 얼씬거리지 못하게 하려는 부모의 결의는 한층 더 강해진다고 할 수 있다. 부모 세대의 부모가 어찌 자식을 고생의 바다로 밀어 넣으려고 했겠느냐만 어찌 할 수 없는 고생은 받아들일 수밖에 없다. 하지만 요즘 들어 고생은 전염병보다도 더 무서운 것처럼 결코 자식 옆으로 다가와서는 안 되는 것으로 여기고 있다.

"이 냉장고 어떠니?"

"그게 가격은 좀 싼데 칸칸 독립 냉각 기능이 없어. 좀 비싸더라도 저거 하자."

"어때? 이만 하면 집에는 불편한 게 없지?"

"아냐. 아직도 한참 멀었어. 옷을 다리려면……."

"그래 맞다. 좀 귀찮더라도 고생 안 하고 살면 좋지."

"(엄마를 껴안으며) 고마워, 엄마. 그러니 돈이 좀 들더라도……."

생활에서 한 치의 불편함, 조금의 수고로움도 받아들이려고 하지 않는다. 오늘날 대부분의 한국 사람들은 아파트 생활을 하는데 그 생활이 쾌적함을 주고 위생 환경을 좋게 만들었다. 하지만 사람들, 특히 아이들이 흙으로부터 멀어지면서 면역력이 떨어져 아토피 환자가 이전 세대와 비교가 되지 않을 정도로 많아졌다. 커다란 희생을 치르고 쾌적함의 행복을 얻은 것이다.

마찬가지로 고생을 철저하게 인생에서 멀리 떼어놓아 생활의 질을 높이고 만족감을 끌어올릴 수 있다. 하지만 고생으로부터 멀어지는 만큼 삶에서 불쑥 찾아오는 각종 뜻하지 못한 불행의 씨앗에 대한 면역력이 너무나도 약하다.

한국의 자살률이 2008년 기준으로 경제협력개발기구(OECD) 중에서 1위를 차지했다. 보건복지부의 통계에 따르면 2008년 인구 10만 명 중 자살 사망자는 24.3명에 이른다. 자살은 전제 사망 원인 가운데 암, 뇌혈관 질환, 심장 질환에 이어 4위를 차지했다. 하

지만 20대와 30대의 사망 원인 중 자살은 각각 407퍼센트, 287퍼
센트로 사망 원인 1위를 차지하고 있다. 젊은이들은 청년 실업 등
의 많은 고통으로 자살을 한다고 생각할 수 있다. 그러면 이전 세
대가 실업 때문에 고통스럽지 않았고 또 오늘날 청년 실업에 견줄
만한 삶의 위기가 없었다고 할 수 있을까? 그렇지 않을 것이다. 삶
에서 적절한 불편함, 조금의 고통을 완전히 배제하려고 한 데서 원
인을 찾아볼 수 있지 않을까?

자식 세대는 고통에 대해 너무나도 이중적인 태도를 드러내고
있다. 해병대 캠프나 국토 순례다 하면서 필요할 경우 고통을 상품
으로 산다. 심지어는 봉사 활동이다 체험 캠프다 하면서 고통을 스
펙의 일종으로 생각하기도 한다. 결혼 생활에서 고통이 자신에게
찾아오면 너무나도 놀란다. 하나는 밀어내고 하나는 끌어당기고
너무나도 이질적인 모습이다. 고통을 삶의 친구로서 받아들이는
태도의 전환이 필요하다.

모든 것은 이해관계

야외 놀이를 가려고 하면 먹을 것을 챙겨서 가게 된다. 아무리 야
외라고 해도 손으로 집어먹을 수는 없으므로 이것저것 필요한 것
이 많다. 옛날에는 집에서 사용하던 것을 가지고 갔다가 다시 되가
져왔다. 요즘은 음식 빼고는 죄다 일회용으로 준비한다. 일회용 숟
가락, 일회용 포크, 일회용 접시, 일회용 그릇, 일회용 컵, 일회용
사진기 등등 끝이 없다. 다 먹고 나면 모두 한곳에 담아서 버리면
된다. 물론 부모 세대라면 다음에 또 쓰려고 일회용품도 깨끗하게

닦아서 차곡차곡 모을 것이다. 그러면 우리 세대나 자식 세대는 "그까짓게 얼마 한다고 그렇게 하느냐?", "그릇을 가지고 다니며 귀찮게 설거지를 하는 것보다 일회용품을 쓰는 게 더 간편하지 않느냐?"는 이야기를 한다.

자식 세대는 일회용품을 버리는 것 자체에 아무런 거북함이 없다. 용도가 다한 물건을 버리는 것은 너무나도 당연하므로 그것을 두고 버리느냐 마느냐는 주저할 필요조차 없는 것이다. 일회용품만이 아니라 꽤나 쓸모 있는 물건일지라도 자신에게 별다른 소용이 없으면 더 이상 집에 놔둘 이유가 없다. 쓸데없는데 괜히 집에 공간만 차지하고 있기 때문이다. 요즘은 쓰레기가 아닌 것이 쓰레기가 되는 세상이다. 부모 세대는 어떤 물건이라도 손에 들어오면 망가지고 깨져서 더 이상 고쳐 쓸 수 없을 때까지 쉽게 물건을 버리지 못한다. 아까워서도 그렇지만 물건을 쓰면서 추억이 깃들고 정이 들었기 때문이다. 어느 것 하나 소중하지 않은 것이 없었던 것이다.

자식 세대는 부모 세대와 달리 버리지 못할 것이 없다. 자식 세대가 아낄 줄 모른다기보다 필요하면 언제든지 다시 구할 수 있기 때문에 물건을 쉽게 버릴 수 있을 것이다. 아무리 풍요로운 환경에서 자란 자식 세대라고 해도 다시 구할 수 없다면 부모 세대나 우리 세대와 마찬가지로 물건을 소중하게 여길 것이다. 다만 부모 세대는 모든 것을 소중히 여기는 반면 자식 세대는 소중히 여길 만한 것만을 그렇게 애지중지하는 것이다. 결국 자식 세대가 물건을 버리는 데 크게 신경 쓰지 않는 것은 분명하다.

자식 세대는 물건만이 아니라 사람과의 관계도 쉽게 끊고 맺는다. 부모 세대는 한번 인연을 맺으면 쉽게 끊지 못한다. 특히 부부의 경우 전쟁과 사별 등 천재지변이 아니라면 상대에게 문제가 있다고 하더라도 이혼으로 이어지지 않았다. 고향 마을에서도 아직 이혼했다는 소리는 들려오지 않는다. 하지만 오늘날 이혼은 그렇게 보기 드문 일이 아니다. 이혼 건수는 2004년 13만 9365건을 정점으로 줄어들고 있지만 전체적으로 보면 증가 추세이다. 예컨대 1990년 이혼 건수가 4만 5694건이었는데 2006년이 12만 5032건으로 한 해 이혼 건수가 15년 만에 3배 정도 늘어난 것이다. 더 놀라운 것은 1990년에는 결혼이 39만 9312건, 이혼이 4만 5694건이었는데, 2006년에는 결혼이 33만 2754건, 이혼이 23만 5032건이었다. 1990년은 결혼과 이혼의 건수가 크게 차이가 나지만 2006년은 그 건수의 차이가 그렇게 심하지 않다는 것이다.

통계에서 말하는 2006년 결혼과 이혼의 해당자가 자식 세대라고는 할 수 없다. 자식 세대가 사회의 한 축으로 등장하는 시대에는 사람과 사람의 인연이 결코 끊어질 수 없는 것이 아니라 경우와 필요에 따라서 끊을 수 있는 것으로 바뀌어가고 있는 것이다. 2000년 이래 '쿨하다'는 말이 많이 쓰였다. 쿨하다는 뜻이 넓어서 하나로 꼭 꼬집어서 말하기는 어렵다. 이 말은 영어 'cool'을 한국어 발음으로 읽는 것으로, '좋다', '시원시원하다', '멋있다', '깔끔하다'는 뜻을 나타낸다. 그중에서도 쿨하다면 사람이 만나다 헤어질 때 질질 짜지도 다시 한 번만 더 생각해달라며 매달리지도 않는 것을 뜻한다.

자식 세대에게는 사람이 사람을 만나더라도 그것이 부부이거나 연인이거나 친구이거나 영원히 함께 간다는 믿음이 없다. 물론 자식 세대가 사람 관계를 일회용품처럼 생각한다는 뜻은 아니다. 자식 세대는 자신에게 뭔가 맞지 않아도 참고 지낸다거나 시간을 두고 관계를 좋게 만든다거나 하는 방식에 익숙하지 않은 듯하다. 싫으면 싫다고 솔직하게 말하고 "우리 그만 만나!"라는 말 한마디나 문자 한 통으로 관계를 끝낸다. 만나고 헤어지는 게 부담스러우면 아예 만나기 전부터 자신과 어울리는 사람을 가려서 만난다. 초등학교에 다니는 아이들도 자신들이 사는 아파트의 평수를 기준으로 어울릴 친구를 고른다고 한다. 처지가 다르면 서로 피곤해질 수 있으므로 처음부터 서로 비슷한 사람끼리 어울리겠다는 뜻이리라. 이렇게 보면 자식 세대는 관계를 소중함과 애틋함보다는 이해관계 쪽으로 많이 생각하고 있지만 상처를 받는 데는 그렇게 익숙하지 않은 것 같다.

세상은 나를 중심으로 돌아간다

부모 세대와 우리 세대는 기본적으로 식구가 많았다. 할아버지와 할머니도 계시고 아버지와 어머니 외에도 삼촌과 숙모도 있고 고모도 있고 형제자매들이 많았다. 한집에 식구가 10명이라고 해서 결코 많은 것이 아니었다. 우리 집만 해도 내가 어릴 때 보통 식구가 10명 내외였다. 할머니, 아버지와 어머니, 작은 아버지, 고모, 형제 다섯 그리고 장기간 집에 머무는 친척분이 계셨다.

이렇게 식구들이 많다 보니 아이들은 집의 중심에 있지 못하고 주변을 맴돌았다. 밥 먹을 때 찾다가 눈에 보이지 않으면 그때야 "정근이 어디 갔냐?"라고 물을 정도였다. 만약 집에 계실 시간인데도 할머님이 보이지 않으면 동네로 찾으러 나섰다. 평소 마실 다니시는 집에 가서 "여기 우리 할머니 오셨어요?"라며 동네방네 묻고 다닌다.

우리 세대에 이르러 식구가 확 줄었다. 보통이 서너 명이다. 가정이 어머니와 아버지, 자식 둘 또는 하나로 구성된다. 도시에 살아서 더 그렇겠지만 아이들이 집에 올 시간에 오지 않으면 휴대전화를 걸거나 문자를 보내서 소재를 파악한다. 이렇게 몇 차례 시도하다가 연결이 되지 않으면 온갖 걱정이 되기 시작한다. 나중에 별일 없이 아이가 집에 들어서면 우리는 큰소리부터 친다. "아니 지금이 몇 신데 아무런 연락도 없이 이렇게 늦게 오니? 도대체 지금까지 어디에 있었니?"라는 질문이 쏟아진다.

부모 세대에게는 자식이 있어도 없어도 눈에 잘 띄지 않는 존재였지만 우리 세대에게는 자식이 없으면 없는 대로 있으면 있는 대로 눈에 확 띄는 존재가 되었다. 자식이 초등학교만 들어가도 가족의 일정이며 휴가 계획을 모두 아이 중심으로 짠다. 아이가 갈 수 없으면 갈 수 있게 계획을 바꾸고 함께 가기 싫다면 어떻게 해도 데려갈 수가 없다. 자식 세대에 이르러 아이는 가족의 변방이 아니라 중심에 서서 왕 노릇을 한다. 그래서 어른 눈치가 아니라 아이들 눈치를 봐야 하는 시대라고 할 수 있다. 중국에서도 자식을 하나만 낳으니 그들이 하고자 하는 대로 응석을 받아준다. 그렇게 성장한 아이들을 '샤오황띠(小皇帝)', 즉 작은 황제마마라고 한다. 일리가 있는 표현이다.

"(대뜸 전화기를 잡고 아내에게 전화를 건다.) 도대체 지금 어디야?"

"집 앞에서 친구 좀 만나고 있어."

"뭐? 친구? 지금 아픈 애를 집에 혼자 두고 밖에 나갈 수 있어?"

"약 먹였어. 그렇게 걱정하지 마. 오랜만에 만난 친구데 조금 있다가 들어갈 거야."

"그래도 그렇지. 어떻게 아픈 애를 두고 나갈 생각을 해."

"나도 오랜만에 나간 거야. 집에 가서 이야기해. 전화 끊어."

모든 게 자식 중심이다. 이동의 자유가 있어도 집안일을 하다보면 아내는 집에 갇혀 살다시피 하는데 잠깐 외출하는 것도 문제가 된다. 아이가 크게 아픈 것도 아니고 약 먹고 쉬다 보면 나을 수 있는데도 남편은 오랜만에 아빠 노릇을 한다며 성화를 부리고 있다.

가족만이 아니라 친척들 사이에도 요즘 아이들은 건드릴 수 없는 중심의 자리를 차지하게 되었다. 무슨 일이 있어도 '나 먼저(Me first)'이지 바쁜 사람과 어른 먼저(After you)라는 생각이 약하다. 하고 싶은 것은 해야 하고 갖고 싶은 것은 가져야만 직성이 풀리는 응석둥이가 되는 것이다. 즉, 세상은 모두 나를 중심으로 돈다고 나 '아'를 써 아동설(我動說)인 셈이다.

그 결과 자식 세대는 듣기 좋은 소리를 들으면 가만히 있지만 자신에게 약이 되고 객관적인 충고가 될 만한데도 싫은 소리를 들으면 무조건 싫어한다. 그냥 싫어하는 정도가 아니라 금세 얼굴이 픽토라지며 얼굴이 붉으락푸르락한다. 간혹 불끈한 성질에 뭐라고 할까봐 걱정이 될 정도다. 단순히 버릇이 문제가 아니라 자신과 다른 것에 적대감을 드러내고 자신을 객관화시키지 못하는 것이 마음에 걸린다. 하지만 자식 세대는 세상의 손님이 아니라 주인으로 살려고 한다. 그만큼 자신의 의사를 에둘러 말하지 않고 좋고 싫음을 분명하게 말한다. 앞으로 사회는 분명히 말하는 주인이 혼자가 아니라 여럿이 되는 세상이 될 터이므로 그들끼리 상처를 너무 쉽게 주고받지 않을까 염려된다.

열정

부모 세대에는 주위에 새로운 것이 드물었다. 농사가 주된 산업이었으므로 봄이 되면 파종을 하고 여름에는 심은 것이 잘 자라게 돌보고 가을에는 수확을 해서 겨울에는 잘 갈무리를 했다. 1년 중 언제 무엇을 해야 할지 내가 생각하기에 앞서 대대로 정해져 있었다. 때가 되면 해야 할 일이 정해진 자연의 프로그램이 나에게 주어진다. 나는 눈앞에 닥친 일을 한눈 팔지 않고 부지런히 했다. 일을 잘 하느냐는 내 이전부터 대대로 내려온 조상의 지혜와 경험을 되살려서 그대로 반복하느냐에 달려 있다. 조상 대대로 오랜 세월을 통해 검증된 전통이 나를 살리고 키우는 힘이었다. 일을 잘 하기 위해서 내 생각대로 하고 싶어도 전통의 힘 앞에서 엄두를 내기도 힘들었다. 부모 세대가 할 수 있는 것은 새로운 것을 찾아서 보태는 것이 아니라 전해 내려오는 것을 지켜서 다음 세대에 물려주는 것이었다. 따라서 잘되면 조상 덕이고 못되면 나 때문이었다.

우리 세대는 인생, 직업과 관련해서 선택이 가능했다. 부모 세대는 조상의 무덤이 있는 선산을 지키는 것을 사람의 도리로 생각했으므로 고향을 떠나기가 쉽지 않았다. 우리 세대는 더 좋은 학교를 위해서 훌쩍 고향을 떠나 도시에 뿌리를 내리고 다시 고향으로 돌아오지 않았다. 이로써 우리 세대는 낯선 곳을 고향처럼 따뜻한 곳으로 만들기 위해 모진 노력을 해야 했다. 새롭게 발을 디딘 곳에는 고향처럼 아는 사람이 있는 것도 아니고 비빌 언덕이 있는 것이 아니기 때문이다. 한 번 일을 잡으면 매듭을 풀 때까지 물고 늘어졌다. 아무리 힘들다고 해도 지쳐서 나가떨어지면 손 내밀며 따뜻한 말을 건네리라는 생각이 들지 않았다. 한 가지 일을 내가 해야 한다고 생각하면 몇 시간이고 쉬지 않고 열심히 해서 끝장을 봐야 직성이 풀렸다.

자식 세대는 변화가 빨라서 어제 새것이 오늘 헌것이 되는 실정이다. 제도가 바뀌어서 적응하려고 하면 금세 또 문제가 있다며 새롭게 바뀐다.

"선배님, 이번에 또 조직 개편이 있다면서요?"

"그래. 지금까지 도대체 몇 번이나 바뀌었는지 모르겠어. 이제는 피곤해."

"다 잘 해보려고 그러는 게 아니겠어요?"

"바꿔도 그게 그거야. 이름만 바꾸면 뭐해?"

"저는 또 앞으로 어떻게 바뀔지 기대가 되는데요. 지금으로는 외부 환경에 대응하기가 좀……."

"부럽네. 자네나 잘 적응해서 큰일을 맡게나."

부모 세대나 우리 세대라면 처음에 신기하던 것도 시간이 지나면 타성이 된다. 타성이 되면 새로운 것도 없고 바뀐다고 해도 그게 그거처럼 보인다. 새것에 관심을 보이기보다는 싸늘하게 식은 외면만이 있을 뿐이다. 자식 세대는 늘 뜨겁다. 새로운 것이 없고 늘 그대로 하면 자식 세대가 자신의 존재를 드러낼 바탕이 없다. 이전 세대가 가르쳐주고 지시하는 대로 따라 하면 되지 자식 세대가 자신의 역량을 발휘할 기회가 없기 때문이다. 뭐라도 바꿔야 세대 간의 틈바구니에서 자식 세대가 제 자리를 찾을 수 있는 기회가 생기게 될 것이다.

따라서 이전 세대는 바뀌는 것에 관심과 희망을 느끼기보다 적응의 부담을 강하게 느낀다. 자식 세대는 바뀌는 것에 고개를 돌려서 외면하지 않고 늘 식지 않는 관심을 가지고 새로운 것에 기대와 흥분을 유지한다. 새것이 오기를 기다리는 것이 아니라 보다 적극적으로 새것을 찾아간다. 자신을 늘 일정한 흥분 상태에 둘 수 있는 열정이 넘치는 세대다.

요리할 때의 불로 따지면 부모 세대가 약불, 우리 세대는 중불, 자식 세대는 센 불에 해당된다. 부모 세대는 불이 있는지 없는지 잘 구분이 되지 않지만 결코 꺼지지 않는다. 우리 세대는 타고는 있지만 갑자기 끓어 넘치거나 꺼지지 않는다. 자식 세대는 늘 비등점 가까이에서 끓고 있지만 언제 확 식어서 꺼질지 모르고 열정과 냉정의 사이에 있다고 할 수 있다.

개인의 능동적 네트워킹

부모님은 짧게 해외여행을 다녀오신 적도 있고 도시의 자식 집에 한두 번 오신 적도 있지만 삶의 대부분을 고향에서 보냈다. 교육은 초등교육을 받았고 고향에서 쓰는 말 이외의 우리나라말에도 익숙하지 않고 외국어는 더더욱 모르신다.

우리 형제는 빠르면 10대에 늦어도 20대에 고향을 떠나서 소도시(의령읍)와 대도시(마산, 안양, 서울)에 살고 있다. 다들 30대 이후에 외국 여행은 여러 차례 해봐서 외국이 신기하지 않고 조금 다르다는 느낌으로 다가온다. 다들 고등학교와 대학교를 나와서 유창하지는 못해도 서바이벌 외국어를 쓸 수 있다.

자식들은 우리 형제가 10대 또는 20대에 만난 대도시에서 태어나서 자라고 있다. 예컨대 부모님께 서울의 종로가 TV 화면에 간간히 비춰지는 곳이었다면 나에게는 대학 시절 데이트나 책을 사기 위해서 외출하는 곳이었고 딸·아들에게는 주말이면 영화 보고 친구들과 만나서 밥 사 먹고 쇼핑하는 곳이다. 사촌들은 모두 학교(초등학생에서 대학생까지)를 다니고 있지만 대부분 한두 차례 외국 여행을 다녀왔다.

우리 가족의 경우에는 외국(중국 베이징)에서 1년간 살아본 적이 있어서 외국이 책 속의 화보 같은 곳이 아니라 실제로 맛있는 것을 사 먹고 마음에 드는 것을 샀던 추억의 도시이다. 유창하지도 해박하지는 못해도 외국인을 만나면 버벅거리지 않고 기본적인 주제와 관련해서 제 뜻을 전할 수 있을 정도다. 이들이 겪고 만날 사람과 외국은 끝나지 않았다.

아들딸은 내가 20대에 만난 대도시에서 태어나 살고 있고 내가 40대에 겪은 외국을 10대에 살아보았다. 자식 세대는 타지를 빨리 그리고 풍부하게 경험했으므로 그렇지 않은 이전 세대와 같을 수 없을 것이다.

부모 세대는 숨 쉬고 일하고 살아가는 모든 장면에서 조상의 그림자를 지울 수 없었다. 태어난 것도 조상이 있어서 가능했고 살아가는 것도 조상이 물려줘서 가능했던 것이다. 자신이 가진 힘과 능력을 발휘한다고 해도 신경을 쓰는 것은 가족이 건강하게 사는 것을 넘어서지 않는다. 넘어선다는 것은 주제 넘는 일이다. 아울러 부모 세대가 세상을 아름답게 만들려고 노력해도 함께하는 사람들은 고향 사람을 넘어서지 않는다. 고향을 벗어난 사람들과 함께 일을 한다는 것이 머릿속에 잘 들어오지 않는다.

우리 세대는 조상이 인생에 끼어든다는 것을 부정하지는 않는다. 그렇지만 우리 세대는 부모 세대처럼 조상에 기대지 않고 자신이 열심히 하는 것에 따라 결과가 달라진다고 생각한다. 일을 할 때 자신이 잘 아는 사람과 함께하는 것을 좋아하지만 그렇다고 낯선 사람과 함께하는 것을 반대하지는 않는다. 할 수만 있다면 가급적 익숙한 사람과 일하기를 바란다. 세상이 전문화되어 있어서 잘 아는 사람끼리만 일을 할 수 없다는 사실을 이미 알고 있기 때문이다. 생각하고 계획하는 것이 고향과 나라에 한정되지 않고 다른 나라까지 미친다.

자식 세대는 우리 세대가 뛰어넘은 경계(고향과 국가)마저 훨씬 더 자유롭고 경쾌하게 뛰어넘을 듯하다. 우리 세대는 기껏해야 정규교육과정이나 특별한 경우에 한하여 우리 자신과 다른 것을 만날 수 있었다. 자식 세대는 필요하고 원하기만 한다면 우리나라의 정규교육과정에서 간접적으로 배우기를 그만두고 다른 곳으로 가서 현지에서 직접 부딪치며 배울 수 있다. 우리 세대가 책에서 친구를 만났다면 자식 세대는 현지에서 친구를 사귈 수 있다.

사람이 사람과 어울리며 관계를 맺어가는 방식을 보면 차이가 난다. 부모 세대는 관계를 맺기보다는 관계에 들어선다고 할 수 있다. 태어나자마자 살면서 맺어야 할 숱한 관계가 대부분 결정된다. 관계를 맺느라 힘든 것이 아니라 맺은 관계를 유지하고 지속하는 데 어려움을 겪는다.

우리 세대는 수동적으로 관계에 들어서기도 하고 능동적으로 관계를 맺기도 한다. 두 가지 방식으로 관계를 가지게 되면 쉽게 끊지 못하는 탓으로 관계를 유지하기가 힘들고 괴롭다. 끊어야 하는데 끊지 못하는 고통이 있다.

자식 세대는 핵가족이라 관계에 들어가는 것보다 맺는 것이 훨씬 많다. 필요하고 원하기만 하면 이전 세대까지 상상할 수 없는 경우까지 관계를 넓고 깊게 할 수 있다. 관계는 이해관계에 영향을 많이 받기 때문에 유지하는 것보다 맺는 것이 어렵고 힘들다. 나아가 자식 세대는 관계보다 개인을 중시하기 때문에 부모 세대와 우리 세대로부터 "인간관계를 소홀히 한다"는 협공을 받을 수 있다.

몸을 쪼개서

부모 세대는 약속을 잡으려면 사람이 직접 만나거나 서로 왔다갔다 왕래를 해야 했다. 그만큼 한번 정해진 약속을 바꾸기도 어려웠다. 우리 세대는 유선전화에서 삐삐 그리고 휴대전화까지 두루 경험해본 세대다. 직접 만나지 않더라도 전화 통화를 해서 약속을 잡기도 하고 사정이 있으면 미리 약속을 바꾸기도 했다. 약속을 바꿔야 하는데 통화가 되지 않으면 참으로 초조하다. 자식 세대는 약속을 해도 구체적인 것은 정하지 않는다. "우리 대학로에서 몇 시에 만나자!"는 식이다. 약속 시간이 다 되어가면 서로 전화해서 그때서야 "우리 오늘 뭐하니까, 어디에서 보자!" 하고 장소를 정한다.

대중교통이든 승용차든 교통의 발달로 사람의 동선이 엄청나게 늘어났다. 아울러 사람들은 유선의 제약을 벗어나 전화기를 휴대하게 되면서 원하는 사람과 수시로 연락할 수 있게 되었다. 사람들은 정하고서 움직이는 것이 아니라 움직이면서 정하는 식으로 약속의 패턴을 바꾸게 된 것이다. 이에 따라서 사람들은 방금 강남에 있다가 얼마 뒤 강북에 모습을 보이는 것처럼 동에 번쩍 서에 번쩍할 수 있게 되었다. 옛날에는 홍길동만 도술을 부려서 장소를 넘나들었지만 지금은 자식 세대를 비롯한 많은 사람들이 홍길동처럼 할 수 있다.

"엄마, 나 나갔다 올게!"

"어디 가?"

"신촌. 지금 말할 시간 없어. 나중에 이야기할게"

"(좀 시간이 지난 뒤 전화를 건다) 소언아, 너 어디에 있어?"

"어, 여기 명동이야."

"잠깐. 너 신촌에 간다고 했잖아. 왜 지금 명동에 있어?"

"다른 약속이야. 나중에 연락할게. 지금 끊어."

"(뚜뚜……. 전화를 끊으며 고개를 갸웃거린다.) 얘는 도대체 몸이 몇 개인 거야?"

부모 세대야 다른 생각이 들어 장소를 옮기려고 해도 옮길 수가 없다. 연락할 길도 없고 다른 곳을 갈 만한 교통편이 여의치 않았기 때문이다. 또 가는 곳이 뻔해서 약속하지 않아도 때가 되면 모두 다 같은 곳에 모여들었다. 우리 세대는 성인이 되고 직장에 들어가서 자가용을 가지면서 기동성을 살리게 되었다. 하지만 체력의 부담으로 하루에 여러 가지 약속을 소화하기가 쉽지 않다. 반면 자식 세대는 학습 부담으로 시간이 부족해서 그렇지 넘쳐나는 체력으로 동에 번쩍 서에 번쩍하지 못할 것이 없다. 자식 세대는 이제 그 속성상 현대판 유목민의 생활을 하고 있다. 그것도 현실의 유목민보다도 옮겨 다니는 주기가 아주 짧다.

부모 세대는 일을 하거나 약속을 하더라도 온 몸이 함께 따라갔다. 혼신의 힘을 다해야 겨우 일을 제대로 할 수 있었다. 우리 세대는 동시에 또는 연이어서 여러 가지 일을 해야 하기에 하나에 모든 힘을 쏟을 수 없었다. 그래서 힘을 여러 곳에 쓸 수 있게끔 힘을 나누어서 아껴야 했다. 한 곳에 너무 힘을 쏟으면 금방 "힘을 아껴. 나중에 어떻게 할라고?" 하는 소리가 들렸다.

자식 세대는 한번(하루)에 여러 가지를 동시에 한다. 책상에 컴퓨터를 여러 개 놓아두고 각각 다른 일을 하거나 한 컴퓨터로 창을 여러 개 열어두고 시시때때로 하는 일을 바꿀 수 있다. 부모 세대나 우리 세대는 공부면 공부, 놀이면 놀이가 뚜렷하게 구분된다. 공부가 끝나면 놀고, 놀기를 그만두고 공부를 하는 식이다. 자식 세대는 음악을 들으면서 공부하고 공부하면서 음악을 듣는다. 이전 세대가 보기에 자식 세대는 정신이 산만하고 집중력이 약하다.

하지만 자식 세대는 동시에 두 가지를 하면서도 불안해하거나 혼동을 느끼지 않는다. 물론 한꺼번에 여러 가지를 하는 만큼 에너지가 많이 들고 쉽게 피곤할 것이다. 일본에서는 이들을 '나가라족(ながら族, 동시에 여러 가지를 하는 사람들)'이라 부른다. 자식 세대는 몸이 하나이지만 상황에 따라 귀는 전화에, 손은 커서에, 눈은 모니터(책)에 가는 것이 가능하다. 몸을 나누어서 쓰고 있다. 어찌 보면 자식 세대는 몸을 가장 효율적으로 사용하고 있는지도 모르겠다.

잘 찾아보면 이전 세대에도 나가라족이라고 칭할 수 있을 만한 사람이 있었다.

어머니였다. 파를 다듬고 육수를 우려내고 프라이팬에 올려놓은 생선을 보고 양념에 절인 갈비에 뭐가 빠졌는지 생각하고 더 준비해야 할 것이 없는지 따져봤다. 요리하는 어머니는 이 모든 것을 짧은 시간에 후다닥 혼자서 잘 해내셨다.

즐긴다

우리 가족은 간간히 외식을 한다. 외식을 하고 나면 그냥 집에 오기보다 오락실에 들러서 게임을 한다. 다른 사람들은 부모가 왜 아이와 함께 오락실에 가느냐고 한다. 나는 오락실이 나쁜 곳이 아니므로 몰래 쉬쉬하며 다닐 것이 아니라 자연스럽게 다니는 것이 좋다고 생각한다. 게임에는 중독성이 있기 때문에 어릴 때부터 '절제'를 할 줄 알아야 한다. 아이끼리 또는 아이 혼자 가면 그만두어야 할 시간을 놓치기 쉽다. 한두 번은 아이랑 부모랑 게임장에 같이 가는 게 여러모로 좋다고 생각한다.

자식 세대는 오락실에 가면 눈에 생기가 돈다. 여러 가지 재미있는 기기가 많으므로 보는 것만으로도 즐거운 모양이다.

"너 이 게임 해봤냐?"

"응."

"재미있어?"

"재미있는데 점수 내기가 좀 어려워!"

"재미있으면 됐지. 새로 나온 게임 중에 재미있는 거 없냐?"

"저게 재미있어. 다음에 한번 해봐."

부모 세대는 고향에서 늘 보는 것을 보며 살았으므로 새것은 낯설고 두렵기까지 하다. 새것을 보면 멈칫하며 뒤로 물러나지 가지고 놀 생각을 잘 못한다. 우리 세대도 고향을 떠나 도시로 들어섰지만 낯선 공간에서 친숙한 사람들을 계속해서 만난다. 같은 학교를 다닌 사람, 고향이 같은 사람들끼리 끊임없이 만나서 쉬지 않고 과거를 떠올리면서 낯선 곳에서의 불안을 달랜다. 자식 세대는 우리 세대가 낯선 곳으로 여기던 곳을 고향으로 삼으므로 낯선 곳이 따로 없다. 자식 세대는 우리 세대와 달리 공간 부적응으로 고통을 겪거나 공간 적응을 위한 노력을 들일 필요가 없다. 고통과 노력 대신에 자식 세대는 도시가 제공하는 온갖 재미를 찾고 쾌락을 누리는 데 익숙하다.

이렇게 자식 세대는 처음부터 삶에서 재미와 즐거움을 떼어놓을 수 없다. 이전 세대는 삶이란 고통이자 고생이며 재미가 없을 수도 있지만 자식 세대는 재미없는 인생은 상상하기조차 어렵다. 우리 세대가 컴퓨터로 워드 작업을 하고 업무를 주고받는 방식으로 사용하므로 주로 사무기기라는 인상이 강하다. 자식 세대는 컴퓨터를 놀이와 재미를 주는 게임기로 먼저 만난다. 학교에 들어가고 나서야 숙제를 하고 사람과 연락을 주고받는 사무적 이미지를 나중에 만났다. 따라서 우리 세대는 근무 시간이 끝나면 컴퓨터에서 가급적 멀어지려고 하는 반면 자식 세대는 어떻게든지 컴퓨터에 다가가지 못해서 안달이다.

일을 하는 방식에도 차이가 난다. 이전 세대는 뭐든 없는 조건에서 일을 했으므로 일이 끝나고 나서야 웃을 수 있다고 생각한다. 최후의 웃는 자가 되기 전까지 마음을 놓지 않고 긴장하며 감정을 드러내지 않으려고 한다. 자식 세대는 일하는 과정에서 순간순간 마무리를 지으면서 그것으로 웃을 수 있다. 자식 세대는 나중에 잘 돼서 웃을 수도 있고 못 돼서 아플 수도 있지만 최후의 웃음을 위해서 지금 웃을 수 있는 것을 웃지 못하고 참아야 한다는 것을 이해하지 못한다.

새마을 운동을 거친 이전 세대는 젊은 시절을 놀거나 즐기는 시절로 보지 않고 미래를 위해 묵묵히 일해야 하는 시기로 보았다. "노세 노세 늙어서 노세. 젊어서는 못 노나니"라고 노래를 불렀다. 자식 세대와는 다르다. 오히려 자식 세대는 〈노래가락 차차차〉의 원곡으로 돌아간 듯하다.

노세 노세 젊어서 노세. 늙어지면 못 노나니. 화무는 십일홍이요. 달도 차면 기우나니나. 얼씨구 절씨구 차차차

〈노래가락 차차차〉는 향락을 예찬하고 있는데, 노래가 유행한 1950년대가 한국전쟁 이후 지극히 어려웠던 시절이라는 점을 감안하면 대단히 이질적으로 보인다. 이영미 씨가 2002년에 쓴 《흥남부두의 금순이는 어디로 갔을까》에 그 이유를 분석했는데, 이게 또 재미있다. 그는 이 노래를 한국전쟁 이후 발생한 극심한 빈부격차를 반영한 것으로 보았다.

박정희 집권 이후 이 노래는 퇴폐적이라 하여 금지곡이 되었다. 후에 "가세 가세 일터로 가세. 늙기 전에 일하러 가세. 일 안하며 후회하나니. 새마을에 앞장 서 가세. 열심히, 열심히, 열심히 일하세"라는 가사로 개사하여 송춘희가 다시 불렀다.

공자도 일찍이 《논어》에서 뭐든지 즐기려는 자식 세대의 출현을

예상하면서 다음과 같이 말한 적이 있다. "무엇을 많이 아는 사람은 그것을 좋아하는 사람만 못하고 무엇을 좋아하는 사람은 그것을 즐기는 사람만 못하다〔知者不如好者, 好者不如樂者(지자불여호자, 호자불여락자)〕" 자신의 할 일을 하면서 남의 눈을 아랑곳하지 않고 즐기려는 세대가 건강해 보인다. 이전 세대는 감정을 누르고 눌러서 표현을 잘 하지 않다가 어느 날 갑자기 폭발시킨다. 자식 세대는 제 감정에 충실하면서 감정을 솔직하게 표현하고 쌓아두지 않는다. 다른 세대끼리 서로 잘 안다면 즐기는 것으로 인해 충돌하지 않을 것이다. 그렇지 않고 모른다면 서로 "왜들 저래?"라며 의아해하며 이해할 수 없을 것이다. 소통을 위해 서로에게 좀 더 다가서야겠다.

대박을 꿈꾸며

수능이 다가오면 '족집게' 과외 교사의 인기가 한층 높아진다. 적중도가 있다고 알려지면 부르는 게 값인 것이 과외비라고 한다. 나는 이 이야기를 듣고 처음에 족집게 과외가 과연 교육적일까라고 생각해봤다. 아무래도 아니라는 생각이 들었다. 공부를 통해 쌓은 실력만큼 점수를 받지 않고 찍은 문제로 점수를 올린다면 정상적인 교육이 무슨 필요가 있을까 하는 회의가 든다. 그렇게 되면 점수와 실력의 상관성은 떨어지고 점수와 돈의 상관성이 늘어나게 되는 것이다. 참으로 돈이면 되지 않는 일이 없는 사회가 되고 있다.

성공할지 실패할지도 모르는데 짧은 기간에 많은 돈을 퍼붓는 것이 합리적인가라는 생각도 들었다. 비록 교육적인 방법이 아니더라도 얼마 남지 않은 시간에 달리 할 수 있는 길이 없을 때 족집게가 최후의 방법일 수는 있다. 효과가 없다면 몰라도 효과가 있다면 족집게가 합리적일 수도 있다. 만약 원하는 점수를 받지 못한다면 일단 대학에 들어갔다가 편입을 시도할 수도 있고 다음 해에 더 좋은 점수를 받으리라는 계획으로 재수를 선택할 수도 있다. 편입과 재수의 비용이 만만찮고 또 성공의 가능성을 보장할 수 없지 않은가? 이렇게 보면 족집게나 편입·재수는 비슷한 위험도를 가지고 있으므로 성공할 수 있다면 족집게가 편입과 재수보다 못하다고는 할 수 없는 결론이 나온다. 물론 교육적 문제는 따지지 않는다고 할 때 말이다.

편입과 재수는 영어 단어를 하나라도 더 외우고 수학 문제를 하나라도 더 풀고 순간순간 찾아오는 불안을 달래서 운명적인 날에 시험을 치르는 것이다. 그 결과에 따라 당락이 결정된다. 이렇게 보면 편입과 재수는 한 푼 두 푼을 모아서 큰돈을 만든 것과 닮아 보인다. 경쟁률이라는 외적 요인이 작용할 수는 있지만 편입과 재수의 성과는 어디까지나 내가 공부를 얼마나 어떻게 하느냐에 의해 결정되는 것이다.

반면 족집게도 물론 시험장에서 문제를 풀어야 하지만 그것보다 기억에 의존한다. 기억만 한다면 문제가 유사할 경우 문제를 전혀 몰랐던 사람보다 훨씬 유리하기 때문이다. 따라서 족집게 과외는 한꺼번에 불리한 상황을 뒤집는 점에서 대박과 닮아 보인다. 대박보다도 훨씬 더 극적이라고 할 수 있다. 대박을 터뜨리기 위해서 정보를 수집하고 비용을 들여서 상황이 유리한 쪽으로 흘러가리라고 예상하는 지점에서 결정을 내린다. 그 결정을 내리기까지 많은 시간을 들여서 사전에 준비를 하고 냉탕과 온탕을 오가며 간담을 졸이는 숱한 순간을 보내야 한다. 족집게 과외는 선생을 찾아서 비용을 지불하고 나서 문제를 외우고 시험일을 기다리면 된다. 작게는 한두 등급이 올라가는 것에서 많게는 못하는 사람을 잘 하는 사람으로 둔갑시킬 수 있다. 얼마나 짜릿하고 통쾌한 일인가?

중·고등학교를 다니며 과외로 점수를 올려서 등급을 끌어올리고 족집게 과외로 대학에 가는 시대이므로 자식 세대는 사회에 한 발짝 들어서기에 앞서 벌써 '대박' 인생을 살고 있는 셈이다. 그들에게는 이런 대화가 가능하지 않을까?

"네 성적으로 대학갈 수 있을까? 공부 좀 해라."

"왜 힘들게 공부를 해?"

"무슨 말이야? 공부야 원래 힘든 거잖아?"

"내가 왜 힘들게 공부를 해야 하냐고? 과외를 하면 되고 그래도 안 되면 족집게 과외를 하면 되지?"

"그래도 최소한 문제를 알아볼 수 있게 공부를 해야지?"

"그것도 귀찮아! 나중에 될 대로 되겠지 뭐!"

공부에서도 혼자 힘으로 하나씩 실력을 쌓아가는 것이 아니라 부모의 힘으로 온 집안이 달려들어서 한꺼번에 점수를 올리는 문화로 바뀌고 있다. 이로써 공부와 삶에서 어디까지 내가 해야 하고 어디까지 누가 대신할지 경계가 점차 흐려지고 있다. 한 푼 두 푼의 동전은 이제 돈이 아니다. 현금으로 물건을 사고 거스름돈이 남을 경우 동전을 가져가지 않는 사람이 많다. 작은 것이 모여서 큰 것이 된다는 격언은 옛날이야기가 되고 작은 것은 어떻게 해도 작고 큰 것은 원래부터 크다는 결정론이 힘을 얻지 않을까 걱정이 된다. 작은 것(동전)은 미래의 큰 것을 품은 희망의 씨앗이 아니라 어떻게 해도 자신을 벗어날 수 없기에 분노를 품은 절망의 씨앗이 되지 않았으면 좋겠다.

널리 베풀고 많은 사람들을 구제한다, 박시제중

자식 세대에게 인생은 자신의 기량을 펼칠 수 있는 무대다.

산다는 것은 힘들지라도 그것에 주눅 들지 말고 재미를 찾고 즐거움을 누린다는 뜻이다. 인생에서 즐거움의 비중이 크다. 힘들지라도 즐기면서 사는 락생(樂生)을 포기하지 않는다. 하지만 고용 없는 성장으로 청년 실업이 쉽게 해결되지 않아 풍요 속에서 자라난 자식 세대도 취업을 위해 이전 세대보다 더 버거운 시간을 보낼 것이다.

이전 세대가 자식 세대에게 늘 하는 말이 있다. "너희들은 축복 받은 세대다. 없는 것이 없는 풍요로운 시대에 태어나서 맘껏 누리면서 살 수 있으니까." 이 말을 들은 자식 세대는 풍요롭다는 말에 동의할 수는 있겠지만 자신들을 천국에 사는 것으로 보는 생각에는 고개를 가로저을 것이다. 자식 세대는 잘은 모르지만 교과서나 드라마를 통해서 이전 세대가 겪었던 고난의 인생살이를 보고 "힘들게 살아오셨구나!"라고 고개를 끄덕일 수 있다. 하지만 자식 세대는 이전 세대에게 "시대가 다르겠지만 이 시대를 살아가는 것이 그렇게 만만하지 않다"라고 항변을 할 것이다. 이전 세대라면 몰랐거나 몰라도 문제가 되지 않았겠지만 자식 세대는 어학이면 어학, 외국 경험이면 외국 경험, 컴퓨터면 컴퓨터, 전공이면 전공 하나같이 잘해야 할 것이 너무나 많다. 부모 세대에서는 몇 사람이 가진 능력을 자식 세대에서는 한 사람이 모두 갖추기 위해서 온갖 노력을 다해야 한다.

이전 세대는 자식 세대가 즐기며 사는 삶을 보면서 "좋은 때야!"라고 부러워하면서 다른 한편으로 "저러다 단맛에 빠지지 않을까?"라며 걱정 어린 눈길을 보낸다. 아울러 자식 세대가 성장기에 많은 형제자매와 지내며 지지고 볶는 경험이 적다. 가정마다 자식이 하나 아니면 둘이라서 자식 세대는 제 주장을 앞세우는 데 익숙하지만 자신의 의견을 다른 사람들과 조율하는 것은 버거워한다. 그래서 '버릇이 없다', '건방지다', '이기적이다'라는 소리를 많이 듣는다.

우리 세대가 자식 세대의 노래를 들으면 그렇게 편하지 않다. 표현이 너무 직접적이면서도 자극적이고 도발적이다. 왁스의 〈오빠〉를 보면 내가 좋아하면 오빠를 독차지해야 한다.

오빠 나만 바라봐. 바빠 그렇게 바빠. 아파 마음이 아파. 내 맘 왜 몰라줘. 오빠 그녀는 왜 봐. 거봐. 그녀는 나빠. 봐봐 이제 나를 가져봐.

씨앤블루의 〈외톨이야〉에서는 나는 사랑하는 사람을 독차지하고 싶지만 그러지 못하자 끊임없이 의심하고 급기야 이별을 예감하고 혼자서 괴로워한다.

외톨이야 외톨이야 외톨이야 외톨이야. 봐봐 나를 봐봐 똑바로 내 두 눈을 봐. 거봐. 이미 너는 딴 곳을 보고 있어. …… 이 밤이 가면 널 지워야겠지. 그래 나 억지로라도 너를 지워야겠지 날 버린 널 생각하면 그래야겠지.

이 노래는 한스밴드의 〈선생님 사랑해요〉와 "어느 날 문득 나의 가슴을 설레게 하는 사랑이 온 거야"처럼 시작은 비슷하지만 "그대의 집 앞에 수줍게 쓴 내 편지와 장미꽃 한 송이를 몰래 두고 그 누구에게도 말할 수 없는 나만의 비밀스런 사랑"과 진행이 너무 다르다. 우리 세대가 좋아하는 노래와 자식 세대가 좋아하는 노래 중 무엇이 좋고 나쁘다고는 할 수 없을 것이다. 각자의 장단점이 있을 뿐이다.

자식 세대에 대해 부모 세대와 나의 세대는 불만이 없을 수 없다. 자기주장이 강하다느니 개인주의라느니……. 사실 불만이 왜 나를 닮지 않느냐 하는 것이라면 제대로 된 비판이라고 할 수 없다. 또 자기주장이 강한 것과 개인주의가 기성세대의 '나'와는 다를지언정 잘못됐다고 할 수는 없다.

개인주의도 개인의 자유를 다른 어떤 것보다 우선시한다는 정의를 함께 가지면서 현실에 다양한 모습으로 나타날 수 있다. 다른 사람과 사회적 관계를 끊고 폐쇄된 공간에 있는 히키코모리형 개인주의자가 있고 사회적 관계에 적극적이며 모든 일을 자기중심으로 끌고 가려고 하는 독선형 개인주의자도 있다. 개인주의자라고 하더라도 사회적 관계에 대한 관심이 없을 수 없다.

이와 관련해서 따져볼 만한 구절로 《논어》 '술이'의 30편에 나오는 박시제중(博施濟衆)이 있다. 이 말은 원래 공자의 제자 자공(子貢)이 "만약 누군가가 사람들에게 널리 은혜를 베풀고 많은 사람들을 구제한다면 어떻습니까(如有博施於民而能濟衆, 何如(여유박시어민이능재중, 하여))?"라고 한 질문에서 나온 말이다. 공자는 이 일이 평화를 일구는 인자(仁者)가 아니라 세계 질서를 기획하는 성인(聖人)에 어울리는 일이라고 대답했다. 자공의 질문을 네 글자로 줄여서 만든 말이 박시제중이다.

사실 내가 하는 어떤 일을 할 때 그것의 결과와 영향을 신중하게 따져보는 경우도 있고 전혀 뜻하지 않은 결과가 생기는 경우도 있다. 예컨대 우리가 커피를 살 경우 매장에 가서 쉽게 구할 수도 있고 힘들여서 공정 무역의 제품을 살 수도 있다. 구매는 그냥 내가 마시고 싶은 커피를 사서 그 맛을 즐기는 것이다. 하지만 어떤 제품을 구매하느냐에 따라 세상에 자유와 정의가 더 확산되느냐가 관련된다. 어린이 노동, 임금 착취 등으로 만들어진 값싼 제품은 당연히 좋고 옳다고 할 수는 없다. 따라서 소비 행위도 똑똑한 소비, 합리적 소비가 필요하다는 목소리가 높아지고 있다.

우리는 말을 하지 않고 살 수 없다. 그런데 같은 말이라도 어떻게 하느냐에 따라 사람 사이를 부드럽게 할 수도 있고 비수가 될 수도 있다. 내가 중요하므로 나의 의사를 어떻게든지 전달하면 끝나는 것이 아니라 상대에게 상처를 주지 않는 예의가 중요하다. 내가 하고 싶은 것이 중요하지 예의가 뭐가 대수인가라고 할 수 있지만 그런 '나'로 인해 나를 포함한 삶의 단위가 늘 위태롭다면 문제가 될 수 있다. 요즘 들어 새삼스레 건전한 시민, 성숙한 시민의 소리가 높아지는 것도 트러블메이커(말썽꾼)의 등장으로 불필요한 일이 자꾸만 생기기 때문이다.

내가 개인주의자라도 가는 곳마다 문제를 일으키는 자(trouble-maker)가 아니라 문제가 생기게 하지 않거나 생긴 문제를 해결하는 자(troubleshooter)가 될 수 있다. 이를 위해서 내가 나를 위해 뭔가를 하더라도 상대에게 해를 끼치지 않게 행동하면 된다. 더 나아가서 같은 일이라도 나를 위하면서 동시에 타자를 위한 일이라면 더욱 좋은 방법이 된다. 그렇게 된다면 나로 인해 행복이 늘어나고 불행이 줄어들 수 있다. 이런 점에서 나만이 아니라 나와 남이 함께 잘될 수 있는 공존(共存)의 가치에 눈을 돌리면 좋겠다. 이렇게 될 때 자식 세대는 기성세대만이 아니라 앞으로 다가오는 미래 세대와의 소통에도 성공할 수 있을 것이다.

2부

고생이
우리에게
주는 것

마음이 단단해지는
일상 속 고생 이야기

4장

인생의 깊이를 더하는 고생 이야기

20세기를 전체적으로 보면 부모 세대가 무에서 유를 창조하고 우리 세대가 유를 한층 더 크게 키우고 자식 세대는 그렇게 키운 풍요로운 유의 과실을 즐기고 있다. 이제 우리는 그렇게 바라마지 않았던 '고생 끝, 행복 시작'의 상태에 도달했으므로 앞으로 정말로 고생할 일이 전혀 없을까? 삼대가 모여서 고생했던 지난날을 이야기하며 웃고 손뼉 치며 "그때 그랬지!"라고만 말할 수 있을까? 정말로 그랬으면 좋겠다. 실제로 그럴 수 있을까?

세상 어디에 고생을 좋아하는 사람이 있을까? 없을 것이다. 요즘 들어 사람들은 고생을 이삿짐 물건처럼 꽁꽁 싸서 땅속 깊이 묻어두고 다시 나타나기를 바라지 않거나 무슨 전염병처럼 고생을 피하고 있다. 고생이 '나'에서 떨어져서 멀리 있기를 바란다. 이때만큼은 우리 모두 시집가는 딸을 둔 부모님 심정이 되어 "절대로 고생시키지 않고 호강시키겠습니다"라고 큰소리치는 사위의 말에 위로를 받는다. 실제로 그럴 수 있을까?

최근 문명화, 선진화된 나라에 사람들은 적어도 부모 세대가 겪었던 뭐든 부족하고 없던 시절을 까마득하게 잊고 있다. 하지만 현실과 예술을 보면 사정이 다르다. 아무리 풍요로운 시대가 되었다고 하더라도 현실에서는 제대로 먹고 입지 못하는 절대적 빈곤의 사람과 남들처럼 하지 못해 괴로워하는 상대적 빈곤에 시달리는 사람이 있다. 또 IMF 구제금융에서 보았듯이 금융 위기와 경기 불황으로 인해 자산이 하루아침에 반 토막 나고 심한 경우 모든 것을 잃고 거리로 쫓겨날 수 있다. 소규모 국지전이든 핵전쟁이든 살상 무기의 힘이 가공할 만한 정도로 발전해 전쟁이 터진다면 휘황찬란하던 도시가 처참한 폐허로 변할 수도 있다. 그리고 행성과 지구의 충돌을 다룬 영화 〈딥 임팩트〉와 〈아마겟돈〉에서처럼 지구는 어느 날 갑자기 석기 시대로 돌아갈 수 있다.

고생 끝이라고 생각하지만 우리 주위에는 문명의 발전과 더불어 혜택을 누리기도 하지만 동시에 그 문명으로 인해 문명 이전의 상태로 돌아갈 수 있는 가능성에서 완전히 자유로워졌다고 할 수 없다. 그렇다고 언제든 우리가 석기시대로 돌아갈 수 있으므로 그 상황에 대비하자고 말한다면 우리를 너무 과도한 공포에 몰아넣는 것이다.

삼대는 세대마다 각자 다른 시대를 살아왔다. 삼대도 내용과 심도를 달리하겠지만 나름대로 고생을 하며 살 수밖에 없다. '고생 끝, 행복 시작'이라고 하면 그 '행복'을 누리기 위해서 고생을 할 것이다. 인간이란 원래 그렇지 않은가? 고생이란 글자 그대로 어렵고 고된 일을 겪으며 힘들게 사는 것이다. 어렵고 고되다는 것은 뭔가를 할 때 물질적 정신적 자원이 부족하거나 없어서 한 단계를 나아가는 속도가 느리고 거두는 성과가 불투명하다는 것이다. 좀 더 극단적으로 말하면 고생은 아무 것도 없는 상태에서 오로지 자신의 힘으로 수두룩한 관문을 헤쳐나가면서 기죽지 않는 생의 힘이다. 왜냐하면 고하더라도(괴롭더라도) 생하는(살아남는) 것이기 때문이다. 달리 말하자면 제로베이스에서 출발해서 훌륭하게 살아남을 수 있는 야생성을 발휘하는 것이다.

우리가 살다 보면 어떤 일로 어떤 측면에서 제로베이스에 놓일 수 있다. 그때 가서 고생이 왜 찾아왔는지 저주하며 한탄한다고 무슨 소용이 있겠는가? 고생에 대한 면역을 키워서 어떠한 상황에서도 쉽게 좌절하지 않고 우뚝 다시 일어설 수 있는 야생성을 키울 수밖에 없다. 따라서 고생은 나로부터 떼어놓아야 할 것이 아니라 내가 고생 속으로 들어가 함께 뒹굴며 친해져야 할 벗이다. 그러면 고생이 우리를 가르치는 것을 배우게 된다. 고생의 학생이 되는 것이다.

예컨대 해병대 캠프는 학생들의 극기 훈련만이 아니라 기업 연수에서 즐겨 운영하는 상품화된 프로그램이다. 나를 육체적 극한이라는 제로베이스에 두는 것이다. 힘들지만 견뎌내면 나는 그 고통을 소화시킬 수 있는 새로운 존재로 거듭난다. 대학생들이 즐겨

하는 배낭여행이며 국토 순례도 마찬가지다.

흥행을 노리는 TV 매체도 가만히 있지 않고 우리의 고생을 사고 팔며 사람의 시선을 끌어당기고 있다. 배우며 가수며 코미디언이며 가릴 것 없이 한 팀을 꾸려서 밥을 먹이지 않거나 잠을 재우지 않거나 먼 거리를 걷게 하거나 생판 처음 보는 일을 하게 한다. 우리는 그들이 하는 '고생'을 보면서 즐거워한다.

사든 즐기든 고생은 이처럼 우리 가까이에 있다. 이제 진지하게 물을 때다. "왜 고생을 좋아하는가?"

인생은 고생과 숨바꼭질한다

나는 요즘 아이들에 비하면 놀면서 자랐다. 눈만 뜨면 학교에 갔다가 집에 돌아와서 친구들과 어울려 놀았다. 하지만 그럴 듯한 놀이 도구가 없었다. 축구를 하려고 해도 변변한 공이 없었다. 당시에도 학교에 공이 있었지만 공이 터진다며 수업 시간 이외에는 절대로 빌려주지 않았다. 공이 있다고 해도 그걸 가진 아이가 있어야 공을 찰 수 있었다. 그러니 기껏해야 적정한 사람만 있으면 땅 따먹기와 숨바꼭질을 하거나 주위에서 쉽게 구할 수 있는 돌멩이로 공기놀이를, 나무 막대기로 자치기를 하며 놀았다. 자식 세대는 놀이하면 컴퓨터 게임을 생각하는지라 우리 세대의 놀이를 이야기해주면 그걸 석기 시대의 놀이인양 신기해한다.

숨바꼭질을 하려면 먼저 가위바위보를 통해 술래를 정한다. 술래가 기둥(나무나 건물의 벽)을 향해 서서 눈을 감고 일정한 숫자(하나둘보다 재빨리 "무궁화 꽃이 피었습니다"를 열 번 반복하는 것으로

100까지 셌다)를 세면 나머지는 주위 나무며 건물이며 몸을 숨길만한 곳에 숨는다. 술래가 돌아서서 숨어 있는 친구를 하나씩 찾으면 이름을 부른다. 숨은 친구가 술래에게 들키지 않고 기둥에 먼저 와서 '통'을 하면 그 친구는 죽지(아웃되지) 않는다. 이렇게 술래와 통을 한 친구를 빼고 술래에게 들킨 친구들끼리 다시 가위바위보를 해서 술래를 정한다. 대부분 술래는 숨은 친구들을 찾아서 다음번에는 술래 역할을 벗어난다. 간혹 숨은 친구들이 술래에게 들키지 않고 모두 기둥에 '통'을 하면 술래는 연거푸 술래 역할을 해야 했다.

인생에서 고생은 숨바꼭질(술래잡기)과 닮은 점이 많다. 사람이 술래이고 고생은 숨는 역할을 맡은 친구들이다. 사람과 고생의 경우 숨바꼭질은 사람마다 다르게 진행된다.

지지리 복이 없는 사람은 술래 역할을 좀처럼 벗어나지 못한다. 내(술래)가 숨어 있는 고생을 찾으려고 하면 번번이 나보다 먼저 기둥에다 '통'을 찍었다. 어찌나 잘 숨는지 나는 고생이 있는 곳을 먼저 찾을 수가 없다. 이 사람의 인생은 한 걸음 한 걸음마다 고생의 자국이 진하게 박혀 있다. 그래서 '고생' 이야기만 끄집어내도 진저리를 치며 고개를 절레절레 흔든다. 이야기를 하는 것만으로도 고생했던 시절의 기억이 떠올라 괴롭기 때문이다. 술래잡기를 할 때도 한 사람이 번번이 술래가 되면 처음 몇 번은 술래를 하다가 나중에 더 이상 술래잡기를 하지 않겠다며 그냥 집으로 가버렸다. 놀이도 그런데 고생은 오죽할까?

태어나면서부터 금수저나 은수저를 물고 태어나면 고생을 모르고 곱게 자라게 된다. 먹고 싶은 것이 있으면 부모가 사주고 하고 싶은 것이 있으면 부모가 하게 해준다. 이런 내가 숨바꼭질을 한다면 결코 술래 역할에 걸려들지 않는다. 이렇게 비슷한 사람과 어울리면 사람 살이에 도대체 왜 괴로움이 끼어들어서 인생이 고생이 되는지 이해를 못하게 된다. 태어나 자라면서 고생과 숨바꼭질을 하지 않았지만 자라고 나서 고생을 복병처럼 만날 수 있다.

대부분은 내(술래)가 숨은 고생을 잘 찾아내서 술래 역할을 벗어난다. 그렇게 숨는 역할을 하다가 고생에게 걸려서 술래가 되어서 술래잡기를 하게 된다. 고생에게 들켜서 술래를 하게 되면 "왜 내가 들켰는지 다음에는 더 잘 숨어야지?"라는 생각을 하게 된다. 술래를 벗어나면 숨을 곳을 요모조모 따져보고 발각되지 않을 곳을 찾으려고 애쓴다. 그렇게 하다가 또 들키면 똑같은 과정을 통해 더 안전한 곳을 찾는다. 고생이 나를 힘들게만 하는 것이 아니라 나를 단련시키는 것이다. 그러다 보면 고생을 피하거나 무서워하지 않고 고생이 있더라도 그곳으로 성큼 걸어 들어갈 수 있는 두둑한 배짱과 배포를 지니게 된다.

사람이 고생으로부터 잠깐이라도 피할 곳이 없다면 고생은 절망과 늘 이웃하게 된다. 고생은 사람을 단련시키는 것이 아니라 사람의 몸과 마음을 바싹바싹 마르게 한다. 생명의 기운을 시들게 하는 고생(枯生)이 된다. 고생은 힘들기는 해도 아름다울 수 있다. 그것이 사람을 이전보다 나은 삶을 가능하게 하여 고상한 인물로 만들어 주기 때문이다. 즉, 고생이 고생(高生)인 것이다.

우리 사회에서 힘들게 사는 고생(苦生)이 사람을 고생(枯生)으로 이끄는가 아니면 고생(高生)으로 이끄는가? 전자라면 '고생 끝에 또 고생이 시작되는' 삶이고 후자라면 '고생 끝에 낙'이 있다는 믿음이 살아 있게 될 것이다.

"이제 고생과 함께 숨바꼭질 한번 해보실래요?"

온전한 삶에서 억눌린 삶까지

우리나라를 비롯해서 동아시아 사회는 불교나 기독교가 전해지기 전에 죽은 다음의 사후 세계에 익숙하지 않았다. 죽으면 막연하게 "하늘나라로 간다" 또는 "자연으로 돌아간다"고 생각했지 천당이니 지옥이니 그 정체를 뚜렷하게 그려서 사후 세계가 있다고 생각하지 않았다. 그러니 죽음 이후에 있는 심판을 잘 받고 윤회를 되풀이 하지 않기 위해서 이 세상을 살며 죄를 짓지 말자거나 착하게 살아야겠다는 사고를 갖지 않았다. 오히려 죽음 이후보다 죽음 이전에 살아 있는 세상에서 누릴 수 있는 행복을 최대한 누리는 것이 바람직하다고 보았다.

동양철학에서는 이승의 하늘과 땅 사이에 생명이 한 때라도 끊어지지 않고 넉넉하게 이어지는 활동을 가장 바람직하며 아름다운 일로 보았다. 《주역》에서도 하늘과 땅이 하는 가장 위대한 작용을 생명이 끊임없이 다시 태어나게 하는 재생에 두고 있다. 유가에서 최고의 덕목으로 꼽는 인(仁)도 따지고 보면 생명과 밀접한 관련이 있다. 인은 바로 삶을 위태롭고 어렵게 하는 조건이 사라지고 죽은 생명도 완전히 잊히지 않고 기억되게 하는 것이기 때문이다. 따라서 정부가 백성들의 삶을 제대로 돌보지 않아 그들의 생명이

위태로워지거나 재해로 어려움에 빠진 사람을 재빨리 도와야지 내버려두거나 목숨을 위협하고 빼앗아서 원하는 바를 이루려고 하면 안 된다. 그래서 유학자들은 그것을 인에 반대되는 것으로 보고 세차게 반대를 했던 것이다. 따라서 동아시아에서는 사람이 이승에서 행복하며 즐겁게 사는 것을 가장 좋은 것으로 보았다. 속담에서도 '개똥밭에 굴러도 이승이 좋다' 라고 말하지 않던가?

하지만 세상살이는 "그렇게 되어야 한다"라는 동양철학의 말씀과 똑같지 않았다. 삶은 그렇게 평탄하지 않았다. 널리 알려진 이라크, 아프가니스탄만이 아니라 해결의 기미조차 보이지 않는 콩고, 르완다, 소말리아 등은 전쟁이 일상화되어 있다 보니 삶은 바람 앞의 등잔불처럼 늘 위험하다. 평화와 사랑이 얼마나 무기력한지 여실히 보여주고 있다.

전쟁만큼 피해가 크고 고통이 깊지는 않더라도 교육 · 의료 · 실업의 기본적인 복지와 인권이 사회적으로 확립되어 있지 않으면 삶은 위태로운 안정으로부터 자유로울 수 없다. 가장의 질병과 사망은 한 가정의 생계마저 불확실하게 할 수 있고, 금융위기와 경기 침체는 평생 가꾼 소중한 삶의 기반을 통째로 날려버릴 수도 있고, 잊을 만하면 일어나는 대형 사건 · 사고는 삶의 의미를 송두리째 뒤흔들 수도 있다. 세상이 인(仁)하여 사랑이 넘치고 생명의 활기가 돌아야 한다는 요구는 분명 희망을 갖게 하지만 현실에서 맞이하는 삶의 차가운 냉기는 쉽사리 부정한다고 사라질 수 있는 것은 아니다. 희망을 버리지 않아야 하지만 동시에 절망의 냉기를 가시게 할 수 있는 방안이 절실하다고 할 것이다.

《여씨춘추》'귀생(貴生)'에서는 현실의 삶이 단순히 생명이 넘쳐나야 한다고 주문하지 않고 삶의 다양한 모습을 그리고 있다. 사람이 살아가는 삶의 양상을 네 가지로 나누어서 어떤 삶이 좋고 어떤 삶이 나쁜지 설명하고 있다. 《주역》에 비해서 한층 현실적이고 구체적이라 할 수 있다.

사람의 기본적인 욕망이 모두 골고루 충족되어서 온전한 삶을 사는 전생(全生)이 최고의 삶이다. 다음으로 기본적인 욕망이 충족되는 것도 있고 그렇지 않은 것도 있어서 생명이 부분적으로 손상되는 휴생(虧生)이 있다. 다음으로 욕망도 일어나지 않고 만족과 불만족의 차이도 알아차릴 수 없는 죽음(死)이 있다. 그 다음으로 기본적인 욕망 어느 것 하나도 충족되지 않아 살아가는 순간순간이 고통에 불과하여 삶이 큰 돌에 눌려 있는 듯한 박생(迫生)이 있다. 왜 박생이 죽음보다 뒤에 있는 것일까? 《여씨춘추》의 지은이는 박생이 죽음보다 못하다고 생각하기 때문이다. 왜 그럴까? 죽음은 고통이 있더라도 전혀 느끼지 못하지만 박생은 하루하루를 벗어날 수 없는 고통 속에서 살아야 하기 때문이다. 여기서 박생이 《여씨춘추》 지은이의 속생각을 가장 잘 나타내고 있다. 《여씨춘추》의 지은이는 "지금 우리가 사는 삶이 과연 죽음보다 나은 삶이라고 할 수 있을까?"라는 질문을 시대에 던지고자 하지 않았을까? 나는 그렇게 생각한다. 그리고 쉽게 눈에 들어오듯이 네 가지에는 영원한 삶을 말하는 영생(永生)은 없다. 다시 한 번 동아시아에서는 죽음 이후보다 이전의 삶을 소중하게 여긴다는 사실을 확인할 수 있다.

우리는 《여씨춘추》가 쓰인 BC 239년보다 2250여 년 뒤에 살고 있는데, 그때 《여씨춘추》의 지은이가 던진 질문으로부터 얼마나 자유로울 수 있을까? 개인적으로는 전생이라고 말할 수 있는 사람이 많이 늘어났다. 그럼에도 불구하고 같은 시대를 살아가는 사람들 중에 박생의 상태에 머물고 있는 사람이 많다. 그렇다면 우리에게 이에 대한 책임은 없을까?

고생문 입장

아이들이 학교를 다니다 보면 이런저런 걱정이 생긴다. 우리나라는 새 학년 새 학기가 3월에 시작된다. 다른 나라는 9월에 시작된다. 집안 사정으로 외국에서 학교를 다니게 되면 외국에 가서도 몇 학년으로 정할지 우리나라로 돌아와서 몇 학년으로 다녀야 할지 고민이 된다.

초등학교를 마치고 중학교에 가게 되면 언제부터 중학생이 되는 것일까? 초등학교 졸업식 다음 날부터, 다닐 중학교가 배정된 날부터, 2월 중 중학교에서 소집한 날부터, 3월 1일부터, 중학교 입학식을 한 날부터……. 중학교를 가는 당사자나 부모 입장에서는 이것인지 저것인지 헷갈릴 수 있겠지만 정답은 제일 마지막일 것이다.

옛날 사람들은 삶을 탄생, 결혼, 죽음으로 단계를 나누고 그 단계마다 행사를 치르고서야 비로소 다음 단계로 넘어갔다고 생각했다. 백일, 돌, 생일, 성인식(남자의 관례와 여자의 계례), 혼례……. 오늘날 우리도 옛날 사람처럼 복잡하게 인생의 단계를 챙기지는 않지만 그래도 결혼식 없는 결혼은 낯설다. 졸업식에 다

참석하는 것이 아니고 참석해도 식장에 가지 않고 사진을 찍더라도 아예 졸업식이 없다는 것을 우리가 받아들일 수 있을까? 이처럼 싫다 좋다 말이 많지만 꼭 식을 해야만 한 과정을 마쳤다고 생각한다. 우리는 삶에서 의례나 행사를 꽤나 중시하는 민족이라고 할 수 있겠다.

여러 가지 의식 중에서 아직도 큰 힘을 떨치고 있는 것으로 입사식(initiation) 또는 통과의례를 들 수 있다. 입사식의 뿌리는 인류의 원시시대로 거슬러 올라간다. 아이가 태어났지만 갓난아기는 물리적 존재일 뿐이다. 아이는 백일과 돌을 거치면서 가족에서 진정으로 살아 있는 사람의 지위를 얻는다. 나아가 사춘기 시절에 통과의례를 거치면서 공동체에서 제 생각을 말할 수 있는 성원으로 대접을 받게 된다. 이를 위해서 대상자는 집을 떠나 숲속으로 가 그곳에서 일정한 기간 동안 생활을 하게 하거나 코를 뚫어 그 이전과 다른 모습을 갖추도록 한다. 두려워서 이 과정을 제대로 거치지 못하면 나이는 어른이라도 어른 대접을 받지 못하게 된다. 이처럼 통과의례를 거치면서 나는 미성숙한 존재에서 성숙한 존재로 새롭게 거듭 태어나게 되는 것이다.

요즘 우리는 원시 시대나 전통 시대처럼 엄격하며 가혹한 절차를 통해서 어른이 되지 않는다. 개인적으로나 단체별로 성인식을 치르기는 하지만 거국적으로 의식을 하지 않는다. 우리는 여전히 학교와 직장 등에서 새로운 단체로 들어가서 기존의 성원들과 어울리며 지내게 된다. 이때 그냥 밋밋하게 "어, 새로 왔어요?"라고 말하고 그 순간부터 오래전부터 알고 지낸 사람처럼 지내지는 못한다. 적어도 대학생이 되면 엠티나 새터 모임에서 환영과 학습을 통해서 학과의 성원으로 인정을 받게 된다. 그 과정을 거치면 이전의 서먹서먹함은 줄어들고 어느 틈엔가 친숙한 사이가 된다.

어디 학교뿐이겠는가! 회사를 들어가도 부서에 신입이 오면 부서장이 회식을 마련한다. 그 자리에서 신입은 여러 사람들에게 자신을 소개하고 또 여러 사람을 소개받으면서 사람들로부터 차례대로 술을 한 잔씩 받아 마신다. 인사불성이 된 뒤에도 회식은 끝나지 않고 2차, 3차를 통해 함께 노래도 부르고 고함도 지르며 평소와는 다른 모습을 보인다. 서로 작정하고 일탈을 하는 것이다. 이 과정을 거치면 신입은 훨씬 자연스럽게 새로운 직장에 스스럼없이 동화될 수 있다.

아이를 키우다보면 키가 클 때가 되거나 상급 학교에 진학하면 특별한 일이 없는데도 아이가 심하게 아플 때가 있다. 아프고 나면 키도 훌쩍 커 보이고 새로 다닌 학교에 잘 적응하는 듯 보인다. 어떤 의식이 없더라도 몸이 미리 알고서 아파하는 듯하다.

취업과 입학이 어디 기쁘지 않을까? 기쁘긴 하지만 어느 날 갑자기 전혀 새로운 곳에서 이전에 본 적이 없는 사람들과 계속해서 어울린다는 것이 결코 쉬운 일이 아니다. 그리고 진학했다고 해서 취직했다고 해서 앞으로 있을 일들이 저절로 술술 풀려간다고 볼 수 없다. 모든 것이 낯설고 버겁다 보니 하는 일마다 실수여서 어설프기 그지없다. 입대해서도 서너 달은 사람이 군복을 입은 것이 아니라 군복이 사람을 담고 있는 느낌이다. 서너 달이 지나면 옷이 사람 몸에 착 달라붙어서 제법 군인 티가 난다. 그렇게 될 즈음이

면 실수해도 너그럽게 넘어가고 못해도 신입이 그렇지 하면서 대
수롭지 않게 취급하던 유예 기간이 끝난다. 이제 자신의 이름으로
앞가림을 해야 할 때가 된 것이다. 고생문이 활짝 열리는 순간이
다. 인정을 받은 동시에 무거운 짐을 지게 된 것이다. 물론 짐을 잘
처리해서 고생과 함께 즐거움을 누릴 수도 있고 잘 못해서 고생을
할 수도 있다.

짜증 · 초조 · 조급 · 불안

우리나라 속담에 '젊어서 고생은 사서라도 한다' 라는 말이 있다.
이 말은 고생을 하면 힘들기는 하지만 그로부터 배우는 것이 많아
서 미래를 살아가는 밑거름이 될 수 있다는 말이리라. 그만큼 젊었
을 때 하는 고생의 가치를 강조하는 말로 들린다. 과연 사람이 고
통을 거치면서 긍정적인 맥락에서 성장만 할 수 있을까? 물론 사
람 살이에서 고생이 갖는 가치를 부정하는 것은 아니다. 그렇다고
하더라도 고생이 기계적으로 성장을 가리키지는 않을 듯하다.

"취직 축하해. 회사는 다닐 만해?"

"고마워. 말도 마라. 처음에는 취직해서 마냥 좋았지만 지금은
죽겠다 죽겠어."

"벌써? 꼬박꼬박 월급 나오겠다. 도대체 뭐가 걱정이야?"

"그건 좋지. 걸핏하면 야근이고 거기에다 밤샘 작업까지. 사람
은 적고 일은 얼마나 많은지!"

"직장 생활이란 게 다 그런 것 아냐? 어디 놀고 월급 받는 곳이

있을라고.”

“나 이렇게 계속 회사 생활을 해야 한다면 언제까지 다닐지 자신이 없어.”

“그 정도야?”

“돈은 벌지만, 내가 도대체 무엇을 하고 있는지 모를 때가 많아.”

세상에는 공짜가 없다. 대가를 받는다면 그에 상응하는 뭔가를 내놓아야 한다. 고생에는 객관적이고 주관적인 두 가지 측면이 있다. 객관적이라는 것은 누가 봐도 저 정도라면 고통으로 느낄 수 있다고 생각되는 경험과 관련이 있다. 주관적이라는 것은 개인이 “이 정도면 끝나겠지!”라고 예상하며 고통을 참을 수 있는 범위와 관련이 있다.

사람이 고생 때문에 힘들다고 하면 “도대체 뭐가 얼마나 힘들다는 거냐?”라고 되물어본다. 하소연하던 이가 뭐라고 얘기하면 듣던 사람이 갑자기 하하 웃으면 말한다. “야, 그것은 고생 축에도 끼지 못해. 다들 그 정도는 하고 살아. 그렇지 않은 사람이 어디에 있어?” 즉, 말하는 고통이 객관적인 기준에 미치지 못한다는 것이다. 그러면 고통스럽다고 말한 사람은 조금 힘든 것을 참지 못하고 어리광을 부린 것이다.

그러나 사람은 참을성도 없이 쉽게 ‘힘들다’, ‘고통스럽다’는 말을 내뱉지 않는다. 일 자체가 버겁고 어렵지 않더라도 얼마든지 고통스러울 수 있다. 한 번이면 끝날 일을 두 번이고 세 번이고 되풀이한다든지 한 시간이면 마칠 일을 지금 몇 시간째 계속하고 있다든지 한 사람만 오케이 하면 되는데 몇 날 며칠을 두고 반대 의사를 굽히지 않는다든지 일의 강도와 상관없이도 얼마든지 고통스러울 수 있다. 이를 두고 어떤 사람은 늘 있는 일이라며 대수롭지 않게 생각하고 넘어갈 수 있지만 어떤 사람은 더 이상 참지 못하고 얼굴이 붉으락푸르락 할 수 있다. 저간의 사정을 다 듣고 나면 우리는 당사자가 겪는 주관적 고통에 동조하며 "그래. 고생한다. 어쩌니? 참고 살아야지"라는 위로의 말을 건넨다.

같이 고생을 한다고 하더라도 사람마다 보이는 반응이 다를 수 있다. 극단적으로 고생을 통해 뭔가를 배우기보다는 고생에 진저리를 치면서 한사코 멀리하려고 할 수 있다. 멀리하고자 하지만 고생이 나에게서 떨어지지 않고 계속 달라붙어서 성가시기 그지없다. 귀찮게 여겨지는 고생에 대해 사람들은 주로 네 가지 반응을 보인다.

첫 번째, 짜증이다. 이제 '고생' 소리만 들어도 버거워한다. 끝날 것 같으면서도 좀처럼 끝이 보이지 않고, 끝났다 싶어서 조금 쉬어야지 하는데 또 고생이 드밀고 쳐들어온다. 고생의 정체를 알고 싶지도 않고 온몸으로 거부하려고 한다.

두 번째, 초조다. 고생이 시작되지도 않았는데 '고생'이라는 말만 들어도 깜짝 놀라서 어찌 할 지 걱정하느라 안정이 되지 못하고 허둥지둥한다. 이 상태에서는 고생에 대한 주관적 고통이 너무나 커서 그것을 제대로 마주할 용기조차 없다.

세 번째, 조급이다. 고생을 하면서 연신 시계를 보며 "도대체 언제 끝나는 거지? 도대체 왜 이렇게 시간이 안 가는 거야?"라며 제

자리를 지키지 못한다. 일을 하고 있는 중이면서도 마음속으로 빨리 끝나기만을 바라고 있으며 잘못된 결정을 내리기 일쑤다. 고생은 고생대로 하고 성과가 없다.

네 번째, 불안이다. 고생을 헤쳐 나갈 수는 있지만 늘 걱정이 앞선다. 지금까지 걸어온 자신을 믿지 못하므로 앞으로 닥칠 것을 해내리라고도 믿지 못한다. 그냥 고생이 다시 오지 않기를 기도하는 수밖에 없다. 그 결과 고생을 통해 쌓은 것이 많으면서도 스스로 교훈을 끌어내지 못한다.

이들 모두 고생을 괴물처럼 생각하고 어떻게든지 모면하려고 할 뿐 정면으로 마주보며 맞서지 못한다. 그만큼 자신이 약하고 용기가 없다는 것을 스스로 드러내는 것이다.

자신 · 이웃 · 이해 · 도전

경제협력개발기구(OECD)가 펴낸 《2008년 OECD 통계연보》에 따르면 우리나라 연간 평균 노동시간은 2357시간이다. 이를 주 단위로 환산하면 45.2시간이 된다. OECD 국가들의 연간 평균 노동시간은 1777시간이다. 주 단위로 보면 34시간이 된다. 따라서 우리나라는 1년으로 보면 580시간, 1주로 보면 11시간을 더 일하는 셈이다. 많이 일하는 만큼 많이 벌고 더 행복하게 살고 있을까? 그렇게 보이지 않는다.

민간(개인)이 등록금이다 급식비다 해서 교육 기관에 지출하는 비용도 1위를 차지하고 있다. 반면 삶의 질을 나타내는 1인당 총 보건 지출과 GDP 대비 문화 여가비 지출은 조사 대상국(28개국)

중 하위를 차지하고 있다. 즉, 열심히 벌어서 아이들 공부시키는 데 많은 돈을 들이고 있지만 정작 일한 사람이 행복을 느낄 수 있는 시간을 갖지 못하고 있는 셈이다. 아이들은 아이들대로 학습 노동에 시달리고 어른은 어른대로 중노동에 시달리느라, 가정이 하숙집 이상의 기능을 하지 못하고 있는데 사회는 인간다운 공동체를 만들 여력을 갖고 있지 않다. "가장을 집으로 돌려보내자!"는 운동을 벌여야 할 때다.

근로기준법에는 하루 노동 시간이 8시간으로 되어 있다. 법 규정이 있어도 현실을 규제하지 못하는 실정이다. 문제는 우리 세대에 그치지 않고 자식 세대도 초과 근무(야근, 잔업, 밤샘)의 사슬에서 벗어나기 어렵다는 데 있다. 워낙 초과 근무가 익숙하다 보니 그것을 그만두거나 바꾸어야 한다는 생각을 잘 하지 못하는 것이다.

《시경》에는 고통스런 현실에 실망하고 좌절하면서 원망을 읊은 시들이 있다. 〈정월〉에 보면 열심히 노력해도 대가도 없고 조심하며 살아도 좋지 않은 소문이 나자 "도대체 부모가 왜 나를 나아서 나를 이토록 힘들고 병들게 하느냐?"고 따지듯 묻는다. 〈소반〉에 보면 다들 행복하게 사는데 자신만 불행이 거듭되자 하늘에 무슨 죄를 지었는지 스스로 물어보며 "하늘이 나를 낳았으니, 내 신세가 나아질 때가 도대체 언제이냐?"며 따지고 있다. 사람이 힘들고 괴롭다 보면 자신을 이 세상에 오게 한 근원으로 돌아가서 하소연을 하고 또 원망을 쏟아 붓는다. 여기서는 부모와 하늘마저 원망의 대상이 되고 있다. 그만큼 세상살이가 고생스럽다는 뜻이리라.

〈륙아〉에 보면 부모가 자식을 낳고 기르며 온갖 고생을 다했지만 자식이 부모에게 잘 해드리지도 못했는데 돌아가신 상황을 읊고 있다. 이제 자식이 부모를 원망하는 것이 아니라 자기 자신을 원망하고 있다. "아버지 날 낳으시고 어머니 날 기르시니. …… 그 은혜에 보답하고자 하나 하늘처럼 끝이 없구나!"

자식이 늘 자식으로 있을 수 없다. 자식도 자라서 어른이 되고 자식을 낳아서 부모가 된다. 부모가 되어서 "자식 키워보면 부모 마음 안다"라는 말처럼 자신의 부모가 살아왔던 길이 쉽지 않았다는 것을 이해하게 된다. 이해를 하다보면 서슬 푸른 원망과 저주가 사그라지고 같은 사람으로서 다시 만나게 되는 것이다. 우리도 그렇게 힘든 세상을 받아들이고 사나 보다. 처음에 일만 죽도록 해도 나아지지 않는 삶이 원통하지만 다들 그렇게 살아왔다는 사실 앞에 주눅이 드나 보다.

시간이 가면 부모와 자식, 자식과 부모를 서로 이해하게 된다고 하더라도 당장 노동 시간을 줄여서 지금에서도 서로 이해할 수 있는 기회가 늘어나면 좋겠다.

인생살이에서 핀셋으로 고생을 완전히 집어낼 수는 없다. 그러나 고생을 통해서 얻는 것도 많다. 고생한 덕으로 먹고살 수 있는 벌이를 할 수 있다. 그것만이 아니다. 고생이 힘들기는 하지만 우리를 끊임없이 가르친다.

그 가르침은 주로 네 가지로 생각해볼 수 있다.

첫 번째는 자신이다. 고생의 문을 넘기 전에 누구나 "내가 할 수 있을까?"라는 마음이 든다. 어렵사리를 그 문을 지나고 나면 갑자기 괴롭혔던 고생은 작아 보이고 그 길을 헤쳐 나온 자신은 커 보인다. 고생을 마주해도 어깨를 움츠리지 않고 당당해질 수가 있다. 자신 안에 뭔가를 해낼 수 있다는 힘이 있다는 것을 알고 그걸 길러내는 방법을 터득한 것이다.

두 번째는 이웃이다. 처음 고생을 마주하면 세상은 나 없이 즐겁게 잘 돌아가는데 나만 힘들고 괴롭다는 생각이 든다. 주어진 어려움을 하나씩 풀어가다 보면 어느 틈에 "수고하십니다"라는 따뜻한 말을 건네는 이도 있고 슬쩍 다가와서 좋은 아이디어를 보태는 이도 있다. 그들은 내가 어떻게 하는지 지켜보는 방관자가 아니라 나와 같은 곳을 향해 나아가는 이웃인 것이다.

세 번째는 이해다. 어려운 일의 고비를 넘기고서 안도의 숨을 내쉬면서 다른 사람을 쳐다본다. 갑자기 그들도 모두 나처럼 살고 있다는 생각이 들게 된다. 나를 낳고 기른 부모 세대도 그렇고 나에게 힘과 용기를 건네주던 선배들도 그렇고 피곤하고 지친 삶에 길게 말도 못한 채 "힘내!"라는 짧은 말을 던지는 동료도 그렇다. "아, 다들 그렇게 살아왔고 그렇게 살아가는구나!"라는 깨달음이 온다.

네 번째는 도전이다. 처음 고생에 들어서지 못해서 주저하며 해보지도 않고 "나 못해!"라고 소리를 내지른다. 작은 고생의 언덕을 넘다 보면 어느 틈엔가 고생이 괴물 같다는 느낌이 사라지고 어쩌면 친구와 같다는 생각이 찾아온다. 그리고 나를 또 다른 친구와 만나게 해주고 싶다는 오기마저 들게 된다. 고생이 앞에 있으면 정면으로 부딪치고 다음 번 고생의 얼굴을 그려보려고 하게 된다.

고생의 미운 자식들: 독선·과시·불신·포기

아직 고생을 하지 않았지만 앞두고 있거나 한두 번 고생을 해보았더라도 우리는 아직 고생에 그렇게 익숙하지 않다. 여전히 고생은 피하고 싶고 나에게 다가오지 않았으면 좋겠다. 이 마음은 월요일 아침에 학교를 나서는 아이들과, 직장에 출근하는 가장이 갖는 심정과 닮았을 것이다.

그런 사람은 고생이 시작되지도 않았는데 초조해서 우왕좌왕하며 안절부절 못한다. 막상 고생이 시작되었는데도 조급해서 자리에 엉덩이를 붙이지 못한 채 일어났다 앉았다 반복하고 연거푸 시계를 보다가 이것저것 따져보지 않고 섣부른 결정을 내려서 일을 망쳐버린다. 또 새로운 일이 닥치면 한두 번 일을 처리해봤는데도 이전에 했던 경험을 살려서 차근차근 풀어갈 생각은 하지 않고 짜증부터 부리는 사람도 있다. 어려운 일을 했더라도 늘 다른 사람의 도움을 받았거나 일로 인해 숨이 턱 밑까지 차오르는 경험이 있다면 고생이란 말만 들어도 불안해하는 사람도 있다.

이들은 아직 고생에 익숙하지 않고 할 수 있다면 '고생'이 찾아올 수 없는 세계에 가 있으려고 한다. 하지만 사람 살이가 사람의 바람처럼 고생이 없어져라 하면 없어지는 것이 아니다. 고생은 인생과 늘 곁에 있기도 하고 언젠가 복병처럼 숨어 있다가 불쑥 나타날 수도 있고 잊을 만하면 나타나서 사람을 놀라게 한다. 그렇게 고생과 더불어 삶을 버텨나가다 보면 '고생 없는 인생'은 '팥 없는 진빵'처럼 살아도 산 것 같지 않아 왠지 허전하다. 한두 번이 아니라 숱한 고생 '들'로 사람들은 물질적으로 정신적으로 번듯한 삶을 살아갈 수 있다. 하지만 고생으로 일군 인생이 자신에게 향내 나는 삶을 줄지 몰라도 주위 사람이나 다른 사람에게 참기 어려운 고통을 안겨줄 수도 있다.

"이번 업무는 어떻게 되어가나요?"

"자료도 찾아보고 거래처와 협조도 하고 있습니다."

"뭐요? 다른 사람 말은 들을 필요도 없어. 내가 시키는 대로만 하라니까!"

"부장님, 그래도 자료를 검토해볼 필요가 있지 않을까요?"

"(상대의 말을 자르며) 나만 믿어. 내가 그 분야의 산증인이야."

"나중에 문제라도 생기면……."

"문제는 무슨 문제. 아무 문제없어!"

고생으로 성공을 한 사람은 자신의 경험과 그로 인해 얻는 지식을 거의 절대시한다. 자신의 경험과 앎을 "실패는 있어도 좌절은 없다"거나 "좌절은 있어도 실패는 없다"는 식으로 예쁘게 포장하기도 한다. 그런 사람일수록 다른 사람의 목소리를 듣지 않고 자신의 과거 자산만을 믿으며 매사 불도저처럼 밀어붙인다. 이것저것 따져보고 다른 주장을 듣는 것은 시간을 낭비하는 것이고 그럴 필요조차 없는 절차일 뿐이다. 그렇게 한다면 오히려 될 일도 안 된다고 생각한다. 사고가 폐쇄 회로를 이루어서 생각과 행동이 늘 그 속에 갇혀서 벗어날 수가 없다. 그런 사람은 고집불통이고 안하무인의 특성을 드러낸다.

이와 관련해서 "군대 갔다 오면 사람 된다"거나 "군대 갔다 오면 철든다"는 말을 한 번 생각해볼 만하다. 군대 가기 전에 고생이란 걸 모르다가 군대 가서 고생을 해보고 다른 사람을 이해하게 될 수가 있다. 또 상명하복과 절대복종 등의 조직 생리를 배워서 우리 사회가 돌아가는 이치에 길들여질 수도 있다. 군대 다녀와서 어떤 사람이 되느냐가 중요하지 덮어놓고 무조건 군대 가면 사람이 된다는 식으로 말할 수가 없다. 그래서 그런지 우리 사회에 "군대 갔다 오면 사람 된다"는 말이 꽤 오래 전부터 회자됨에도 불구하고 아직도 속담이나 경구나 잠언의 지위에 올라서지 못하고 있는 것이다.

고생이 꼭 사람을 인간미가 풀풀 나는 사람으로 만드는 것이 아니다. 고생이 사람을 집어삼킬 수도 있는 것이다. 고생이 낳은 미운 네 자식을 소개하면 다음과 같다.

독선은 고생이 과도하게 자신감을 불어넣어서 다른 사람을 피곤하게 만들고 고생시킨다. 고생의 맏아들답게 시건방지다. 과시는 고생이 자신의 몸을 환히 빛나게 만들었다고 생각하며 어디가나 주인공이 되려고 하여 다른 사람의 비위를 건드린다. 고생의 맏딸답게 도도하다. 불신은 고생이 자신을 총애하여 온갖 지혜와 열매를 나눠주지만 다른 사람을 싫어하여 아무것도 주지 않는다고 생각한다. 고생의 둘째 딸답게 막무가내다. 포기는 고생이 잘해보려고 애쓰는 자신을 끔찍하게 미워한다고 생각하여 이제 아무 것도 하려고 하지 않고 다른 사람에게 모든 걸 미룬다. 고생의 막내아들처럼 버릇이 없다.

겸손 · 여유 · 나눔 · 공존

부모 세대는 많으면 10명이 될 정도로 자식을 많이 낳았다. 당시 정부는 산아제한을 통해서 늘어나는 인구가 만들어낼 문제를 줄여보고자 했다. 우리 세대까지만 해도 예비군 훈련을 갈 경우 정관수술(남성불임수술)을 한다고 하면 예비군 훈련을 받지 않고 수술비 보조를 받고 수술하고서 일찍 집에 돌아가도록 해줬다. 오늘날 저 출산이 사회 문제가 되는 상황과 비교해 보면 너무나도 많이 변했다고 할 수밖에 없다.

자식이 많다 보면 집안이나 밖에서 말썽을 피우는 놈도 있고 골라가며 예쁜 짓을 해서 귀여움을 듬뿍 받는 놈도 있기 마련이다. 부모님이나 동네 사람들이 말썽꾸러기가 또 말썽을 피우기라도 하면 기다렸다는 듯이 혀를 끌끌 차면서 "같은 부모에서 태어났는데 어쩜 저렇게 다를 수가 있는가?"라고 한다. 그 말썽꾸러기 자식들이 독선, 과시, 불신, 포기였다. 예쁜 놈들이 바로 겸손, 여유, 나눔, 공존이다.

고생이 어찌 힘들지 않을 수 있겠는가? 힘이 들고 괴로우니까 고생(苦生)이지 그렇지 않다면 고생이라 했겠는가? 하지만 고생이 괴롭기만 하다면 사람이 기나긴 삶을 꿋꿋하게 버티기가 쉽지 않다. 고생에는 사람을 예쁘게 빚어서 향내 나게 만드는 묘약이 있다. 그렇지 않고서는 전에 그렇게 까칠하던 사람도 고생문을 지나고 나니 친절하기 그지없는 사람으로 바뀔 수 없을 테니까 말이다.

(아나운서가 어렵게 출연 섭외를 한 사람을 방청객들에게 소개한다.)

"어떻게 결식아동을 위해 많은 돈을 기부하게 되었습니까?"

"제가 살던 때엔 다들 어려워서 많이 굶고 살았죠. 그때를 생각하니 가만히 있을 수 없더군요."

"집에서는 반대를 하지 않습니까?"

"반대, 없습니다. 오히려 기부를 통해서 배우는 게 더 많다고들 합니다."

"결식아동만이 아니라 무의탁 노인들을 돕는다면서요?"

"내세울 만한 게 없습니다. 그냥 제게 잠깐 맡겨진 것을 다른 사람과 나누며 살 뿐입니다."

"기부에 뜻은 있어도 선뜻 나서지 못하는 사람들을 위해서 한 말씀해주시죠."

"나에게 작은 것이 누구에게는 목숨과도 같은 것이 될 수 있습니다. 달리 할 말이 없습니다."

기부하는 사람들을 보면 우리는 "아깝지 않을까?"라는 생각을 해본다. 떳떳하게 일해서 벌었고 그것을 자신을 위해 쓸 수도 있는데 남을 위해 돈을 쓰니 말이다. 사람이 고생에서 벗어나기 위해서 노력할 때 주위에서 조금이라도 돕거나 따뜻한 눈길을 주면 같은 고생이라도 덜 괴로워하며 버틸 수가 있다. 나를 알아주고 내가 잘되기를 바라는 사람이 있다는 것만으로도 엄청난 힘이 될 수 있다. 지금은 먹고살 정도로 성공했지만 고생할 당시 한순간 마음을 달리 먹었으면 나는 지금의 나와 전혀 다른 사람이 되었을 수도 있다. 이런 생각을 하게 되면 주위에 어려운 사람이 있는데도 가만히 있을 경우 내가 죄 아닌 죄를 짓는 느낌이 든다. 그렇게 되면 특별한 결심이나 거창한 명분이 없더라도 내가 밥을 먹는 것처럼 함께 하는 삶도 자연스럽게 되는 것이다.

사실 고생을 넘어서기 쉽지 않다. 처음 고생이 높은 산을 마주하고 있는 것처럼 도저히 넘어설 수 없을 듯하다. 힘을 들여서 고생의 언덕을 넘고 나면 괜히 우쭐해진다. 그러다 또 다른 고생에 치이게 되면 앞서 자신감이 넘치던 사람의 코가 납작해진다. 이 과정을 되풀이하다 보면 고생을 앞질러 겁낼 필요도 없고 서둘러 벗어나려고 안간힘을 쓸 필요도 없다는 것을 안다. 고생은 나란히 놓인 기찻길처럼 인생살이에서 빼놓을 수 없는 동반자라는 생각이 든다. 이쯤되면 나는 고생과 친구가 되기도 하고 고생이 나를 버티게 하는 힘이 되기도 한다. 마라톤에서 오래 달리다 보면 호흡도 처음과 달리 고르게 되고 다리 놀림도 부드러워져서 몸과 마음(기분)이 날아갈 듯 가벼운 상태를 겪는다. 이를 러너즈 하이(runner's high)라고 하는데, 뛰는 사람이 주위의 사물과 조화를 이루는 고양된 느낌이라고 할 수 있다. 인생살이의 마라톤에서 '나'는 러너즈 하이를 경험하는 것이리라.

이렇게 고생은 사람을 인간미가 풀풀 나는 사람으로 만드는 것이다. 고생이 사람의 두 손과 두 발이 되고 또 머리와 가슴이 된다. 고생이 낳은 예쁜 네 자식을 소개하면 다음과 같다.

겸손은 고생이 사람으로 하여금 다른 사람에게 도움받은 것을 크게 생각하도록 만든 결과이다. 고생의 맏딸답게 참 얌전하다. 여유는 고생이 적게 가진 사람으로 하여금 많이 가졌다고 생각하게 만든 결과이다. 고생의 맏아들답게 참 침착하다. 나눔은 고생이 사람으로 하여금 함께하는 기쁨에 눈을 뜨게 만든 결과다. 고생의 둘째 아들답게 참 털털하다. 공존은 고생이 사람으로 하여금 나와 남을 똑같이 생각할 수 있게 만든 결과이다. 고생의 막내딸답게 참으로 아무런 걱정이 없다.

고생을 창조의 밑알로 삼았던 사람 아닌 사람

고생을 한 사람을 멀리서 찾을 필요가 없다. 주위를 돌아보면 우리 가까이에서 얼마든지 찾을 수 있다. 부모 세대 중에 고생하지 않았던 사람이 있겠는가? 물려받은 것이 없는 상태에서 고생하지 않고서는 우리 세대에 넘겨줄 자산을 일굴 수 없기 때문이다.

우리에게 널리 알려진 인물 중에서 고통스런 삶을 살면서 성장한 사람을 찾아보자.

동아시아에서 순(舜)임금은 전설상으로 거룩한 임금으로 높이 평가를 받고 있지만 실제로 죽을 고비를 숱하게 넘겼다. 순의 비극은 어머니가 돌아가시자 아버지가 아내를 새롭게 맞이하면서 시작된다. 새어머니는 아들 상(象)을 데리고 순의 아버지와 재혼을 했다. 아버지는 재혼한 이후에 순을 죽이려고 했다. 지붕을 고친다고 순으로 하여금 지붕에 올라가게 한 뒤 사다리를 치우고 집에 불을 질렀다. 집 앞 우물을 청소하라며 순을 우물로 내려가게 한 뒤 돌로 구멍을 메웠다. 순은 모두 기지를 발휘해서 가까스로 위기를 벗어났다. 순을 죽이려는 모든 시도가 실패로 돌아간 뒤에 가족(아버지, 어머니, 상)들은 지난날의 잘못을 뉘우친 뒤에 순과 극적으로

화해를 하게 되었다.

  순은 아버지가 새롭게 가정을 꾸린 뒤에 전과 다른 어려움이 찾아오리라 예상을 했을 수 있다. 그렇지만 아버지를 비롯해서 가족들이 서로 어울리지 못하고 유독 자신만을 새 가족에서 떼어놓으려고(죽이려고) 하니 고통이 이루 말할 수 없었을 것이다. 그는 친어머니와 함께하던 가족으로 돌아갈 수도 없고 새어머니와 함께 새롭게 꾸린 가족에도 끼어들 수 없었다. 죽이려고 한다는 것은 가족들이 순을 새 가정의 평화를 깨는 방해자로 봤기 때문이다. 자신이 새 가족을 떠나든지 죽음의 위험을 무릅쓰고 남아 있는 길밖에 없다.

  새 가정에 끼어드는 것을 포기한다면 집을 떠나겠지만 그렇지 않다면 남아서 가족들이 자신을 가족의 일원으로 받아주기를 기다리는 수밖에 없다. 이 방법은 엄청난 고통을 가져온다. 같이 있으면서도 같이 있는 것으로 대접을 받지 못할 뿐만 아니라 살아남기 위해서 모든 지혜를 동원해서 살해 기도를 막아내야 했기 때문이다. 그러면서 순은 가족들이 자신을 죽이려는 것과 상관없이 여전히 아버지를 아버지로, 어머니를 어머니로, 동생을 동생으로 한결같이 대우했다. 순을 죽일 수 없다는 사실은 결국 가족들의 변심을 낳는다. 아무리 죽이려고(떼어놓으려고) 해도 그럴 수 없다는 것은 자신들의 힘으로 죽이는 것이 불가능하다는 것이어서 그 사실을 인정할 수밖에 없다. 따라서 순을 가족으로 받아들이게 된 것이다. 이제 순이 가족으로 들어온 만큼 새 가족은 언제든지 깨질 수 있는 유리 조각이 아니라 어떠한 위협에도 깨질 수 없는 단단한 성채로 변한 것이다. 이를 통해서 순은 동아시아에서 누구도 넘볼 수 없는 효자의 표본을 창조해낸 것이다.

순은 살해 위기를 벗어나 가족과 화합을 일구고 결국 왕이 되었다. 왕이 이런 전력을 가지고 있다면 누구라도 가족을 쉽게 뛰쳐나가거나 깰 수 없을 것이다. 순은 왜 위대한가? 순은 어떠한 흔들림에도 꼼짝하지 않는 단단한 성채들로 이루어진 나라를 만들어냈기 때문이다. 그럴 수도 있다. 가족들의 살해 위협에 시달리면서도 원한에 맺힌 복수를 시도하지도 않았고 죽음의 위기 속에서도 변함없이 함께 살 가족을 가족으로 여기고 가족의 변화를 기다리면서도 그 기다림에 무너지지 않고 일관성을 지켜나갔다. 이처럼 순은 끊임없이 찾아오는 불안의 고통에 무너져서 가족들과 타협하지 않고 원한에 몸을 맡기지 않고 순간순간 다시 태어날 수 있도록 자신을 새로운 모습으로 빚어냈다. 순이 고생을 창조로 승화시켰기 때문에 위대한 것이다.

우리나라 사람들은 명절날에 화투 놀이를 부담 없이 즐긴다. 화투로 하는 놀이야 많지만 아마 고도리가 단연 으뜸일 것이다. 화투의 12월 비광에 보면 우산을 쓴 신사가 나온다. 신사만 나오는 것이 아니라 버드나무 줄기도 있고 개구리도 있고 물도 있다. 여기에는 어떤 이야기가 들어 있다. 신사는 일본 3대 서예가의 한 사람으로 손꼽히는 오노 도후(小野道風, 894~967)다. 그가 글씨를 배울 때 아무리 해도 실력이 늘지 않자 그만 둘까라는 심정으로 비오는 날 밖으로 나왔다. 그때 개울의 물이 불어 개구리가 격류로 변한 개울물에 쓸려가지 않기 위해서 버드나무 줄기를 잡으려고 애를 쓰고 있었다. 미끄러지면 다시 기어올라서 줄기를 잡으려고 하고

그렇게 몇 번을 반복하다가 결국 개구리가 살아남는 장면을 지켜
보게 되었다. 그는 그 길로 발걸음을 돌려서 노력한 끝에 서예에서
일가를 이루게 되었던 것이다. 비광을 보면 신발이, 게다가 고무신
과 머리 모양도 갓처럼 처리되었는데 아마 일본 화투와는 다를 듯
하다. 다시 생각해보면 장마와 12월은 어울리지 않는다. 착각이
아니라 여기에는 나름의 의도가 숨어 있는 것으로 보인다. 12월은
한해의 마지막 달이다. 12월은 한 해가 끝나서 많은 시간이 남아
있지 않고 세월의 물살도 빠르다. 그것에 빠지지 않으려면 1초라
도 아껴야 하지 않을까? 결국 비광은 개구리의 생존법이 아니라
사람의 생존법을 말하고 있는 것이다. 순이 기다림의 고통이라면
오노 도후는 되풀이의 고통을 이겨냈다고 할 수 있다.

우리나라의 경우라면 스케이트 선수 김연아를 예로 들 수 있다.
발에 맞는 스케이트화도 없고 마음 놓고 연습을 할 수 있는 스케이
트장이 없는데도 김연아는 선수의 꿈을 키웠다. 그 꿈을 키우느라
같은 나이 또래에 갖는 자연스런 욕망, 예컨대 한번 쯤 떡볶이와
아이스크림을 실컷 먹는 것조차 체중과 체형을 위해서 금지해야
했다. 경기에 우승한 뒤로는 우승하는 것을 사람들이 당연하게 생
각하지만 병과 실수로부터 자신을 지켜서 완벽하게 연기를 해야
했다. 이처럼 할 것은 오로지 훈련과 경기였고 하지 못할 것은 너
무도 많았다. 그 과정에서도 그랑프리 파이널, 세계 선수권을 연거
푸 우승하고 마침내 2010년 밴쿠버 동계올림픽에서 압도적인 점
수로 우승을 차지했다. 한국 사람으로서 김연아는 불모지와 다름
없는 상황에서 선수이면서 스스로 롤모델을 만들어가야 하는 이

중 삼중의 고통을 겪어야 했다. 순이 기다림의 고통이고 오노 도후 가 되풀이의 고통이라면 김연아는 참기와 지치기의 고통이라고 말할 수 있다.

이들은 모두 고통에 무너져서 힘들게 겨우 살아간 것이 아니다. 그들은 고통 속에서 자신을 일으켜 세울 힘을 길러내고 지혜를 뽑 아내서 창조를 했던 것이다.

동양 고전에서 만나는 고생의 의미

힘이 들 때 사람들은 자신을 버티게 하는 비장의 무기를 가지고 있 다. 사람이라면 가족일 수도 있고 애인일 수도 있고 친구일 수도 있고 어쩌면 원수일 수도 있다. 활동이라면 여행일 수도 있고 휴식 일 수도 있고 공연 관람일 수도 있고 사람 만나기일 수도 있다. 망 각, 과거의 경험, 추억의 한 장면, 술, 담배가 될 수 있다. 책이나 책 속에서 만났던 한 구절의 말일 수도 있다.

天將降大任於是人也, 천장강대임어시인야

必先苦其心志, 필선고기심지

勞其筋骨, 餓其體膚, 로기근골, 아기체부

窮乏其身行, 拂亂其所爲 궁핍기신행, 불란기소위

是故動心忍性, 曾益其所不能 시고동심인성, 증익기소불능

하늘이 어떤 사람에게 커다란 임무를 맡기려고 하면 반드시 먼저 그들 의 심지를 괴롭게 하고 근육과 뼈를 힘들게 하고 육체를 굶주리게 하

고 몸을 헐벗게 하여, 그들이 하는 것이 해야 하는 것과 어긋나도록 한다. 왜냐하면 그들로 하여금 마음을 움직이고 성질을 참고 견뎌서 그들이 '할 수 없다' 또는 '못한다'고 생각하는 것을 실제로 잘 해낼 수 있도록 만들려고 하기 때문이다.

《맹자》〈고자〉 하편에 나오는 말이다. 전국시대의 사상가 맹자는 고통을 큰일을 제대로 해내기 위한 시련의 일종으로 간주하고 있다. 우리가 집 앞의 야산에 갈 때는 별다른 준비 없이 집에서 신던 신으로 나선다. 하지만 설악산이나 지리산에 간다고 하면 등산 장비만이 아니라 체력 단련에도 신경을 쓴다. 매일 아침 일찍 출근했다가 회식하고 늦게 집으로 돌아오면서 아무런 운동을 하지 않는 체력으로 설악산에 오르려고 한다면 무척 버겁다고 느끼기 때문이다.

개인의 생계를 책임지는 것도 쉽지 않은데 기업을 경영한다든지 국가를 이끌어가는 일은 훨씬 더 어렵고 복잡하다. 개인적인 일의 실패는 한 개인에게 영향을 주지만 기업과 국가의 실패는 엄청난 사람들에게 피해를 입힌다. 그렇게 하지 않으려면 중도에 책임을 내려놓으려는 유혹을 이겨내야 하고 단기적인 결과에 일희일비(一喜一悲)해서도 안 되며 성공에 도취하고 실패에 좌절하지 않아야 한다. 이를 위해 모든 것이 부족한 상황에서도 꺾이거나 흔들리지 않도록 단련을 할 필요가 있는 것이다.

이를 위해서 먼저 나 자신을 가진 것으로부터 떼어놓아야 한다. 그렇지 않으면 어려움에 내가 맞서는 것인지 내가 가진 것이 맞서는 것인지 구분이 되지 않기 때문이다. 내가 가진 것은 지금까지 나와 늘 함께 있었고 또 둘이 함께 있는 것이 너무나도 자연스러웠다. 하지만 지금부터는 그것이 나를 둘러싸고 있는 삶의 조건만이 아니라 영양을 섭취하는 몸과 사고를 하는 정신일지라도 그것을 가진 것으로 누리는 것이 아니라 가진 것으로 인해 고통을 당한다.

정신이 있기에 고뇌해야 하고 몸이 있기에 주려야 한다. 고뇌하고 주리는 고통을 체험함으로써 나는 내가 가진 것, 집과 재물 그리고 가족으로부터 떨어져 나와 홀로 설 수 있는 토대를 마련하게 된다.

나는 더 이상 삶에 던져진 존재로서 뒤에서 무엇을 졸졸 따라가지 않고 어려움에 부닥친 존재로서 앞에서 무엇을 만드는 존재로 탈바꿈하게 되었다. 이로써 도저히 할 수 없다고 여겨지던 것을 내가 가진 것으로도 할 수 없었지만 온전히 나로서 얼마든지 해낼 수 있는 것으로 뒤바뀌게 된다. 초원에 네 발을 딛고 고개를 쳐들고 하늘을 향해 포효하는 사자처럼 나는 두 발을 대지에 박고서 두 손으로 운명을 움켜질 수 있는 존재이다. 이것이 맹자가 말하는 동심인성(動心忍性)의 시련이다. 또 니체가 《짜라투스트라는 이렇게 말했다》에서 말하는 '창조, 그것은 고통으로부터의 위대한 구제이며, 삶을 경쾌하게 하는 어떤 것'이다.

이렇게 대지에 우뚝 선 사람을 맹자는 '대장부'라고 부른다.

다음은 〈등문공〉 하편의 일부다.

以順爲正者, 妾婦之道也 이순위정자, 첩부지도야

居下之廣居, 立天下之正位, 거천하지광거, 립천하지정위

行天下之大道 행천하지대도

得志, 與民由之 득지, 여민유지

不得志, 獨行其道 부득지, 독행기도

富貴不能淫, 貧賤不能移, 부귀불능음, 빈천불능이

威武不能屈, 此之謂大丈夫 위무불능굴, 차지위대장부

고분고분 따르는 것을 올바른 것으로 여기는 것은 아녀자들의 도리이다. 반면에 네 것 내 것으로서 내 집이 아니라 네 것 내 것 구별이 없는 천하라는 넓은 집에 머무르고 천하에서 제자리를 찾아서 일어서고 천하가 나아갈 큰 길을 걸어간다. 뜻이 통하여 하나로 모이면 사람들과 더불어 밀고나가고 뜻이 통하지 않으면 홀로 그 길을 헤쳐 나간다. 부귀로도 타락시킬 수 없고 빈천으로도 그만두게 할 수 없고 무력으로도 무릎 꿇릴 수 없다. 이를 일러 대장부라고 한다.

원문의 첩부와 번역문의 아녀자는 오늘날 양성평등의 관점에서 보면 여성 모독적인 발언이라고 할 수 있다. 여기서는 주도적이지 않고 종속적인 것을 여성적으로 결부시켰던 문화사적 맥락에만 주목하면 좋겠다. 지금 와서 맹자가 양성평등론자이기를 요구하는 것도 성차별론자라고 비판하는 것도 의미가 없기 때문이다. 맹자의 '대장부'는 우리나라 말에 남아 있는 "사내대장부가 먹을 것 가지고 쫀쫀하게 굴어서 안 된다"는 사내대장부의 기원이라고 할 수 있다.

또 기억을 더듬어보면 이 대장부는 니체가 자신이 가진 한계를 끊임없이 뛰어넘으려고 했던 존재를 위버맨쉬(Ubermensch)로 불렀던 것과 똑같지 않겠지만 닮아 보인다(초인이라 하면 초능력자를 상상하기 때문에 요즘 원어대로 읽는다).

맹자의 대장부를 송나라 사상가 장재가 《서명》에서 약간 통속적으로 다시 풀이했다. "부유함과 고귀함, 행복과 윤택함은 하늘이 나의 삶을 풍부하게 해주는 것이요, 가난함과 천함, 근심과 걱정은 그대를 옥처럼 갈고 연마함으로써 완성시키려는 것이니라〔富貴福澤, 將以厚吾之生也. 貧賤憂戚, 庸玉女於成也(부귀복택, 장이후오지생야, 빈천우척, 용옥여어성야)〕." 하지만 대장부론은 자신의 책을 불태워야 할 책이라 하여 '분서(焚書)'로 불렀던 명말 이탁오에 의해서 다시 되살아나기도 했다.

오늘날 우리는 여성이든 남성이든 더 많은 소유를 위해 고생하고 소유한 것으로 고통스러워하며 자신과 자신이 가진 것을 떼어놓고 생각할 줄 모른다. 그에 따라 하나를 잃으면 가슴이 덜컹하고 둘을 잃으면 모든 것을 잃은 것처럼 울고 불며 정신을 차리지 못하는 '졸장부'가 되어가고 있다. 자신을 자신이 가진 것으로부터 떼어놓고 자신이 할 수 없다며 주저하는 것을 넘어서려는 대장부의 기개가 아쉽다.

헛고생과 제대로 고생

고생이라고 하더라도 다 같은 고생이 아니다. '개고생'은 같은 힘든 일이라도 으레 생각했던 것보다 훨씬 세서 죽을 정도로 톡톡히 겪는 고생이다. '헛고생'은 힘만 들이게 해놓고 아무런 보람이 없는 고생이다. '제대로 고생'은 피하지 못하고 딱 걸려서 치러야 할 만큼 알맞게 어려움을 겪는 고생이다. 그리고 '마음고생'이 있다. 어디 대놓고 말도 못하고 마음을 있는 대로 다 끓이면서 심정 상하는 고생이다. 자칫하면 병이 될 수도 있다. 그럼 어떻게 하면 마음고생을 줄이고 고생을 헛되게 하지 않고 제대로 하는 것일까? 전국시대에 나무 위에서 자고 쓸개를 맛보며 결의를 다졌다는 와신상담(臥薪嘗膽)의 고사로 유명한 부차와 구천의 이야기에 주목해보자.

널리 알려져 있다시피 오나라와 월나라는 각기 살아남기 위해서 상대를 극복해야 하는 관계에 있었다. 오나라 왕 합려는 BC 496년에 군대를 거느리고 월나라를 공격했다가 패하고 죽게 된다. 합려를 이어서 오나라 왕이 된 부차는 월나라 왕 구천에게 복수의 칼날을 갈았다. 부차는 마침 오자서라는 탁월한 군사전문가와 치밀하게 준비한 끝에 아버지를 위한 설욕전에 나섰다. 이 싸움에서 처음부터 오나라가 우세를 차지했고 구천은 남은 병사를 거느리고 회계산으로 도망을 가서 소극적으로 응전을 하다가 결국 굴욕적인 화의를 제안했다. 그 결과 구천은 오나라로 끌려가서 자신이 패배시킨 합려의 무덤을 돌보면서 말을 먹이고 청소를 하는 등 노비 생활을 했다. 이 과정에서 구천은 할 일을 조금도 게을리 하지 않았고 자신의 신세를 원망하지 않았다. 부차는 구천이 자신의 운명을 완전히 받아들였다고 생각하고 3년 만에 구천의 귀국을 허용하게 되었다. 구천은 월나라로 돌아온 뒤 온갖 노력을 다해서 BC 473년에 오나라를 공격하여 멸망시켰다. 구천은 부차에게 살 길을 제안했지만 그는 그것을 받아들이지 않고 자살함으로써 오나라와 운명을 같이 했다.

와신상담은 부차와 구천이 주고받은 치욕과 설욕을 계기로 생겨난 고사이다. 보통 이 고사는 구천의 이야기로 알려져 있다. 하지만 문헌을 보면 좀 더 세밀한 검토를 필요로 한다.

吳旣赦越, 越王勾踐反國,　오기사월, 월왕구천반국

乃苦身焦思, 置膽于坐,　내고신초사, 치담우좌

坐臥卽仰膽, 飮食亦嘗膽也　좌와즉앙담, 음식역상담야

故曰:‘汝忘會稽之恥邪?’　고왈: 여망회계지치야?

身自耕作, 夫人自織　신자경작, 부인자직

食不加肉, 衣不重采　식불가육, 의불중채

折節下賢人, 厚遇賓客　절절하현인, 후우빈객

振貧弔死, 與百姓同其勞　진빈조사, 여백성동기로

부차가 월나라의 잘못을 용서한 뒤 구천이 조국으로 돌아오게 되었다. 귀국한 뒤 몸을 힘들게 하고 생각을 고달프게 하고 쓸개를 거처하는 곳에 매달아놓고 앉으나 누우나 쓸개를 쳐다보았고 먹고 마실 때는 쓸개를 입으로 맛보았다. 그리곤 스스로 말했다. ‘너는 회계산에서 당했던 치욕을 잊었느냐?’ 자신이 직접 논밭을 갈고 부인이 직접 옷감을 짰다. 먹는 음식에 고기를 넣지 않았고 입는 옷에 화려한 옷감을 걸치지 않았다. 그는 자신을 낮추어서 현인보다 아래에 처했고 찾아오는 빈객들을 두텁게 대접했다. 국내적으로 가난한 사람을 도와주고 죽은 사람에게 조문을 하여 백성들과 더불어 고생을 같이했다.

越王念復吳讎非一旦也　월왕념복오수비일단야
苦身焦思, 夜以接日　고신초사, 야이접일
目臥, 則攻之以蓼　목와, 칙공지이료
足寒, 則漬之以水　족한, 칙지지이수
冬常抱冰, 夏還握火　동상포빙, 하환악화
愁心苦志, 懸膽于戶,　수심고지, 현담우호
出入嘗之, 不絶于口　출입상지, 부절우구

월나라 왕 구천이 오나라에게 보복하려는 마음을 먹은 것은 하루아침의 일이 아니었다. 귀국 이후에 몸을 괴롭히고 생각을 고달프게 하느라 밤을 밝히다 보면 어느 새 날이 밝았다. 그러다가 졸음이 와서 눈이 감기면 쓴맛이 독한 여뀌를 쌓아두고 눈을 자극하여 잠을 쫓았다. 발이 차면 아예 물에 발을 담갔다. 추운 겨울에는 얼음을 껴안고 더운 여름에는 오히려 불을 가까이 했다. 마음을 괴롭히고 뜻을 고달프게 하며 쓸개를 문지방에 걸어두고 나다닐 때 꼭 맛보았는데 쓰다고 입에서 멀리하지 않았다.

위의 글은 사마천이 지은 《사기》〈월왕구천세가〉에 나오는 구절이고 뒤의 글은 후한시대 조엽(趙曄)이 지은 《오월춘추》〈구천귀국

외전〉에 나오는 구절이다. 위 내용을 보면 구천이 쓸개를 맛보았다는 상담 고사의 주인공인 것은 분명하다. 하지만 그 어디에도 와신의 이야기와 그 주인공이 누구인지 분명하지 않다. 우리가 지금 알고 지내는 것과 영 딴판이라고 할 수 있다.

사실 '와신상담'이란 말을 처음 쓴 이는 송나라 문인 소식이다. 일찍이 삼국시대 조조가 완우(阮瑀)를 시켜 손권에게 편지를 쓴 적이 있다. 소식은 문학적 상상력을 발휘하여 손권을 대신해서 조조에게 답장을 쓴다는 〈의손권답조조서〉를 지어서 그 속에서 손권이 와신상담을 했다고 말했다. 오늘날로 보면 와신상담의 주인공이 전혀 다른 인물로 바뀌는 셈이다.

그 뒤로 와신상담의 주인공이 와신은 부차, 상담은 구천이라는 식으로 나뉘기도 하고 둘 다 부차 아니면 구천으로 되기도 했다. 그러다가 명나라 풍몽룡(馮夢龍)이 지은 역사소설《동주열국지》에서 구천이 와신상담한 것으로 여러 차례 언급하고 청나라에 오승권(吳乘權)이 편집한《강감이지록(綱鑑易知錄)》에서 같은 주장을 하면서 구천의 와신상담으로 굳어지게 되었다, 이로써 와신상담의 주인공이 오늘날과 같은 식으로 굳어지게 된 것이다.

다시《오월춘추》의 내용을 잘 살펴보면 땔나무 위에서 잠을 잤다는 '와신'이 과연 있었는지 의문이 든다.《오월춘추》에서 나오는 요(蓼)는 여뀌의 일종으로 맛이 쓰고 향이 강해서 사람을 자극하는 각성제 성능이 있다. 쓸개를 맛본 것은 부차 자신이 왕이지만 맛난 음식에 길들여져서 현재의 안락한 생활에 빠져서 복수를 잊어버리지 않기 위한 조처였다. 그렇다면 땔나무 위에서 잠을 잤다고 하면 잠을 잤지만 불편하게 잤다는 것이 된다. 여기서 상담과 와신이 서로 잘 들어맞지 않다는 것을 느낄 수 있다. 상담은 먹을 수 있는 맛난 것을 거부하는 것인데 와신은 오는 잠을 긍정하는 것이기 때문이다. '잠을 잤다'가 아무래도 이상하다. 비밀은 《오월춘추》에서 여뀌를 각성제로 쓰는 데에 있다. 아무리 참으려고 해도 오는 잠을 쫓을 수 없자 부차가 자기 곁에 여뀌를 쌓아두고서 잠을 쫓는 것이라고 할 수 있다. 그렇다면 와신은 요신의 와전이라고 볼 수 있다. 즉, 땔나무 위에서 불편하게 잔 것이 아니라 자지 않으려고 여뀌를 땔감처럼 많이 쌓아두었던 것이다. 이렇게 되면 이야기의 아귀가 딱 떨어진다. 상담은 먹는 것을 참은 것이고 와신(요신의 잘못)은 잠을 참은 것이다. 둘 다 사람의 가장 기본적인 욕망인 점을 감안하면 설득력 있는 주장이라고 할 수 있다. "지금 와서 어쩌겠는가!"라고 하겠지만, 사실이 아닌 것을 사실이 아니라고 말하는 수밖에 없지 않은가?

와신상담, 아니 요신상담(蓼薪嘗膽)을 단순히 전쟁으로 인해 보복의 악순환이 벌어졌느니 복수를 성공했느니 하는 데 집중하지 말자. 오히려 요신상담을 처절한 실패 앞에 발가벗겨진 인간이 일어서야 할 길을 향해 우뚝 서서 나아가는 관점으로 읽어보자. 즉, 고난 앞에서 선 존재가 무기력하게 허물어지지 않고 나약하게 울지 않고 바로 자신 안에서 자신을 일으켜 세울 힘을 찾아가는 위대한 인간(영웅) 탄생 이야기로 읽어보자.

먼저 부차이다. 그는 아버지의 갑작스런 죽음으로 준비도 덜 된 상태에서 예정보다 일찍 왕이 된다. 월나라에게 패배를 당한 것은 사실이고 죽은 아버지를 위해 설욕을 해야 하는 것은 그의 운명이다. 이 운명을 거부하는 한 왕의 자리에 앉아 있을 수 없기 때문이다. 짓밟힌 나라를 바로 세우지 않으려는 나라의 왕은 더 이상 왕일 수가 없다. 그는 이 운명을 거부하지 않고 오롯이 받아들인다.

아버지마저 실패했던, 자국보다 강한 월나라를 상대로 설욕을 펼쳐야 하므로 운명은 그에게 너무 가혹했다. 그는 차근차근 단계를 밟고 시행착오를 겪은 성숙한 존재(어른)가 아니라 갑작스럽게 자기가 맡을 수 있는 것보다 더 큰 짐을 진 불안한 존재(아이)에 불과하다. 즉, 아이가 어른이 되어야 하는 것이다. 그에게 주어진 시간도 많지 않고 그가 하는 행동은 모두 월나라에서 파악하고 있다. 결국 월나라가 예상하지 못한 '빠른 성장'만이 부차가 살아남을 수 있는 길이다. 빠른 성장을 갈구할 때 마침 초나라로부터 오나라로 뛰어난 군사전략가 오자서가 망명을 왔다. 오자서의 출현은 부차가 나아갈 길이 결코 어둡지 않다는 것을 암시하는 전조로 보였다.

결국 그는 성공을 거두었다. 성공을 거둔 뒤 그는 구천을 포로로 잡았다. 어떻게 해야 했을까? 죽여야 했을까 아니면 살려주어야 했을까? 구천 입장에서도 같은 질문이 가능하다. 여기서 부차와 오자서는 갈린다. 이 갈림은 결국 오나라의 운명이 그렇게 밝지 않다는 것을 비추는 전조가 된다. 부차는 오자서의 권고에도 불구하고 구천을 죽이지 않고 살려두되 확실하게 자기 사람으로 만드는 방법을 선택한다.

여기서 부차가 구천을 죽이지 않는 이유를 따져볼 만하다. 승자의 여유와 자비로 볼 수 있다. 월나라를 점령해서 식민지를 관할하려면 구천을 죽이는 것만이 능사가 아니다. 만약 구천이 폭군이었다면 전쟁의 책임을 물어 죽일 수 있었을 것이다. 그러나 월나라의 민심을 고려할 때 단순히 패배했다는 것만으로 구천을 죽인다면 오나라는 월나라로부터 저항을 맞이할 수 있을 것이다. 그런데 부차는 월나라의 무장 능력을 철저하게 해체시키고 총독을 두고서 구천을 허수아비로 만들면 될 텐데 왜 굳이 그를 데리고 오나라로 왔을까? 이것만으로는 자비론이 설득력이 약하다고 할 수 있다.

부차는 구천을 죽이고 싶은 마음이 있었지만 끝없는 보복 전쟁의 악순환을 막기 위해서 인간애를 발휘했다고 할 수 있다. 구천을 보자마자 칼로 내쳐서 아버지의 복수를 매듭짓고 싶었지만 원한에 찬 분노를 가까스로 억누르고 패배한 적장에 인간애를 드러내서 살려주었다고 볼 수 있다. 그렇다면 부차는 구천에게 선택의 기회를 줬어야 했다. 기회를 주지 않았다는 것은 인간애보다 원한이 더 컸다고 볼 수 있다.

부차는 결국 구천을 오나라로 압송해서 왕이면서 노비라는 이율배반적인 역할을 맡긴다. 있을 수 없는 일이기도 하고 살아 있으면서 사람을 죽게 만드는 일이다. 죽이는 것보다도 더한 모욕이다. 그렇다면 부차는 인간적이고 자비로운 것이 아니라 더 교활한 것이다. 자신이 아버지의 죽음 이후에 '빠른 성장'을 하며 겪었던 불안과 고통을 죽어야 하지만 살아 있는 구천에게 그렇게 되갚으려고 했기 때문이다. 즉, 구천을 살린 것은 더 큰 인격이 할 수 있는 용서가 아니라 더 작은 인격이 벌이는 옹졸함이었던 것이다.

이제 구천에 초점을 맞춰보자. 그는 먼저 큰 성공을 맛보았다가 그 뒤에 처절한 패배를 당하게 되었다. 왜 패배를 했을까? 승리의 도취일 수도 있고 방심일 수도 있고 과신일 수도 있고 오나라에 준 타격에 대한 부정확한 판단일 수도 있다. 더 이상 따지지 말자. 그가 다시 일어서는 것에 관심을 모아보자.

그는 왕이면서 노비라는 곤경을 받아들인다. 죽었으면 오나라에 패배를 당했을 때 바로 그때 죽었어야 했다. 그는 먼저 살아야 했고 다음은 복수를 해야 했다. 그것이 그에게 주어진 운명이었다. 복수를 하기에 그는 너무나도 나약했다. 부차가 자신을 언제까지 살려줄지도 모르는 것이고 자신이 월나라에 있는 것도 아니고 도와줄 수 있는 사람이 곁에 있는 것도 아니고 월나라에 남은 사람들이 언제까지 자신을 기다려줄지 확실하지도 않고 오나라는 자신과 월나라의 움직임을 시시각각으로 감시하고 있고……. 오나라에 와서 처음에는 차디찬 운명에 뜨거운 결의를 다졌겠지만 세월이 지나면 그 뜨거움이 줄어들기 쉬웠다.

구천은 먼저 할 수 있는 것과 할 수 없는 것을 구별했다. 월나라의 일은 월나라 사람들에게 맡기고 자신은 오나라에서 철저하게 오나라 사람이 되어야 했다. 죽게 된다면 모든 것이 수포로 돌아가므로 일단 살아남아야 했다. 이 결심 앞에 부차가 선고하고 집행하는 모욕은 더 이상 모욕이 아니라 자신을 오나라 사람으로 보이게 만드는 시련일 뿐이었다. 이를 위해 구천은 뼛속까지 오나라 사람으로 보이기 위해서 완벽한 가면을 썼다. 부차가 가면을 구천의 실제 얼굴로 받아들이고 가면 뒤의 구천 얼굴을 절대로 보지 못하게 해야 했다. 시간이 가면 갈수록 가면은 더욱 견고해졌고 부차는 가면 뒤의 얼굴을 꿰뚫어보지 못하고 구천을 귀국하도록 했다.

　구천이 오나라에서 겪었던 경험은 너무나도 중요했다. 왕이면서 노비였던 구천은 노비이기를 끊임없이 부정하면서 진짜 노비인 것처럼 완벽하게 역할을 수행하고 한순간이라도 빨리 왕이고자 하면서 결코 왕이 되고자 하지 않는다는 것을 보여줘야 했다. 즉, 그는 하고 싶지 않는 것(노비)을 하고 싶은 것으로, 하고 싶은 것(왕)을 할 수 없는 것으로 노력했다. 자기 분열이다. 그는 이 분열 앞에 혼란스러워 미치지도 않고 좌절하여 무기력해하지도 않았다. 오히려 그는 분열이야말로 자신이 처한 현실을 넘어서서 이르고자 하는 목표로 이끄는 희망으로 보았던 것이다. 이 얼마나 통쾌한 전복인가? 그것도 자신을 향해 감시의 눈초리를 내뿜는 부차 앞에서 말이다.

　또 있다. 그는 분열을 경험했기에 귀국 이후에 명령하고 지시하는 왕 노릇만을 하지 않았다. 그는 뛰어난 사람을 만나면 그보다 아랫자리에 서고 백성들이 질병과 죽음으로 아파하면 그들과 함께 아파했다. 이것은 그가 오나라에서 왕이면서 노비 역할을 해봤기 때문에 가능한 일이다. 그는 자신을 왕이면서도 늘 왕의 자리에만 머물지 않고 자신을 끊임없이 다른 자리에 놓을 수 있는 지력을 갖게 되었던 것이다. 이로써 구천은 사람들로부터 멀어져서 더 높은 왕 같은 왕이 되지 않고 사람들과 어울리면서 더 낮은 왕 같지 않은 왕이 되었다. 왕 같지 않은 왕은 노비였던 왕의 다른 버전(환치)이다. 하지만 둘은 다르다. 노비인 왕은 자신을 지극히 무기력한 졸장부로 만드는 일이라면 왕 같지 않은 왕은 자신이 진정한 왕으로서 새로이 일어서는 대장부가 되는 것이다. 환치 속에 숨어 있는 변신이라고 할 수 있겠다. 변신에 성공한 뒤에 복수에도 성공한다. 구천은 부차에게 기회를 준다. 부차는 자신이 했던 것을 아는지 자살을 함으로써 요신상담의 이야기는 끝이 난다.

누가 헛고생을 하고 누가 제대로 고생을 한 것일까? 부차는 헛고생하고 구천이 제대로 고생을 한 것이다. 왜 그런가? 부차는 구천으로 인해 당했던 고생에 진저리를 치며 그에게 모욕을 주고자 했다. 아버지가 당했던 패배를 갚느라 바빠서 새로운 운명에 어두웠다. 한 번의 패배 그리고 한 번의 승리 뒤에 다시 어떤 삶이 펼쳐질지 따져보지 않았던 것이다. 구천은 겉으로 보면 왕의 자리를 잠시 떠났다가 3년 뒤에 다시 왕의 자리에 앉은 것에 불과하다. 하지만 그 안에는 구천이 부차로 인해 당했던 패배와 고통을 겪으면서 자신을 완전히 다른 사람으로 재탄생시켰다. 위에서 군림하는 신과 같은 왕이 아니라 아래에서 함께하는 동료와 같은 왕이 되어야 한다는 것을 깨달았던 것이다. 이 때문에 구천이 제대로 고생을 했다고 할 수 있다.

헛된 집착이 고통을 부른다, 일체개고

이야기 하나. 우리는 고생으로 이끄는 고통을 왜 꺼리는가? 단순히 힘들기 때문에 그렇지는 않을 것이다. 고통으로 우리의 일부가 부딪쳐서 아픈 것이 아니라 우리의 전체가 바스라져서 사라지기 때문이다. 몸의 어디가 열이 나고 쑤시기 때문에 고통스러운 것이 아니라 그로 인해 내가 으깨져 없어질까 고통스러운 것이다. 번민과 고민이 두통을 낳고 불면을 낳고 어둠을 찾아들게 하기 때문에 고통스러운 것이 아니라 그로 인해 내가 나누어 흩어질까 고통스러운 것이다.

이처럼 고통은 창을 넘어 들어오는 햇빛에 몸을 맡긴 채 거실에 얌전하게 누워 있는 고양이가 아니라 어둠의 침묵을 두 쪽으로 가르면서 모든 이의 귀를 쫑긋 세우게 만드는 야수의 울음소리로 다가온다. 고통은 나의 귓가를 간질이는 산들바람이 아니라 나의 옷깃을 필사적으로 오므리게 만들고 겨우 한 발짝을 내딛는 것도 힘들게 만드는 폭풍우로 다가온다. 그래서 우리는 고통에 몸을 내맡기는 것을 주저하는 것이다.

하지만 내가 나의 부분이 아니라 전체와 만날 때 나는 일찍이 보지 못했던 내 안의 또 다른 힘을 찾는다. 그 힘을 일깨워서 나는 더 이상 폭풍우에 움츠리지 않고 두 발과 두 팔을 씩씩하게 휘저으며 앞으로 나갈 수 있다. 우리가 고통을 부분으로 보면 그것을 회피하고 모면하려고 한다. 그러면 고통은 그림자처럼 나의 주위를 서성거리며 나를 집어삼킬 듯이 쳐다본다. 우리는 더 깜짝 놀란다. 피하려다가 고통을 더 크게 만든 것이다. 역설적이다. 고통과 정면으로 맞서면 고통은 그 크기를 줄이고 그 높이를 낮추지만 고통을 우회하려고 하면 고통은 그 크기를 늘리고 그 높이를 키운다. 정면으로 맞서면 우리는 고통 속에서 고통을 넘어서는 지혜를 기를 수 있지만 우회하면 고통 속에서 또 다른 고통을 낳는 무지의 늪에 빠지게 된다. 고통 속에서 찾은 지혜는 사람을 대장부로 만들지만 고통 속에서 만난 무지는 사람을 졸장부로 만든다. 졸장부는 고통에 힘들어하면서도 그로부터 피하고 벗어나느라 의미도 지혜도 찾지 못한다. 고통은 지나간 흔적으로 남을 뿐 어떠한 의미도 낳지 못한다. 니체는 말했다. "본래 고통에 대해 사람을 분격하게 하는 것은 고통 자체가 아니라 고통의 무의미함이다." 졸장부에게는 고통이 무의미하므로 그는 고통과 친해질 수 없고 진저리를 칠뿐이다.

이야기 둘. 불교를 배우면 먼저 기본적인 교리인 삼법인과 사성제를 만난다. 삼법인은 모든 존재가 끊임없이 변한다는 무상(無常), 변하는 것 중에도 변하지 않는 어떤 실체가 없다는 무아(無我), 살아가는 것이 고통이라는 고(苦)를 말한다. 사성제는 괴로움을 겪는 종류, 괴로움을 낳는 원인, 괴로움을 없애고 해탈에 이르는 것,

괴로움을 없애는 수행 방법을 말한다.

어릴 때 삼법인과 사성제를 들었을 때 좋은 말씀으로 들렸지만 '일체개고(一切皆苦)'는 가슴에 와 닿지 않았다. 세상에 신나게 놀면 얼마나 즐겁고 맛있게 먹으면 얼마나 행복하고 제때에 쉬면 얼마나 편한데 저런 말을 하나 싶었다. 그러다가 고등학교 다니면서 숱하게 시험을 치고 밤늦게 야자를 하고 대학 들어와서 불의한 세상의 속살을 보는 등 점점 살아오면서 삶이 괴롭다는 것을 실감하게 된다.

불교에서 말하는 '일체개고'는 단순히 삶이 괴롭다는 뜻에 한정되지 않는다. 변하지 않는 '내'가 없는데도 더 많은 것을 내 것으로 만들려고 하면 만족할 수도 없고 충분하지도 않고 괴롭기만 하다는 것이다. 우리가 물건을 놓지 않으려고 손에 힘을 모아서 세게 움켜쥔다. 움켜지려고 하는 만큼 힘도 든다. 하지만 손바닥을 올려 놓아보라. 쥐지 않아도 손바닥 위에 그대로 놓여 있다. 이처럼 되지 않는 것을 하려고 하면 얼마나 힘이 들겠는가? 이런 점에서 불교는 사람이 근원적으로 괴로움을 겪을 수밖에 없는 조건에 놓여 있다는 것을 일체개고라고 말하는 것이다. 괴로우니까 사람이라는 것이다. 역설적으로 보면 괴로울 수밖에 없다는 것은 괴로움의 저편에 넘어서려는 바람이 그만큼 강렬하다는 것이리라. 즉, 영원히 괴로움 속에서 헤어나지 못한다는 것을 우울하게 지적하는 것이 아니라 괴로우니까 한시바삐 그로부터 벗어날 수 있는 길을 찾아야 한다는 결의를 다지는 것이다.

일체개고이므로 사람이 늘 찌푸리고 찡그리고 우울하게 살아가라는 말이 아니다. 일체개고라고 해서 사람이 크게 웃을 수 없다는 것이 아니고 웃는 것이 뭐가 뭔지를 몰라서 그렇다고 하는 것이 아니다. 삶의 순간과 고비에서 살짝 웃을 수 있는 일이 많고 사람이 고통에서 놓여나서 해탈에 이르는 즐거움을 누릴 수 있다. 괴로울 수밖에 없으니까 그 길을 가지 말고 한시바삐 다른 길을 가서 맘껏 기뻐하라는 것이다. 이렇게 보면 불교는 고(苦)를 앞면에 내세우지만 끝내 열(悅)을 빼놓지 않는다. 결국 부처는 사람에게 고생(苦生)을 넘어 열생(悅生)으로 가도록 안내하는 것이다.

5장

행복한 인생을 만드는 즐거운 고생길

사람은 '고생 없는 인생'을 꿈꾸지만 고생은 인생의 단짝 친구마냥 늘 따라다닌다. 그러니 고생을 연습할 수도 실습할 수도 없다. 연습은 실제 상황에 대응하는 것이 아니라 실제 상황을 대비해서 필요한 것을 되풀이해서 익히는 것이다. 예컨대 모의고사는 진짜 시험을 잘 치르기 위해서 진짜와 똑같은 상황을 만들고 놓고 시험을 치는 것이다. 모의고사도 시험이기는 하지만 진짜가 아니라 가짜 시험인 것이다. 전쟁 연습은 실제로 전쟁을 벌이는 것이 아니라 전쟁이 벌어졌을 때 효과적으로 대응하기 위해서 사전에 해야 할 것을 익히는 것이다. 이렇게 보면 인생에서 고생 실습은 불가능한 것이다. 왜냐하면 인생에서 이런 일이 있으리라 해서 고생을 연습하는 것이 아니라 인생이 곧 고생이므로 실제로 고생하는 수밖에 없는 것이다.

부모 세대는 냄새나는 화장실에서 종이로 밑을 닦았다. 우리 세대는 좀 부드러운 종이를 사용하다가 나이 들어서 휴지를 사용하게 되었다. 자식 세대는 어느 틈엔가 휴지를 벗어나 비데를 사용한다. 손에 똥을 묻힐 일이 없어졌다. 이처럼 문명이 삶의 구석구석까지 침투하여 생활을 점령하게 되었다. 삶에서 조금이라도 고통을 주며 털끝만큼이라도 불편을 준다면 미디어는 귀신같이 그것을 찾아내서 융단폭격을 퍼부어버린다. 예컨대 LG 스팀 세탁기는 2005년 한국에서 판매한 이래 2009년 세계 45국에서 팔리고 있으며 누적 판매량이 100만 대를 넘어섰다. 스팀 세탁기는 물세탁은 기본이고 삶기와 건조 기능까지 겸하고 있다. 부모 세대 같으면 강에 가서 빨래를 빨고 물을 길어서 빨래를 삶고 다시 헹구고 빨랫줄에 빨래를 말려야 했다. 좀 과도하게 말해서 이 세탁기 이후로 다른 세탁기는 기능이 뒤떨어져서 주부에게 고통을 주는 이상한 괴물이 되었다. 왜냐하면 스팀 세탁기는 간단한 손동작으로 이 모든 과정을 한꺼번에 끝내기 때문이다.

반대로 부엌에 기어 다니는 꼽등이를 보거나 여름철에 모기에 물린다면 사람들은 금방 숨이라도 넘어갈 듯이 호들갑을 떤다. 놀라는 것이 잘못됐다는 것이 아니라 모기에 물리는 것 이외에 고통을 느낄 것이 없게 되었다는 것이다. 과연 우리 주위에 고통이 사라졌느냐 하면 그렇지 않다. 결식아동도 있고 전쟁고아도 있다. 숱한 고통이 널려 있지만 그것은 TV 화면에 비치듯 지나가는 고통의 이미지일 뿐 고통 자체로 다가오지 않는다. 하지만 방금 물려서 가렵고 빨갛게 부은 피부는 조금 뒤에 있을 데이트를 망칠 수도 있고 무서운 전염병을 옮길 수도 있으므로 아픔을 넘어 '공포'를 수반한다. 왜 이런가? 니체의 지적에 따르면 현대인은 육체의 고통에 너무나 미숙하고 사소한 것에도 어리광을 부리고 있다. 니체는《즐거운 학문》이라는 책에서 이렇게 말했다. "실존이 섬세해지고 용이해져서 영혼과 육체가 모기에 물리는 정도의 불가피한 고통을 겪는 것만으로도 이미 이것을 너무 잔혹하고 악한 것으로 여기게 되는 시대, 이것이 인간 정신의 토양을 이루게 되었다." 부모 세대나 우리 세대 같으면 모기가 살에 앉으면 손으로 툭 잡거나 물렸을 때 침 한 번 쓱 바르고 넘어갔을 텐데 우리 세대의 일부와 자식 세대는 너무 호들갑을 떤다. 왜들 그렇게 사소한 것에 죽을 듯이 예민해지는 걸까?

안도현의 〈연탄재〉라는 시가 생각난다. "연탄재 함부로 발로 차지마라. 너는 누구에게 한 번이라도 뜨거운 사람이었느냐?" 이를 패러디해서 연탄재 대신에 모기를 집어넣으면 다음처럼 된다. "모기 함부로 손으로 잡지마라. 너는 누구에게 한 번이라도 아픔을 느끼게 한 사람이었느냐?"

인생은 원래 고생과 친구였다. 이때 고생은 연습할 필요가 없다. 고통은 실제였고 실전이었기 때문이다. 하지만 현대에 이르러 우리는 고통과 불편을 죄악처럼 여기며 좁게는 생활에서, 넓게는 삶에서 추방하려고 한다. 우리는 고통과 불편을 대상으로 전쟁을 벌여 당당히 승리를 거둔 정복자로 행세하고 있다. 고통이 없어진 것이다. 대신에 사소한 것에 고통을 느끼며 새로운 전쟁을 벌이고 있는 것이다. 이제 사소한 것과의 가짜 전쟁을 끝내고 진짜 고생을 잘 만나기 위해서 연습을 할 필요가 생겼다.

특히 우리는 아이들이 공부하는 것 이외의 어떤 고생도 자식에게 시키지 않으려고 한다. 즉, 아이들을 고생으로부터 멀리 떼어 놓으려고 한다. 그러다가 모기에도 죽을 듯이 놀라는데 진짜 고생을 만나면 어떻게 될까? 아마 까무러쳐서 죽지 않을까 걱정이 앞선다. 고생을 소탕하여 아이들을 편하게 살게 했지만 너무나도 약해빠지게 만든 것이다. 그 결과 부모가 꾸지람을 하거나 성적을 나쁘게 받으면 쉽게 죽음의 유혹을 느끼게 되었다. 작은 일에도 금방 자신의 정체성이 무너져서 살아야 할 이유를 찾지 못하는 것이다. 나는 이것이 고생에 대한 면역력이 약해서 일어나는 일이라고 생각한다. 이제 고생을 시켜서 고생의 면역을 키워야겠다.

고생을 실습시키는 방향은 두 가지다.

하나는 현실의 삶에는 있는 것을 잠시 없는 것으로 치워놓는 것이다. 예를 들어 밥을 굶는 또는 굶기는 것이다. 부모 세대는 밥, 특히 하얀 쌀밥이 귀하디귀했다. 나도 어릴 때까지만 해도 그렇게 맘 놓고 하얀 쌀밥을 먹지 못했다. 하지만 자식 세대는 먹기 싫어서 안 먹지 하얀 쌀밥을 양껏 먹을 수 있다. 밥이 있지만 그것을 없다고 하는, 즉 굶어보는 것이다. 이처럼 원래 있지만 그것을 우리 눈앞에서 치워서 없는 것으로 만든다. 그리하여 흔해 빠져서 귀찮기까지 하던 것이 고맙고 소중하기 그지없는 것으로 바뀌게 되는 체험을 하게 된다.

다른 하나는 원래 없던 것을 있는 것으로 바꿔 놓는 것이다. 지금 아이들은 발로 걸을 일이 없다. 조금이라도 멀다 싶으면 차를 타고 다닌다. 내가 국민학교(오늘날의 초등학교)에 다닐 때만 해도 멀면 작은 걸음으로 30~40분씩 걸어서 등교를 했다. 친구들과 재잘거리고 길가에 핀 꽃을 만지고 꺾기도 하고 재미나는 일이 있으면 넋 놓고 구경을 했다. 지금은 가장 빨리 가는 것을 목표로 하고 지체하고 꾸물거리는 것은 뭔가 문제가 있는 행동이다. 이처럼 걸을 일이 없는데 차를 버리고 걸을 필요가 있다. 이를 통해서 없던 다리가 있는 다리로 바뀌고 없던 거리가 살아 있는 거리로 태어나고 느끼지 못했던 지면과의 부딪침을 느낄 수 있게 된다. 그리하여 발이 있어서 새삼 고맙고 차도 있어서 참으로 좋은 체험을 하게 된다.

고생 실습을 하게 되면 사람은 고생의 면역을 키울 수 있다. 그 과정은 모두 9단계를 거치면 진행된다. 편의상 차를 버리고 발로 걷는 고생 실습에 대해 설명해보자.

1. 사실: "늘 차가 있으므로 걸을 필요가 없다."

2. 자각: "차가 없을 수도 있다."

3. 분노: "차가 있었는데 왜 지금 없는가?"

4. 탐색: "차가 없으니 달리 갈 수 있는 방법이 없을까?"

5. 시도: "다리로 걸어가 보자!"

6. 좌절: "걸어보니 힘들어서 더 이상 가지 못하겠다!"

7. 발견: "쉬었다가 가면 갈 수 있고 이렇게 걸으면 덜 아프겠구나!"

8. 안정: "자주 걷다보니 걸어도 아프지 않네!"

9. 성장: "이제 웬만한 거리는 걸어 다녀야지! 그것이 건강에도 좋다."

차에 매달린 아이는 9단계의 성장에 결코 도달할 수 없다. 아니 4단계 탐색에도 이르지 못할 수 있다. 하지만 걷기를 시작하다 보면 9단계 성장에 이를 수 있다. 이 변화는 결코 작은 것이 아니다. 전혀 다른 사람으로 만드는 것이다. 이처럼 고생 실습을 통해서 고생에 짜증내고 초조해하며 어찌 할 줄 모르던 졸장부가 고생을 친구로 삼아서 희희덕거리며 대안을 찾아가는 대장부로 바뀌게 되는 것이다. 성형이 유행하면서 '변신은 무죄'라며 거리낌 없이 말하게 되었다. 이제 한 마디를 덧보태야겠다. 고생을 실습하여 미성숙한 나를 성숙한 나로 변화시키므로 '변신은 무죄'인 것이다.

이미 우리가 실습하기 전에 〈1박 2일〉의 멤버들이 먼저 '고생'을 보여주고 있다. 인기 연예인이라면 고생과 거리가 멀듯 한데도 한겨울에 얼음물에 뛰어들기도 하고 난생 처음으로 생선 손질을 해보고 잠을 못 자서 푸석푸석한 얼굴을 보이기도 한다. 고생으로부터 벗어난 자식 세대가 TV를 통해 고생의 현장을 들여다보고 있다. 먹을 것을 두고 치사하게 다툼을 벌이고 힘들다고 서로 할 일을 미루고 손에 익지 않은 농촌 일을 하고……. 실제 연기처럼 미끈하게 잘했으면 자식 세대가 보고 낄낄거리지 않을 것이다. 2퍼센트가 빠진 듯이 뭔가 어설프고 인기 많은 스타가 먹을 것에 목을 매는 것이 재미있는 것이다. 이제 그만 훔쳐보고 우리가 〈1박2일〉

을 찍을 때가 되었다.

이제 사례별로 고생을 실습해보자. 파이팅!

끼니의 소중함

빅토르 위고의 《레 미제라블》의 장발장은 가족을 위해 빵을 훔치다 잡혀서 5년형을 받았다. 그는 감옥에 있으면서도 가족 걱정이 되어서 탈옥을 시도하다가 잡혀서 결국 19년형을 살게 되었다. 그도 훔치면 벌을 받는다는 사실을 몰라서 빵을 훔치지는 않았을 것이다. 먹어야 하는데 자기에게 먹을 게 없었기 때문에 손이 눈앞에 있는 빵으로 저절로 갔던 것이다. 배고픔 앞에 장사가 없다고 하듯이 자연스럽지만 옳다고 할 수는 없다.

음식은 사람이 생명을 유지할 수 있는 영양분을 공급해준다. 살아가는 데 필요한 것이기 때문에 양식을 두고 살벌하게 싸움을 벌이는 것이다. 이처럼 양식이 중요하기 때문에 먹는 것을 하늘로 여기는 '이식위천(以食爲天)'이라는 말이 있다. 이 말은 원래 《한서》 '역이기전'에 나오는 "임금은 백성을 하늘로 여기고 백성은 먹는 것을 하늘로 여긴다"는 말을 줄여서 표현한 것이다.

이렇게 먹는 것이 중요하다고 하더라도 우리 세대의 아침 밥상으로 시선을 옮기면 전혀 딴판의 상황이 나타난다. 아이들은 먹지 않으려고 하고 엄마는 조금이라도 더 먹이려고 안달을 한다.

"야, 빨리 밥 먹어. 이러다 학교 늦겠다."

"안 먹어. 대신 좀 더 잘래."

"안 먹으면 어떻게 해? 점심 전까지 배고파서 힘들 텐데……."

"괜찮아. 지금은 배가 고프지 않고 잠이 고파!"

"이러다 밥 안 먹는 게 습관되겠어. 자, 입 벌려. 내 떠먹여줄 테니까."

"(힘겹게 입을 벌리고 밥을 먹다가 몇 입 먹고서) 이제 안 먹을래."

실랑이하는 장면을 들여다보면 아이가 밥을 먹는 것이 아니라 먹어주는 것이다. 엄마는 한두 번도 아니고 매번 먹이기 위해서 온갖 아부를 다하며 필사의 노력을 한다. 과연 이런 실랑이가 왜 필요하며 바람직한 것일까? 한두 끼 먹지 않는다고 해서 영양 부족으로 성장에 무슨 문제가 생기거나 병이 나지 않는다. 밥 먹는 것을 좀 차분하게 생각해볼 필요가 있다.

아픈 경우가 아니라면 먹느냐 마느냐 가장 기본적인 결정은 아이가 스스로 내리는 것이 바람직하다. 기본적인 사안에서 혼자 결정하고 그 결정에 문제가 생기면 스스로 반성해볼 수가 있다. 예컨대 밥 먹지 않고 학교 갔다가 점심 먹기 전까지 배가 고파서 힘들었다면 스스로 원인이 어디에 있는 줄 알아보고 다음 날에는 스스로 밥을 챙겨먹을 수 있다. 하기 싫은 것을 부모가 억지로 대신하려다 보면 아이가 자기 행동을 선택(결정)하여 책임지고 또 반성하여 교정하는 일련의 과정을 자연스럽게 겪지 못하게 방해를 하는 셈이다. 그렇게 어렵지 않은 문제부터 스스로 판단해서 결정하도록 아이의 의사를 존중하는 것이 부모와 아이 모두에게 바람직하다고 할 수 있겠다. 그래야 나중에 이전의 습관을 바탕으로 해서 어렵고 힘든 선택도 덜 고통을 겪으면서 현명하게 내리게 될 것이다.

옛날에는 먹을 것이 없어서 영양 부족으로 걱정했지만 요즘은 먹을 것이 많아서 영향 과잉으로 걱정을 한다. "어떻게 하면 살을 뺄 수 있을까?" 하면서 굶는 것에 관심을 두고 있다. 즉, 살이 찌는 것을 걱정해서 먹을 것이 있는 데도 먹지 않으려고 하는 것이다.

우리도 아파서 뭔가를 먹지 못하는데 옆에서 맛있는 음식을 먹으면 참기가 힘들다. 먹지 못하는 것의 고통을 어렴풋하게 알고는 있다. 하지만 굶는 고통은 실제로 굶어보지 않는 한 알기가 어렵다. 이왕 굶는다면 좋을 일을 하면서 굶는 것이 좋다. 우리나라에서도 '월드비전'과 같은 사회단체나 각종 종교 단체에서 '24시간', '30시간', '40시간' 등의 자발적 굶기(금식) 또는 기아 체험 운동을 벌이고 있다. 예컨대 '내'가 자발적 굶기에 참여하면서 일정 시간 동안 굶는 것에 성공할 경우 후원자에게 약정한 후원금을 줄 수 있다. 나는 그 후원금을 모아서 기부하고자 하는 곳에 성금을 내는 것이다. 화가 나서 항의를 나타내는 방식으로 밥을 먹지 않는 것보다 남을 돕기 위해서 자발적으로 굶는 것이 더 아름다워 보인다. 그 과정에서 배고픔의 고통을 여실하게 느끼고 실제로 먹을 것이 없어서 굶어야 하는 사람들의 절망적인 고통을 이해하고 절망적인 고통을 모른 채 하지 않고 자신이 뭔가를 했다는 보람을 느끼고 자신에게 누군가를 도울 수 있는 힘이 있다는 것을 자각할 수 있다. 마지막으로 "먹는 것이 얼마나 중요한 것인가?"라는 주제로 글을 써서 자신의 체험을 정리하면 좋겠다.

나는 자발적 굶기의 주체가 기업이나 단체보다는 학교가 되었으면 좋겠다고 생각한다. 자발적 굶기는 무엇을 알리는 홍보보다는 자신을 스스로 가르치는 교육이 중요하기 때문에 기업보다는 학교가 주체가 되는 것이 낫다.

걷기 여행

바야흐로 걷기 열풍이다. 몇 년 전 뜨거웠던 새벽형 인간의 열풍처럼 처음에 뜨겁게 떠올랐다가 언제 그랬느냐는 듯이 식어버리지 않을까 걱정이 된다. 원래 새벽형 인간되기는 실패할 수밖에 없는 일이었다. 생활 습관이란 게 뚝딱 바뀔 수 있는 것이라면 '습관'도 되지 못했을 뿐만 아니라 생각만으로 바꾸기에는 역부족이기 때문이다.

걷기는 차 타기에 익숙한 생활의 반성에서 출발한 것이므로 한때의 바람이 아니라 생활의 일부로 자리 잡지 않을까 예상을 해본다.

나에게 걷기는 그렇게 낯설지 않다. 국민학교(지금의 초등학교)는 집과 가까워서 걸어 다녔고, 중·고등학교는 자전거를 타고 다녔고 대학교는 정문에서 강의실까지 멀어서 차를 타더라도 꽤 걸어 다녀야 했고 지금도 차를 몰지 않으니 웬만한 거리는 걸어서 다닌다. 나는 나룻배를 타고 남강을 건너 1시간 이상을 걸어서 외갓집에 갔던 길이 아직도 눈에 선하다. 걷느라 힘들지만 그렇게 해서라도 갈 수 있는 외갓집이 있어서 좋았다. 마지막 길모퉁이를 돌아서 외갓집이 보이는 길목에 들어서면 힘없던 다리에 갑작스레 힘이 솟아서 마구 달려가곤 했다.

자식 세대는 웬만한 거리는 차를 타고 가능 것이 기본이 되었다.

걷는다는 것을 상상할 수조차 없게 되었다. 이제 발은 걷는 발이 아니라 타는 발이 되었다. 걷는다고 하더라도 타기 위해서 잠깐 걸을 뿐이다.

"아빠, 나 다리 아파."
"저기까지 조금만 더 걸어가보자."
"아냐. 못 참겠어. (털썩 주저앉는다.)"
"(걸음을 멈추고) 자, 힘내고 조금 더 가보자. 저기 가서 좀 쉬게."
"아냐. 진짜 힘들어. 더 걸으면 죽을 것 같아."
"그거 걸었다고 죽으면 살아남을 사람이 없게."

걷지를 않다 보니 점차 발이 걷는 걸 힘들어하게 되었다. 힘들어하다 보니 더더욱 발로 걷는 것으로부터 멀어지게 되었다. 가까운 슈퍼를 갈 때조차도 차를 가지고 가게 되었다.

요즘 '걷기'의 여러 가지 이점이 새롭게 알려지고 있다. 걸으면 건강에 좋다는 것은 누구나 아는 사실이다. 차의 이용을 줄이면 조금이라도 화석연료를 덜 쓰게 되어 환경보호에 보탬이 될 수도 있다. 아울러 사람이 차에 덜 의존하면서 자기 힘으로 할 수 있는 야생성을 키울 수가 있다. 한 발자국도 떼려고 하지 않던 사람이 걷다 보면 걷는 것에 대한 거부감을 줄일 수 있다. 나아가 동네를 걸으면 차를 타고 휙 지나갈 때 느끼지 못했던 사는 동네의 경관을 꼼꼼하게 확인할 수 있다.

나도 베이징에서 1년간 살면서 길을 걷거나 자전거를 타고 다니면서 거리를 많이 익혔다. 요즘 자치단체마다 걷기 좋은 길을 조성해서 내놓고 있다. 지리산 둘레길이나 제주도 올레길은 관광 상품이 될 정도로 유명하다. 이런 길을 걷다 보면 지면에 닿는 발의 감각을 느낄 수도 있고 자연과 교감할 수도 있다.

하지만 걷기는 재미만 있는 것이 아니라 고통도 있다. 요즘은 편한 신발이 많지만 옛날에는 새 신발을 사면 며칠 동안 신발이 발을 받아들이기까지 피부가 벗겨지는 고통을 겪을 수밖에 없다. 발뒤꿈치가 까여서 아리고 쓰라린다. 발을 보호하기 위해서 신발을 신는데 오히려 신발이 발을 아프고 다치게 하는 것이다. 하지만 그 쓰라린 아픔이 멎을 때쯤이면 발과 신은 친구가 되어 '신발'이 된다.

많이 걸으면 물집이 생긴다. 말이 재미있다. 살가죽이 부르터 올라서 그 속에 물이 차는데 그것은 결국 물이 발바닥에 집을 마련한 물집(물의 집, 말이 재미있다)이 되는 것이다. 간혹 그 속에 피가 섞인 것을 혈포(血疱)라고 하고 고름이 섞인 것을 농포(膿疱)라고 한다. 군대 가서 행군하면 물집이 잡히곤 한다. 성미가 급해 물집을 억지로 터뜨리면 잘 낫지 않았다. 바늘에 실을 꿰서 바늘을 물집에다 찔러 실을 길게 늘어뜨려서 물을 조금씩 빼냈다. 그렇게 며칠 지나면 따끔거리는 통증이 없어졌다. 최일남의 《거룩한 응답》에도 어김없이 군대와 물집이 만나고 있다. "첫날 행군에 이미 발이 부르트고 신발이 해어져서 절뚝거리는 사람이 한둘이 아니었다."

우리 세대는 생의 한 굽이가 넘어가거나 고민이 있으면 백두대간, 지리산, 설악산 등반에 나섰다. 특히 아버지와 아들이 말없이 등산 코스를 종주하는 것이 남성들의 로망이기도 했다. 이제 걷기를 통해서 발바닥이 아리고 종아리에 알이 배기는 아픔을 통해 성장의 길을 나서면 좋겠다. 걷기에 자신이 붙으면 자연스레 차에서 내려 한참 걷고 싶은 마음이 생기리라. 사이버 공간의 유명한 웹툰 만화가 메가쇼킹은 신혼여행으로 신부랑 자건거로 전국 일주 여행으로 하더니 이번에는 아내랑 좋은 길을 걷는 것으로 종목을 바꿔서 그것을 소재로 만화를 연재하고 있다. 걷기 여행에서 느끼는 알콩달콩한 재미를 느낄 수 있다.

손이 나를 말한다

농촌에 산 사람과 도시에 산 사람이 다른 것은 손을 통해 확실하게 느낄 수 있다. 피부며 의복이며 많이 다르지만 손은 직접 잡아서 느낌이 전해지므로 그 차이를 너무나도 쉽게 알아차릴 수 있다. 농사 짓는 분의 손은 거무튀튀하고 거칠고 쥐는 힘이 세고 굳은살이 박여 딱딱하고 바늘 같은 것이 쿡쿡 찌르는 느낌을 준다. 고향에 갈 때마다 부모님의 손을 유심히 들여다본다. 특히 아버지는 경운기로 탈곡을 하다가 벨트에 손가락을 잃었다. 엄지 없는 아버지의 손은 아버님이 돌아가셨어도 아직 눈에 선하다. 얼굴은 닮아 부모와 자식의 사이를 읽어낼 수 있지만 손은 서로 달라 부자 사이인지 알아차리기 어려울 정도였다.

농촌에 사시는 부모님과 도시에 사는 나의 손이 이렇게 다르다 보니 사람들이 손에 대해 갖는 생각이나 이미지도 많이 달라졌다. 요즘은 손 하면 타이핑하고 메일을 보내면서 일하는 손, 게임하면서 노는 손, 선행 학습하면서 끝없이 문제를 푸는 손, 투표를 앞두고 유권자에게 악수를 청하는 손과 투표장에서 주권을 행사하는 손, 공직자와 기업가가 부정한 돈을 주고받는 손 등이 떠오른다. 전체적으로 주고받는 거래의 인상이 강하다.

내가 자라면서 느꼈던 손의 느낌은 이와 다르다. 땅을 파고 일구어서 씨앗을 뿌리고 김을 매는 일하는 손, 나뭇가지를 꺾거나 장작을 패서 불을 지피는 손, 나무와 짚으로 필요한 물건을 만드는 손, 크게 잘못을 했을 때 때리는 손 등이 떠오른다. 파는 장난감이 없던 시절이다 보니 주위에서 쉽게 구할 수 있는 물건을 가지고 뚝딱뚝딱 하다 보면 어느 새 가지고 놀 만한 물건이 만들어진다. 전체적으로 일하느라 거칠어졌지만 늘 뭔가 만들어내는 요술의 인상이 강하다.

현대인, 특히 자식 세대는 손의 여러 가지 기능 중에서 뭔가를 만드는 기술을 키우지 못한 사람이 되어가고 있다. 종이학도 배우면 접을 수 있지만 배우지 않고 문방구에서 돈을 주고 사면 구할 수 있다. 기껏 만든다고 하면 레고 블럭으로 차 모양을 만들었다가 부수고 권총 모양을 만들고 다시 부수었다가 해저 기지를 만들기도 했다. 물론 만든 모양이 마음에 들면 그것을 부수지 않고 오래 보관하지만 대부분 금방 다른 것을 만들었다 금방 허물어버린다. 만든 것을 가지고 자신의 분신인양 친구인양 말하고 떠들며 오랫동안 놀지 못한다. 또 잘못 건드리면 모양이 허물어지므로 던지고 발로 차면서 신나게 놀 수도 없다.

손은 점점 예뻐지기만 한다. 특히 네일아트를 해서 손톱을 예쁘게 하면 맨손을 아껴서 모셔두어야지 일을 할 수 없다. 손은 '귀족'이 되어버린다. 그러다가 한 번 손아귀 힘이 센 사람과 악수를 하면 흠칫 놀라게 된다.

(방송에서 프로야구 페넌트 레이스가 끝나고 최우수선수상을 받은 선수를 인터뷰하고 있다.)

"기아의 김상현 선수, 올해 성적이 좋습니다. 무슨 비결이라도 있습니까?"

"동계 훈련 기간에 타격 자세를 바꾸었습니다."

"공을 치기 전에 타격 자세가 허물어지곤 하던데 그걸 바로 잡았군요. 다른 요인은 없습니까?"

"타격 연습을 전보다 많이 했습니다."

"구체적으로 얼마나 많이 했습니까? 그리고 손 한 번 보여주세요."

"전체 훈련 끝나고 개인 훈련으로 배팅 연습만 500회……." (손을 비비고 손바닥을 편다. 화면에 나무껍질처럼 딱딱하게 굳은살이 잡힌 못생긴 손을 비춘다.)

간혹 TV를 통해서 고액 연봉을 받는 프로야구 선수의 화려한 조명 뒤 험한 손을 보게 된다. 사람의 손으로 보이지 않을 정도로 엉망이 된 손이다. 두 손으로 방망이로 힘껏 움켜 쥐거나 공을 때리면 돌아오는 반발력을 고스란히 받아들일 때 굳은살이란 훈장이 생긴다. 오늘날 우리는 손으로 물건을 주고받지만 힘껏 움켜쥘 일이 없으므로 굳은살이 박일 일이 없다. 있다면 운전하느라 운전대를 꽉 쥐거나 버스에서 넘어지지 않으려고 손잡이를 꽉 잡거나 글씨 쓰느라 연필을 꽉 쥐거나 건강을 위해 아령과 역기 등을 들 때를 제외하면 손의 힘을 쓸 일이 없다. 굳은살은 잦은 마찰로 손바닥이나 발바닥에 생긴 두껍고 단단한 살을 말한다. 《선녀와 나무꾼》의 이야기에 나오는 나무꾼의 손에도 굳은살이 박여 있을 것이다.

〈1박 2일〉을 보면 출연자들이 시골에 가서 불을 피우기 위해 장작을 패는 장면이 나온다. 처음에는 무거운 도끼를 장작의 제자리에 내리찍지 못하고 다른 곳에 빗맞힌다. 힘껏 내리친 힘의 반발로 온몸이 휘청거리다가 땅바닥으로 고꾸라지기도 한다. 사람들은 이 장면에서 손뼉을 치면서 깔깔 웃는다. 웃음을 선사한 출연자는 몇 번 반복하다가 도끼를 정통으로 내리쳐서 한 번에 장작을 쩍 갈라지게 한다. 이번에는 다른 출연자만이 아니라 시청자들로부터 박수를 받는다. 그렇게 몇 번 하다 보면 손바닥에 굳은살이 박인다. 어찌 보면 손이 자신을 보호하기 위해서 표피를 계속 밀어내고 밀어내서 단단하게 하는 것인지도 모르겠다. 이렇게 굳은살이 박이면 처음에는 아리다가도 나중에는 웬만한 일을 해도 손이 아프지 않게 된다. 아리는 고통을 주었던 굳은살이 어느 틈엔가 고통을 참아내는 보호막이 된 것이다. 보호막까지는 아니더라도 도끼질을 해서 도끼를 나무에 내리찍으면 튕겨 나오면서 반발력이 도끼자루를 통해 손바닥을 거쳐 손에 고스란히 전해진다. 전기가 통한다고 할까. 오히려 한꺼번에 나무가 쩍 갈라지면 반발이 약하다. 이 차이를 느껴보았으면 좋겠다.

나를 돌아보는 시간

내가 학교에 다닐 때는 청소를 참 많이 했다. 운동장, 교실, 복도 청소는 기본이고 화단, 창문, 화장실 등 곳곳마다 청소를 했다. 이 중에서도 화장실 청소는 다들 꺼려했다. 당시 화장실은 수세식이 아니었고 비데는 상상조차 못했다. 냄새가 엄청나서 화장실에 들어서면 코부터 막았다. 당연히 코는 빨리 마비되는 바람에 그나마 버틸 수 있었다. 먼저 수돗가에 가서 양동이로 물을 길어다 화장실 구석구석 물을 붓고 밀대로 싹싹 소리를 내면서 오물을 닦아냈다.

나의 경우 푸세식 화장실의 추억은 대학교에 오면서 끝났다. 그러다가 학생들과 중국으로 답사를 다니면서 그 기억이 선명하게 되살아났고 베이징에서 1년간 생활하면서 중국 이곳저곳을 돌아다니면서는 푸세식의 추억이 현실로 되살아났다. 아이들의 경우 처음에는 충격이었고 결국 적응하지도 못한 채 중국 생활을 끝마쳤다. 2008년 베이징 올림픽을 계기로 중국 정부는 화장실 개선 사업을 펼쳐서 관광지나 외국인이 많이 찾는 곳은 현대식으로 탈바꿈했다. 하지만 아이들처럼 내국인들이 다니는 학교의 교내 화장실이나 대학과 작은 규모의 관광지는 전과 같이 푸세식이었다. 더한 것은 화장실에서 마주보고 일을 보게 만들어놓은 경우다. 이에 적응되지 못한 사람은 화장실에 들어갔다가 그냥 나올 수밖에 없었다. 나는 아이들에게 웬만하면 참아보라고 했지만 "어쩔 수 없다!"는 말에 더 권유를 하지 못했다.

우리나라 화장실은 단순히 용변만을 보는 곳이 아니라 글자 그대로 몸을 단장하는 기능을 겸하고 있다. 손과 얼굴을 씻는 것은 기본이고 샤워를 할 수도 있고 머리를 감아서 드라이기로 머리를 말리기도 하고 실제로 거울을 보며 화장을 할 수도 있다. 이런 화장실 관념을 가진 아이들에게 용변만 보는 냄새나는 변소는 너무나도 이질적인 것으로 보였다.

우리나라 보통 가정에서도 화장실 다툼이 잦다. 주로 여성이 남성을 상대로 불만을 터뜨린다. 우리 집도 마찬가지다. 불만의 내용은 남성(나와 아들)들이 서서 소변을 누면서 변기를 더럽힌다는 것이다. 일본 남성들의 경우 집에서 소변을 볼 때 여성처럼 변기에 앉아서 볼일을 보는 사람이 30퍼센트가 넘는다고 한다. 우리도 그렇게 한다면 가정마다 벌어지는 화장실 다툼이 많이 줄어들 듯하다.

"성빈아, 네 방 꼴이 이게 뭐냐? 야, 너무 지저분하지 않나?"
"나중에 치울 거야."
"네 몸을 꾸미느라 신경 쓰는 것에 반만 해도 네 방이 깨끗할 텐데……."
"내 방보고 뭐라고 하지 말고 남자들은 화장실 좀 깨끗하게 사용해. 냄새나 죽겠어!"
"말 돌리지 마! 방 청소 좀 해라!"
"화장실 청소하면 할게."

아이들은 사춘기 이후로 제 몸을 단장하는 데 많은 관심을 쏟는다. 그래서 아침밥은 안 먹어도 머리는 감고 간다는 말이 있을 정도다. 아침밥 먹을 시간도 없는데 청소할 시간이 어떻게 있겠는가? 그래도 시간을 내서 청소를 하는 습관을 들이도록 해보자.

먹는 것은 좋아도 설거지는 싫다고 하듯이 멋 내느라 어지럽히는 것은 괜찮아도 하나하나 치우는 것은 귀찮은 일로 보인다. 생각을 달리해보면 청소는 쓸거나 닦아서 한 곳을 깨끗하게 하는 행위다. 아무리 깨끗하게 한다고 하더라도 원래 있었던 상태보다 더 낫게 할 수 없다. 결국 청소는 더럽혀진 곳을 치워서 더럽혀지기 이전의 상태로 되돌리는 것이다. 이렇게 생각하면 청소는 우리 자신을 되돌아보는 반성 활동과 너무나도 닮았다. 우리는 세상을 살면서 처음 했던 약속과 스스로 하지 말아야겠다고 정한 기준을 서서히 허물어뜨리게 된다. 그때쯤 되면 우리는 "사람이 닳고 닳았다"는 말로 자조적으로 말한다. 물건이 닳아버리면 새것을 사지 않으면 처음 상태로 되돌아갈 수가 없다. 즉, 처음 생각했던 것과 너무 멀리 나가버린 자신을 이전 상태로 되돌릴 수도 없고 무디어져서 뭐가 얼마나 잘못된 것인지 정확하게 판가름 나지도 않고 그렇다고 지금 이대로 간다면 정말로 무슨 일이 생길 수 있을 듯하여 불안하기도 하다. 반성하다 보면 자신을 뒤집어봐야 하고 그러다보면 불편한 진실을 만나게 된다. 반성해야 하지만 반성하기를 꺼리게 되는 것이다. 청소를 해야 하지만 청소하기를 꺼리듯이.

이제 아이들에게 한 번씩 청소하도록 권유를 해봐야겠다. 그리고 청소를 통해 이전과 이후를 비교해서 싹 달라지는 변화를 확인하게 하면 좋겠다. 나아가 제일 싫어하는 화장실 청소를 해서 가장 더럽고 힘든 곳이 청소를 통해서 향기 나는 곳으로 바뀌는 화려한 변신을 직접 보게 해야겠다. 이처럼 청소가 커다란 변화를 낳는 것을 보게 되면 나중에 자신을 청소하는 반성에도 자신감을 가질 것이다.

달마는 중국 선불교의 창시자다. 달마는 인사동 같은 곳에서 자주 만나는 그림의 주인공이기도 하다. 달마에서 시작된 중국의 선종은 5조 홍인 이후로 남종선(南宗禪)과 북종선(北宗禪)으로 분파가 생겼다. 그런데 이 분파의 원인이 청소와 관련이 있다. 마음을 거울에 비유하면 북종선은 낀 먼지를 털어내고 새 먼지가 끼지 않도록 닦아내는 청소를 해야 깨달음을 얻을 수 있다고 주장한 반면 남종선은 거울이 원래 티 없이 맑으므로 청소를 하지 않아도 마음을 직시하면 깨달음을 얻을 수 있다는 것이다. 따지고 보면 청소 여부가 훗날 선종사를 가르는 중요한 기준이 되었던 것이다.

오감을 깨우는 낭독

학교에 다닐 때 어학(국어, 영어, 제2외국어 등) 과목은 수업 중 학생이 그날 공부할 곳을 읽곤 했다. 내가 대신 국민학교(지금의 초등학교)는 6년 내내 한 반밖에 없었다. 공책을 사면 몇 학년 몇 반을 적는 난이 있었는데, 처음에 왜 몇 반을 적어야 하는지 몰랐다. 나는 매번 1반을 적어야 한다는 것이 너무 싱거웠기 때문이다. 스스럼이 없어서 서로들 읽으려고 했던 것 같다.

그러나 중학교 영어 시간은 사정이 달랐다. 단어의 발음을 모르면 읽다가 틀리기 십상이므로 예습을 하지 않으면 창피를 당할 수 있었다. 아이들끼리 수업 전에 서로 읽으라고 권했던 기억이 난다.

대학교에 와서는 참 낭패를 많이 본 듯하다. 고등학교까지 나는 지역 표준어를 썼기 때문에 수업 시간에 책을 읽더라도 문제가 없었다. 대학교에 오니 전국의 표준어가 한 곳에 모였고, 서울말에 낯선 나의 발음은 사람들을 재미있게 만들었다. 그로부터 나는 차츰 읽는 것을 멀리하게 되었다.

요즘은 집에서 신문이나 책을 볼 때 소리 내서 읽는다. 기억력이 떨어지고 묵독이 생활화되다 보니 대충 읽고 넘어가는 버릇이 들었다. 이를 고치기 위해서 칙칙폭폭 다가오는 녹슨 기차처럼 거친 소리를 내어본다. 워낙 눈으로 읽는 것에 익숙해서 많이 읽지는 못한다. 대학 이후로 15년 묵독을 하다가 지금 묵독과 낭독을 겸하는 습관을 들이려고 하고 있다.

학교 다닐 때 책의 단원, 애국가 4절 가사, '국민교육헌장' 등 통째로 외우는 것이 많았다. 비법이 따로 없었다. 하도 소리 내서 읽어서 목이 따끔거리다가 나중에 '컥컥' 하는 쇳소리가 날 때까지 읽는 수밖에 없었다. 그러다 보면 어느 틈에 책을 보지 않아도 입이 알아서 척척 순서대로 읽어 내려가고 있었다. 참으로 신기한 체험이었다.

낭독이 완행열차라면 묵독은 KTX이다. 낭독이 땅 위를 걷는 것이라면 묵독은 하늘을 나는 것이다. 낭독이 답답하다면 묵독은 후련하다. 소리 내어 읽는 것은 한 자에서 다음 한 자로 빼놓지 못하고 차례대로 읽어야 하므로 느릴 수밖에 없다. 제아무리 빨리 걸어도 한 번에 한 걸음밖에 못 걷는다. 그러다보면 읽어야 할 것은 많은데 속도가 느리므로 참으로 답답한 느낌을 준다. 반면 묵독은 눈으로 쑥 훑고 지나가므로 너무나도 빠르다. 눈으로 읽는 것은 전체를 한꺼번에 보고 지나가므로 비행하는 느낌을 준다. 그러다 보면 아무리 두꺼운 책 한 권이라도 후다닥 읽어치울 수 있으니 얼마나 마음이 후련한지 모른다.

사실 글을 깨치기 시작한 어린아이는 묵독이 불가능하다. 눈이 지나가는 속도로 글자의 의미가 들어오지 않는다. 소리를 내서 읽으면 소리와 함께 구체적인 사물이 연상된다. 어린이에게 "책을 읽어봐요"라고 말하면 다들 약속이나 한 듯이 소리 내어 읽기 시작한다. 조금 큰 뒤에 읽어보라고 하면 "소리 내어 읽어요, 아니면 눈으로 읽어요?"라는 물음이 들려온다.

학교에서나 집에서나 읽기가 줄어들고 있다. 이제 목은 감기에 걸려서 목젖이 부었을 때나 형제나 친구끼리 간혹 말다툼을 하며 큰소리를 치거나 생일이나 시험이 끝나고 노래방에 가서 목청껏 노래 부르는 일이 아니면 아플 일이 없게 되었다.

"야호!"

"야호!"

"저 사람 목소리가 참 우렁차고 듣기 좋다."

"저렇게 산에 올라 소리를 내지르고 나면 속이 다 후련할 거야!"

"야호! (연신 쿨럭쿨럭 기침을 해댄다.) 고함을 오랜만에 지르다 보니 사래가 들렸네."

"괜히 집에서 애들에게 큰 소리 치지 말고 산에 와서 고함을 쳐보세요."

갑자기 큰 소리를 내니 목청이 놀란다. 나는 고함하면 외갓집에 가기 위해 남강 가에서 건너편 뱃사공의 집에 "배 건너 주소!"라고 외치던 기억이 난다. 겨울에 강바람이 불면 바람 소리를 뚫기 위해서 더 큰 소리로 고함을 쳤다. 그렇게 한참 소리를 외치다 보면 사공이 문을 살짝 열고 잘못 들었는지 아닌지 강 건너를 쳐다본다. 사람을 보면 사공은 몸을 추슬러서 배를 저어 우리를 태우러 왔었다.

아이들 중에는 국어·사회·도덕에 약한 경우가 많다. 영어는 단어를 외워야 하므로 읽을 때 긴장을 하지만 국어·사회·도덕은 모국어다 싶어 눈으로 쓰윽 훑고 지나가니 읽어도 무슨 뜻인지 모르는 경우가 많다. 낭독은 눈으로 보고 목으로 소리를 내고 입과 혀로 소리의 자리를 만들고 손으로 집고 귀로 듣고 모든 감각을 움직이는 교향곡 연주와 같다. 아이가 엄마 배 속에 있을 때 동화책을 읽어주었듯이 아이들과 책을 함께 읽으면 좋겠다. 그리고 아이들에게 목이 칼칼해질 때까지 소리 내서 읽는 버릇을 들이도록 하자.

소리를 살리는 침묵

현대는 사람에게 소리가 주는 고통이 어느 때보다도 심각하다. 소리로 인해서 사람들이 싸울 정도다.

아파트의 경우 층간 소음은 아래층 사람에 편안하게 쉴 수 있는 장소를 빼앗고 뒤에 오던 차의 갑작스런 경적 소리는 앞차와 길다던 사람을 깜짝 놀라게 한다. 또한 대중교통에서 MP3로 음악을 즐기느라 큰 소리를 내기도 한다. 그로 인해 피곤에 지친 사람은 더욱 짜증이 나고 영화관에서 정적을 깨며 울리는 손 전화 소리는 나머지 사람들의 기분을 완전히 망치고 계단을 오르며 내는 여성의 하이힐 소리는 주위 사람들의 머리를 통째로 뒤흔든다. 그리고 도로를 질주하며 내는 구급차·소방차·경찰자의 다급한 소리는 사람들의 심장을 덩달아 뛰게 만들고 시도 때도 없이 "사과 사세요!" 하는 확성기 소리는 모처럼 잠이 든 평화로운 휴식을 망치고 '펑' 또는 '꽝' 하고 터지는 지상과 지하의 굉음은 숱한 사람들의 목숨을 앗아간다. 어디 이뿐일까? 열거를 하자면 끝없는 소음들이 사람들의 안정을 뒤흔들어놓는다.

어릴 때 고향을 생각하면 너무나도 낯선 현상들이다. 소리라고 해봐야 몇 가지가 되지 않았다. 집에서 사람들이 말하고 떠들고 싸우면서 내는 소리와 집에서 키우는 소·돼지·개·닭들이 내는 울음소리가 제일 많았다. 그리고 간혹 한두 시간마다 지나는 버스가 섰다가 다시 출발하는 소리, 띄엄띄엄 도로 위를 지나는 차들의 소리, 들과 논으로 나가며 '탈탈탈' 소리를 내는 경운기 소리가 주위에서 들을 수 있는 기계음이 있었다. 그리고 물이 흘러가고 바람이 불고 나뭇가지가 서로 부닥치는 소리가 들렸다. 기계보다는 생물이 내는 소리가 많았다. 이 모든 소리는 아무리 크게 들려도 사람의 신경을 마구 긁어댈 정도나 정신의 평온한 상태를 뒤흔들 정도가 아니어서 그렇게 무섭지 않았다.

옛날에는 소리를 크게 하려고 해도 제한이 있었지만 지금은 얼마든지 소리를 조절해서 귀가 멍할 때까지 크게 할 수도 있다. 간혹 집에서 TV를 볼 때 나는 볼륨을 낮추는데 아이들은 그 정도는 들리지 않는다며 볼륨을 높인다. 나는 귀가 멍멍해져서 함께 있을 수가 없다. 다들 그렇게 "더 크게!"에 반해가고 있다. 왜 그렇게 되었을까? 대학의 축제를 보면 낼 수 있는 소리의 크기는 늘어나지만 소리를 들으려는 사람의 수는 적어졌다. 즉, 사람의 수가 적어지는 만큼 소리는 더 커져갔다. 듣고 싶지 않아도 함께 들어야 한다는 서슬 퍼런 '폭력'의 징후까지 느껴지기도 한다.

"(음식점에서 서너 살 되는 아이가 마구 뛰면서 소리를 지른다) 엄마, 아빠!"
"(참다못해 손님이 나선다.) 거 좀 조용히 합시다."
"얘가 좀 뛰놀 수도 있지 그것 가지고 뭐라고 합니까?"
"여기는 집이 아니고 공공장소잖아요?"
"조금만 참으면 될 것 가지고 뭘 그렇게 역정을 내십니까?"
"(같이 온 사람이 말리자 말문을 닫는다.) 편하게 밥 좀 먹으러 왔다가 기분만 잡쳤네!"

우리 주위에서 흔하게 일어나는 일이다. 아이 부모에게 아이 소리는 소음이 아니라 천사의 합창으로 들릴지 모르겠다. 떠들지 못하게 하는 것이 아이들의 기를 꺾는 것인지도 모르겠다. 이렇게 다른 사람과 실랑이를 벌이면 소리(소음)가 신경 쓰이고 힘들게 느껴지는 것이 아니라 말하는 사람이 버겁고 미워진다. 소리로 인해서 사람까지 싫어하게 되는 것이다.

이제 소리를 더 크게 가지려고 하다 보니 '침묵'과 '고요함'이 상품이 되고 있다. 소음이 찾아올 수 없는 곳을 마련해서 그곳을 상품으로 파는 것이다. 비용을 지불할 수 없으면 소음 속에 있어야 하는 현실이 되어가고 있다. 그러면서 소음을 줄이고 고요함을 되찾으려 하지 않고 소리를 더 크게 내려고 하고 있다.

소리를 더 크게 내지만 결국 서로 듣지 않듯이 자기 소리만 하는 상황을 벗어나려면 이제 소리(볼륨)를 '더 크게'가 아니라 '더 작게'에 익숙해지기 위해서 노력할 때이다. 역설적으로 소리를 더 작게 내면 상대에게 집중하게 된다. 침묵이 있으므로 작은 소리가 더 크게 들리는 것이다. 이때 소리는 사람을 혼란에 빠뜨리는 시끄러운 소음이 아니라 사람을 소통시키는 화음이 될 수 있다. 소리가 나의 귀청을 찢고 휙 지나가는 것이 아니라 귀에 맺혀서 머리로 의미를 실어 나르기 때문이다. 바다가 있으면 주위가 조용하기 때문에 파도 소리가 크게 들린다. 함께 떠들기 시작하면 그 큰 파도 소리가 들리지 않게 된다. 고성의 시대가 일반화되어 처음 맞는 침묵이 힘겹게 느껴질 수 있다. 고성으로 서로를 속이고 어지럽히는 활음(猾音)을 그치고 침묵으로 소리를 살려서 결국 사람을 살리는 활음(活音)을 더 높여야겠다.

내 안의 중심 찾기

우리 세대와 자식 세대는 여러 가지 면에서 다르다. 특히 놀이가 너무나도 다르다. 나는 머리보다 몸을 움직이는 놀이를 즐겨했다. 종일 학교에서 공을 차거나 자치기를 하거나 구슬치기를 하거나 땅 따먹기를 했다. 물론 놀이에서 이기려면 머리를 써야 했다. 하지만 아무리 머리를 쓰더라도 몸이 따라주지 않으면 놀이에서 결코 이길 수가 없었다.

자식들은 태권도, 농구, 배드민턴, 축구 같은 여러 가지 운동을 즐긴다. 하지만 그것은 잠깐이고 금세 집에 들어와서 컴퓨터 게임에 매달린다. 눈으로 스크린을 뚫어지게 쳐다보고 손으로 마우스를 쉴 사이 없이 움직이기는 하지만 몸보다 머리를 많이 사용한다. 작전이 제대로 서지 않으면 게임에서 이길 수 없기 때문이다.

자식 세대는 이전 세대보다 전반적으로 영양이 많은 음식을 먹어서 키가 크고 신체가 일찍 발달한다. 하지만 학교와 학원에 다니며 공부하는 것 이외에 몸을 놀릴 일이 없다 보니 이전 세대보다 체격은 훨씬 좋지만 체력은 그만큼 좋지만은 않다. 간혹 놀토(노는 토요일)여서 아침에 좀 늦게 일어날 때면 어른 아이 가릴 것 없이 모두 피곤에 절어서 일어나질 못한다. 마트에 가서 물건을 사오라고 심부름을 시키면 "피곤해서 죽겠다!"며 꼼짝을 하지 않는다. 피로의 원인이 다르겠지만 아이라고 해도 회복되는 속도가 어른에 비해 그렇게 빠르지 않다. 구체적으로 꼭 집어서 어디라고 할 수는 없지만 몸이 늘 피곤하다고 아우성이다.

피곤에는 너무나도 너그럽지만 다른 몸의 고통에는 너무나도 가혹하다. 고통을 느낄 기회를 주려고 하지 않는다.

"몸이 좀 으슬으슬해!"
"어서 병원에 가봐! 그러다 큰 병 만들지 말고."
"그러다 낫겠지. 병원에 갈 시간도 없어."

"그럼 약국에라도 가서 약을 사 먹어. 요즘 감기는 초기에 잡아야 돼!"

"몸 상태 좀 보고 약을 사 먹든지 할게."

"당신 그러다 감기 때문에 된통 당한다. 약 먹는 게 좋을 걸."

이렇게 걸핏하면 약을 먹다 보니 우리나라의 항생제 과다 복용이 문제가 되고 있다. 술 권하는 사회만큼이나 약 권하는 사회라고 할 수 있다. 독감이나 장염과 폐렴으로 이어질 만한 감기가 아니면 며칠 푹 쉬면 나을 수 있다. 실제로 중국에서 조금 아프다고 하면 따뜻한 차를 많이 마시라고 권한다. 우리와 달리 차 권하는 사회라고 할 수 있다. 독일에서도 가벼운 감기 증상엔 의사가 약을 처방하지 않고 허브차를 마시라고 권한다. 우리는 '감기' 증상이다 싶으면 조건 반사처럼 약을 생각한다. 감기에 걸리면 대개 고통이 몸을 한 바퀴 돈 뒤에 낫게 된다. 이 과정이 길면 길다고 할 수 있다. 하지만 몸이 아플 수 있는 기회를 주고 그로 인해 약물에 의존하지 않고 스스로 치유할 수 있게 내버려 두는 것도 건강을 유지하는 방법이 될 수 있다.

아이가 생기면 온 집안에 웃음이 돈다. 아이는 태어나도 늘 등짝을 바닥에 대고 누워 지낸다. 그러다가 등을 들썩거리며 뒤집어서 엎드린다. 이렇게 엎치락뒤치락하다가 1년이 지나면 일어서게 된다. 하지만 중심을 잡지 못해서 일어서려다가 금세 털썩 주저앉거나 훌러덩 뒤로 넘어진다. 그리고 얼마의 시행착오 끝에 걸어다니게 된다.

몸으로 중심을 잡는 것이 걸어 다니는 인간에게 참으로 중요한 동작이고 제대로 살아가려는 사람에게는 진짜 어려운 일이다. 성인이 되면 길에서 중심을 잡는 게 아무런 문제가 되지 않지만 길의 폭이 좁아지면 어른도 아이마냥 중심 잡기가 어렵다. 아니 겁이 나서 앞으로 나아가지 않으려고 하면서 그 자리에 주저앉는다. 평균대, 어깨 넓이의 오솔길, 낭떠러지 옆의 좁은 길에 서기도 어렵고 가기는 더 어렵다. 징검다리, 구름다리, 흔들다리를 걸어보라. 땅 위처럼 성큼성큼 걸을 수 있는 사람이 얼마나 있을까? 걸음을 뗄 때마다 출렁이는 다리의 흔들림을 부드럽게 타지 못하고 죽을 듯이 '악' 소리를 낼 것이다. 두 발로 서는 데 자신이 있다고 해도 실제로는 그렇지 않은 것이다.

제대로 중심을 잡지 못해서 우리는 삶에서 놀라고 뉘우칠 만한 일을 많이 한다. 삶에서 중심을 잃었을 때는 단순히 엉덩방아를 찧는 것으로 끝나지 않는다. 다시 일어설 수 없을 정도로 몸과 마음 그리고 명예에 타격을 받게 된다. 삶과 세계의 중심을 잡으려면 평소 운동 삼아서 중심 잡는 연습을 해봐야겠다.

세상에서 가장 무거운 짐

학창 시절은 한창 성장기로 가만히 있어도 잠이 오고 오랜 시간 공부를 하다 보니 늘 잠이 모자란다. 잠 이야기라고 하면 다들 할 말이 많겠지만 두 가지를 빼면 서운할 수 있다.

하나는 시험이다. 시험 철이 되면 예나 지금이나 학생들은 밤샘이 아니면 늦게까지 잠 안 자고 시험공부를 한다. 꼭 공부를 한다기보다 불안을 달래기 위해서 늦게까지 있는 경우도 있다. 시험이 단순히 머리로만 하는 것이 아니라 온몸으로 쳐야 하기 때문에 긴장을 줄이기 어렵다. 너무 피곤해도 잠들 수 없듯이 너무 긴장해도 잠을 잘 수 없다. 하지만 결국 잠 앞에는 장사가 없다. 밤샘한다고 큰소리 쳐놓고 졸음을 이기지 못해 불편한 자세로 잠을 잔다.

"지금 몇 시인데 아직도 안 자?"

"아직 사회 과목 정리가 안 돼서……. 좀 있다 잘게."

"(다시 아이 방을 와보니 책상에 엎드린 채로 졸고 있다.) 그냥 자. 자고 일어나서 하렴!"

"아냐, 아직 할 게 남았어. (세수를 하고 다시 책상에 앉으며 연신 하품을 한다.)"

다른 하나는 수학여행이다. 요즘 자식 세대는 친구 집에서 자거나 친척 집에 가는 일이 드물기 때문에 '외박'의 추억이 없다. 초등학교 고학년 때 수련회나 수학여행에 가면서 처음으로 부모님과 떨어져서 생활하게 된다. 처음에는 익숙하지 않은 이별 때문에 걱정도 되지만 같은 또래끼리 있다 보면 금세 집을 잊고 신나게 떠들며 놀게 된다. 아무래도 수학여행의 압권은 일정에 따르는 낮보다 일정이 없는 밤이 흥미를 자아낸다. 할 이야기가 왜 그리 많은지, 이야기가 왜 그렇게 웃기는지, 악의 없이 자는 친구를 골려 먹을 아이디어는 왜 그렇게 많이 떠오르는지 잠을 잘 수가 없다.

"지금 몇 신 줄 알아! 야야, 제발 잠 좀 자라!"

"예, 선생님. (숨을 죽이고 자는 척한다.)"

"(이내 떠들썩한 소리가 난다.) 야, 누구야? 한 번만 더 떠들면 전부 교장으로 불러낸다."

"야, 너 때문이야. 소리 좀 살살 내라니까!"

수학여행은 잠을 자지 않아서 즐겁다면 시험 때는 잠을 못자서 괴롭다. 이렇게 좋아서 하는 일은 잠을 자지 않아도 좋지만 어쩔 수 없어서 하는 일은 괴롭다.

잠은 먹고 사랑하는 것과 함께 사람이 가진 가장 기본적인 욕망이다. 난센스 퀴즈로 "세상에서 가장 무거운 게 뭘까요?" 하고 물으면 "눈꺼풀"이 정답이다. 잠을 자고 나면 전날의 피로를 회복해 산뜻한 기분으로 새롭게 출발할 수 있다. "잠이 보약이다"라는 말처럼 잠을 잘 자는 것이 건강의 청신호이기도 하다. 밤마다 잠을 이루지 못해 고생하는 사람이라면 '꿀잠'과 '단잠'처럼 잠 잘 자는 사람을 부러워한다. 그러나 할 일은 많고 시간이 없다 보니 사람들은 대개 잠자는 시간에 손을 댄다. 그렇게 하여 만들어진 신화가 4시간 자면 붙고 5시간 자면 떨어진다는 사당오락(四當五落)의 이야기다. 이를 뒷받침하기 위해서 나폴레옹과 토마스 에디슨도 4시간 이상 자지 않았다는 증거가 동원되기도 했다.

반대로 잠을 많이 자는 사람을 잠꾸러기라고 한다. 잠꾸러기는 그냥 개인적 수면 습관을 가리키는 것이 아니라 게으르고 무책임하고 발전 가능성이 없고 멍청하고 무기력하다는 간주되었다.

즉, 잠을 많이 자는 것을 죄악시하는 것이다. 남구만의 시조가 떠오른다.

동창이 밝았느냐 노고지리 우지진다.
소치는 아이는 아직 일어나지 않았느냐?
재 너머 사래 긴 밭을 언제 갈려 하나니.

조금 다른 이야기인데 공자도 《논어》에서 제자 재여(宰予)가 낮잠을 자자 "싹수가 노랗다"며 심하게 나무라고 있다. 이는 게으르다기보다는 배워야겠다는 열망이 식어버린 것에 대한 공자의 실망이라고 할 수 있다.

이제 우리는 잠을 많이 자는 사람과 적게 자는 사람을 각각 부지런한 사람과 게으른 사람, 성공하는 사람과 실패하는 사람으로 구분해서 어느 것이 좋다 나쁘다로 차별할 수는 없다. 현대사회는 기본적으로 잠이 모자란 시대이고 또 수면은 개인적 습관이기 때문이다.

여기서 사람에게 참을 수 없는 잠의 유혹을 이겨보는 연습을 해보자는 것이다. 자지 않으려고 해도 자게 되는 것의 체험, 존엄하다고 하는 인간으로서 어찌 할 수 없는 잠의 위력, 그 위력을 버틸 수 있는 데까지 버텨보는 인간의 도전, 잠을 자지 않으려고 버티면서 오히려 느끼게 되는 잠자는 것의 소중함, 소중한 잠을 편하게 잘 수 있는 공간의 아늑함…… 이를 통해서 '내'가 할 수 있는 것과 없는 것의 경계, 그리고 진정한 행복이 무엇인지에 대한 생각을 하게 되면 더 할 나위 없이 좋은 일이다.

산이 가르쳐주는 것

등산이 취미인 사람들이 많다. 반대로 등산을 싫어하는 사람들은 산에 오르는 것을 이해하지 못한다. "기껏 고생해서 정상에 오르면 얼마 있지 않아서 내려올 텐데. 무엇하려고 기를 쓰고 산에 오르는가?" 산에 오르길 좋아하는 사람도 그렇지 않은 사람도 등산하면 꼭대기에 가는 것을 당연하다고 생각한다.

과연 정상에 올라야만 산에 오르는 것일까? 나는 그렇지 않다고 생각한다. 산꼭대기에 올라야 한다는 정복형도 있지만 계곡 부근에 텐트를 치고 이리저리 돌아다니지 않고 계곡에 발을 담그고 식당을 찾아 음식을 먹는 나들이형도 있고 오르기에 편한 중턱까지 올라가서 다니기 편한 곳을 걷다가 힘에 부치면 앉아서 준비해온 음식을 먹으며 쉬는 소요유형도 있다. 등산한다고 꼭 정복형이 되어야 하는 것은 아니다. 물론 '나'의 의지와 새 출발을 위해 일종의 의식으로서 정상을 밟는 경우야 그 나름의 의미가 있으니 괜찮다고 하겠다.

보는 사람이 같아도 보는 위치가 달라지면 보이는 것이 달라 보인다.

사람이 땅 위에 있으면 키에 따라 큰 사람과 작은 사람이 나뉜다. 산 위에 있으면 땅 위에 있던 크고 작은 차이가 사라지고 서로 엇비슷하게 보인다. 땅 위에서 위로 쳐다보면 가마득하게 보이던 빌딩도 산에서 보면 성냥갑처럼 작게 보인다. 실물의 크기가 커졌다 작아졌다 하는 것은 아니지만 보는 방식에 따라 같은 것도 다르게 보이기 때문이다. 이처럼 우리가 산에 올라가면 사람과 대상 둘

다 변한 것이 없는데도 차이가 없어지고 모두가 엇비슷하게 가지런해서 같아지는 제동(齊同)의 상태가 된다. 예컨대 건물의 조감도(鳥瞰圖)가 이와 닮았다. 아파트 단지와 대학 건물을 전체적으로 보여줄 때 하늘에서 바라보는 조감도를 그리면 건물의 위치와 꼴이 한눈에 일목요연하게 들어온다.

좀 더 따져보면 신의 관점도 이와 같으리라 생각할 수 있다. 땅 위에 사는 사람의 관점에서 보면 이 세상은 크고 작고 높고 낮은 여러 가지 차이를 가지고 있다. 그 차이를 보지 못하고 똑같다고 한다면 그 사람은 '바보' 취급을 당하게 된다. 그 말을 들은 사람은 금방 다음처럼 말할 것이다. "어떻게 저거 하고 이것이 똑같아. 저게 이것보다 몇 십 미터 높지? 내 말이 맞는지 틀린지 다른 사람에게 물어봐?"

하지만 하늘에 있는 신의 입장에서 보면 지상에 있던 커다란 차이는 모두 도토리 키 재기 식으로 아주 사소하게 보인다. 산에서 보면 사람과 산의 차이가 무시할 수 없을 정도로 크게 보이지만 다시 하늘에서 보면 사람과 산의 높낮이가 크게 차이나지 않는다. 차이가 있다고 해도 얼마 되지 않는 정도의 차이로밖에 보이지 않는다. 이렇게 땅 위에서 보면 높낮이의 차이가 크지만 산에서 보면 그 차이가 작아지고 하늘에서 보면 그 차이가 사라진다.

이제 반대로 흙을 파서 땅속으로 들어가 보자. 10미터 정도 파고서 위를 올려다보면 아직도 땅 위의 높낮이가 그대로 보인다. 그렇지만 점점 깊이 파들어 가서 100미터에 이르고 또 파서 200미터에 이르러서 위를 쳐다보면 땅 위에 있는 높낮이가 모두 사라진다. 그러나 산과 하늘 위에서 볼 때와 반대 현상이 나타난다. 위에서 아래를 보면 모든 것이 작아 보이지만 아래에서 위를 쳐다보면 있는 모든 것이 커 보인다.

산에 올라가면 이러한 관점의 자유로운 이동을 확인할 수 있다. 산이 사람에게 주는 선물이라고 할 수 있다.

사람이 산의 체험을 땅 위에서 보는 방식에 갇히지 않으면 또 다른 선물을 받게 된다. 땅 위에 살면서도 땅 위의 세상살이로부터 한 발짝 벗어날 수 있다.

'내'가 땅 위에서 가진 것에 의해서만 나뉘고 점수가 매겨지지 않는다. '나'는 땅 위에 가진 것은 적을 수 있지만 다른 곳에서 벌어놓은 것이 많을 수 있다. 즉, 땅 위에 있는 것을 조금이라도 더 가지느라 힘들이지 않고 이미 가진 것만으로 주위 사람과 어울리며 오순도순 살아갈 수 있다.

사람이 산을 오르는 장면을 보면 사람이 산에 붙어 있는 것처럼 보인다. 아무리 빨리 움직여도 멀리서 보면 거기에서 거기에 있는 것처럼 차이가 나지 않는다. 나무처럼 크지도 않고 자갈처럼 작지는 않지만 점처럼 보인다고 할 수 있다. 산이라는 대자연에 비해 사람은 너무나도 작은 존재로 보인다. 사람이 온갖 지식과 기술을 이용해서 자연을 사람의 필요에 따라 바꾸고 고칠 수 있다고 하더라도 자연의 일부로 그로부터 벗어날 수가 없다. 결국 웅장한 산에는 거울이 없지만 사람은 산에 자신의 모습을 비춰보고 겸손해질 수 있는 것이다. 이도 산이 주는 선물이라고 할 수 있다.

산이 제 모습을 이루려면 흙이며 돌이며 나무며 풀이며 가리지 않고 다 받아들여서 평지보다 우뚝 솟은 모양을 이룬다. 나무는 뿌리를 내리기 위해 흙을 필요로 하고 흙은 자신들을 단단하게 묶어주기 위해 나무를 필요로 한다. 이들 각각은 서로를 필요로 하며 서로에게 의지하며 산을 살아 있게 한다.

만약 산에 나무가 사라지면 흙도 푸석푸석해지고 바위도 잘게 갈라져서 바람에 의해 조금씩 제 크기를 줄이다가 결국 평지로 바뀌게 될 것이다. 산은 작고 단단한 것들이 모여서 웅장해지는 것이지 웅장한 것이 모여서 웅장한 것이 아니다. 웅장하려면 먼저 작고 단단할 수 있어야 한다. 이도 산이 주는 선물이라고 할 수 있다.

높은 산을 오르기는 쉽지 않다. 오르고 올라도 내내 그 자리를 벗어나지 못한 듯하다. 그래서 처음부터 큰 산에서 시작하지 말고 자신의 체력에 맞는 산부터 오르자. 산이 주는 선물을 가득 받아서 마음 밭을 풍성하게 가꾸자.

들과 섬이 가르쳐주는 것

부모 세대는 대부분 시골에서 나고 그곳에서 생을 마쳤다. 우리 세대는 시골에서 태어나 도시에 사는 사람이 많다. 이들은 한 번 씩 도시를 떠나 고향을 방문하며 편안함을 느낀다. 자식 세대는 도시에서 태어나 도시에서 사는 경우가 많다. 이들은 부모와 함께 간혹 시골을 찾아가지만 그곳에 동화되지 못하고 불편해한다. 우리나라의 도시화가 80퍼센트를 넘어서고 있다. 앞으로 사람들은 더 이상 도시화가 될 수 없는 지역을 제외하면 대다수 시골의 촌민이 아니라 도시의 시민으로 생활하게 될 것이다.

시골은 넓은 들판과 어울리지만 도시는 높이 솟은 건물과 제짝이다.

도시는 수직 지향적이다. 마치 먼저 하늘에 닿는 것이 경쟁에서 이기는 것처럼 땅 위의 모든 것들이 더 높이 뻗으려고 애를 쓰고 있다. 도시는 나무를 베고 빌딩을 올리면서 점차 건물의 숲이 되어갔다. 도시에서는 더 이상 사람이 아닌 건물이 주인이 되어갔다. 사람은 건물의 한 칸에 자리를 잡고서 이 건물의 몸집을 더 불리도록 일하고 있다. 마치 나무가 줄기에서 가지를 뻗고 다시 가지에서 잎과 열매를 맺어서 자신의 몸집을 불리는 것과 닮았다. 또 있다. 나무가 빛과 물을 받아들여서 생명을 지키듯이 건물은 시간에 맞춰 사람을 받아들이고 내뱉으면서 생명을 유지하고 있다.

도시는 시선을 막는다. 거리에 서면 사람은 너무나도 낮고 작으며 건물은 너무나도 높고 크다. 사람이 건물 안이 아니라 건물 밖에서 앞을 내다보려고 하더라도 볼 수가 없다. 건물이 옆으로 살짝 허리를 틀어주지 않는 한 시선이 앞으로 뻗어나가고자 하지만 건물에 툭툭 막혀서 더 이상 나아갈 수가 없다. 건물은 건물끼리 사슬을 둘러서 링을 만들어 사람을 그 안에 가둔다. 사슬을 두른 건물은 말이 없다. 이처럼 도시에서는 누구나 섬이 되는 것이다.

현대인들은 주말이면 시골로 나가 휴식을 취하는데 그것을 두고 "도시를 탈출한다"고 한다. 왜 탈출이라고 하는 걸까? 사람이 건물에 살지만 그것이 인간적이지 않을 뿐만 아니라 때로는 사람을 감옥처럼 가둔다고 생각하기 때문이리라.

시골은 도시와 달리 수평 지향적이며 시선을 툭 열어준다.

시골에도 집이며 시설이며 여러 가지 건물이 있다. 도시의 건물과 달리 시골의 그것은 높이 서 있지 않고 옆으로 나지막하게 누워 있다. 자신으로 인해 시골이 도시처럼 되는 것에 겸연쩍어하기 때문이다.

들판이니 초원이니 사막이니 모두 제 나름의 높낮이를 가지고 있지만 도시의 건물처럼 수직을 향해 경쟁하지 않는다. 높고 낮은 것이 단조로움을 달래주듯 음계의 높낮이와 빠르기로 보인다. 그리고 결코 자유롭게 이곳저곳을 훑어보는 시선을 결코 방해하지 않는다. 건물에 갇혀 답답하던 가슴이 탁 트이고 건물에 매달려 있던 몸이 확 풀리는 느낌이 밀려온다.

도시의 아스팔트도 사람의 발에 대답한다. 하지만 그것은 너무 딱딱하고 무뚝뚝하다. 도시에서는 더 이상 걷고 싶지 않다. 어쩔 수 없이 걸어야 할 때만 걷는다. 발과 아스팔트의 만남은 이처럼 불편한 것이다. 들판을 거닐어보자. 걸음을 옮길 때마다 흙이 대답한다. 그것도 상냥하게. 흙은 발이 누르는 힘만큼 자신 속으로 받아들였다가 다시 사람에게 그 발을 돌려준다. 둘의 만남이 처음부터 이렇게 수줍고 다소곳하다.

들판의 시골은 건물의 도시보다 불편하다. 있어야 할 것들이 없기 때문이다. 영화 〈집으로〉에서 할머니가 사는 시골은 아이가 보기에 건전지도 없는 이상한 곳이었다. 도시의 건물과 달리 어디든지 바라볼 수 있도록 들판은 사람의 시선에 자유를 주지만 어디를 바라봐야 하는지 목표는 주지 않는다. 때로는 이 불편을 달게 받으면서 우리는 자신을 넓이의 세계로서 들판에 놓아두고 볼일이다.

섬도 이중적이다. 들판 속에 자리 잡은 연못처럼 섬은 바다라는 큰 들판에 쌓여 있는 작은 들판이다. 바다가 있는 한 섬은 결코 작은 것이 아니다. 섬에 있다는 것과 들판에 서 있는 것이 닮아 보인다. 우리가 고개를 숙이지 않는 한 섬과 바다는 사람의 눈길을 결코 거부하지 않는다. 호쾌함 그 자체이다. 사람은 도시를 떠나 나를 지켜줄 만한 섬으로 가고자 한다.

하지만 바다는 섬이 외부와 만나려고 하는 움직임을 자유롭게 내버려두지 않는다. 바다가 자신을 다 비우지 않으면 섬은 바다와 이어지지 않고 그것에 갇히게 된다. 이때 바다는 원래 아무런 높이를 갖지 않지만 역설적으로 높디높은 도시의 건물처럼 높이를 세우게 된다. 시선을 막지 않지만 시선이 향할 곳을 열어주지 않아 표류하기 시작한다. 막막함 그 자체다. 섬은 도시처럼 벗어나야 할 곳이 된다.

길 위에 배움이 있다

세대마다 길의 추억과 이미지가 다르다.

부모 세대는 걸어서 꾸불꾸불한 길을 오갔다. 또 그들은 오솔길·고갯길·언덕배기·골목길·길모퉁이·시골길·저자길(시장길) 등을 정겹게 떠올릴 것이다. 자식 세대는 차로 시야가 뻥 뚫린 도로를 시원스레 달린다. 또 그들은 고속도로·국도·지방도·새길·빠른 길·막히는 길·샛길·지름길 등을 다닌다. 우리 세대 중에 시골 출신이라면 둘 다를 경험했을 것이고 도시 출신이라면 후자에 훨씬 익숙할 것이다.

이렇다 보니 길에 대한 생각도 같을 수가 없다.

부모 세대는 없던 길이 생기는 것을 "길을 낸다"라고 말한다.

한 곳에서 다른 곳으로 가려면 사람은 길을 거쳐서 간다. 처음부터 길이 있었던 것이 아니라 한 사람이 다니고 두 사람이 다니다 보니까 그 곳이 주위에 비해 조금 낮아지면서 단단하게 다져진다. 길이 나는 것이다. 자연이 그곳이 다른 일을 하도록 길을 터주는 것이다. 이 길은 직선으로 곧장 가지 못하고 바위가 있으면 곁으로 돌고 물이 있으면 옆으로 돌아서 난다.

사람이 다니지 않으면 길은 다시 제 높이를 찾아서 주위와 닮아진다. 길이 없어지는 것이다. 사람과 사람 사이 그리고 사람과 물건 사이도 길이 난다고 한다. 처음 보면 서먹서먹하다가도 몇 차례 만나고 이야기를 하다 보면 친해진다. 둘 사이에 길이 난 것이다. 사람이 책을 사서 읽다 보면 어느 새 손에 쥐기 편하게 길이 나 있게 된다.

이 길은 절대로 한 번 만에 생기는 법이 없다. 책에 억지로 길을 내려고 하면 가운데로 책이 꺾여서 영 볼품이 없게 된다. 사람 사이도 한 번에 길을 내려고 하다 보면 오히려 다가오는 사람을 밀어내게 되고 그로 인해 상처가 생기게 한다.

자식 세대는 없던 길이 생기는 것을 "길을 만든다"고 말한다.

측량부터 한다. 측량이 끝나면 작업 표시를 하고서 바위가 있으면 깨서 부수고 산이 있으면 뚫고 물이 있으면 매우거나 다리를 만든다. 철저하게 직선을 고집한다. 다니면서 길이 생기는 것이 아니라 길을 만들어 놓고 다니기 시작한다. 자연이 길을 받아들이느냐

하는 것은 더 이상 중요하지 않다. 자연의 수용과 거부를 대수롭게 여기지 않고 인간이 필요하다면 길을 만들어버린다. 자연 위에 길을 얹어놓는 모양새다. 간혹 얹어놓은 틀이 단단하지 않으면 길이 허물어지고 뒤집혀지고 꺾여서 기괴한 모양을 드러낸다.

부모 세대의 길은 고생과 함께하면서 풍부한 의미를 낳는다. '내'가 외갓집을 가려고 걸어갔던 길, 태어났을 때 고모님이 미역을 사러 뛰어갔던 길, 내가 대학 시험에 합격하고서 부모님께 소식을 알려주려고 갔던 길……. 그 길들이 모여서 오늘의 '나'가 되었다. 길이 나를 만든 것이다. 결국 나는 길에서 태어나서 길에서 자란 것이다.

자식 세대의 길은 속도와 효율의 의미이지 인간적인 의미를 낳지 못한다. 놀러갔다가 막혀서 짜증나던 길, 도로에 차 사고가 나서 수습하느라 한참 서 있었던 길……. 길은 '나'의 성장과 무관하고 일이나 휴식이라는 용도와 철저하게 관계를 맺는다. 빠르기는 하지만 의미를 낳지 못하는 불임의 길이다. '나'는 길을 '쌩쌩' 달리거나 길에 버려질 수는 있지만 길에서 놀 수도 쉴 수도 자랄 수도 없는 것이다. 이제 길은 사람으로부터 벗어나 차가 노는 무대가 되었기 때문이다.

시대와 상황이 바뀌는 만큼 세대마다 길에 대한 생각은 달라질 수밖에 없다. 하지만 사람이 길을 따라 가면서 나눌 수 있는 대화마저 없어지거나 달라지는 것은 아니다. 우리는 길이 없으면 갈 수가 없다. 어디를 가는 길을 물으면 길 '따라' 쭉 가라고 말해준다. 가리켜준 길을 벗어나면 다른 곳으로 가게 되고 바라는 곳을 가지 못한다. 길이 사람을 헷갈리게 만드는 것이다. 여기서 우리는 길을 통해 역사를 만난다. 지금 내가 서 있는 길은 먼 옛날 또는 가까운 옛날 사람들이 닦아서 만들어놓았기 때문이다. 즉, 길이 한편으로는 현실의 목적지로 이끌어주지만 다른 한편으로는 역사의 과정으로 들어가게 해준다.

고속도로는 길이 끝나는 곳에서 더 이상 나아갈 수가 없다. 산과 들을 갈 때 내가 길을 따라 걸어가기도 하면서 내가 걸어가는 것이 그대로 길이 되기도 한다. 길을 따라가는 것과 길을 만들어가는 것 사이에는 야릇한 차이가 있다. 뒤의 경우는 위에서 말한 "길을 낸다"는 것과 통할 수 있다.

슈퍼를 가는 아이가 자꾸 뒤를 돌아보면 "아빠, 어디로 가?"라고 묻는다. 아빠는 대답한다. "왼쪽으로." 또 아이가 묻는다. "어디로 가?" 또 아빠가 대답한다. "왼쪽으로." 아이는 슈퍼가 보일락 말락 한 곳에서 또 묻는다. 이번에는 아빠가 호락호락 말하지 않는다. "알아서 찾아봐!"

우리도 혼자서 길을 찾아가보자.

머리가 아는 것과 몸이 아는 것

다른 건 몰라도 '물'에 대한 어린 시절의 기억이 좋지 않다. 도시에 사는 자식 세대는 수영 풀장에서 옷을 갖춰 입고 수영을 배운 뒤 헤엄을 쳤다. 내가 어릴 때는 수영장이 있는 줄도 몰랐고 헤엄을 칠 때 입는 옷이 따로 있는 줄도 몰랐다. 부끄러움을 모를 때는 농수로가 흐르는 개천에서 발가벗고 헤엄을 쳤다. 나이가 좀 들어서는 집 앞에 있는 남강에 가서 속옷을 입고서 헤엄을 쳤다.

지금도 기억이 뚜렷하다. 무더운 여름에 강에 가서 멱을 감는데 한 사람이 갑자기 나의 목을 껴안았다. 전혀 준비가 안 된 상태라 나는 무척 당황했고 둘이 동시에 물에 가라앉았다 떴다를 반복했다. 그렇게 죽을 뻔하다가 구조가 되었고 그 뒤로 물을 멀리하게 되었다. 중·고등학교를 진주에서 다니면서는 남강에 헤엄치러 갈 일이 없어서 더욱 물과 멀어졌다. 대학에 와서야 이성적으로 물의 두려움을 극복하고 물에 다시 들어갈 수 있었다.

시골에서는 헤엄을 배우기보다 놀다 보면 어느새 물에 뜨게 되고 또 어느새 강을 건너갈 수 있게 된다. 도시에서는 수영장에 회원으로 등록하고서 선생님으로부터 입수, 물에 뜨기, 튜브나 키판(수영을 못하는 사람을 위한 판) 쓰기 등을 거치고서 자유형 등을 배우게 된다.

우리는 누구나 물에 들어가면 뜬다는 사실을 알고 있다. 물에 들어서면 땅 위에 서는 것과 다르다. 땅 위에서는 중심을 잃으면 넘어지고 고꾸라질 수 있지만 그렇지 않으면 서는 것 자체가 어렵지 않다. 물에 들어가면 아무런 짓을 하지 않아도 그냥 몸이 쑥 가라앉는다. 실제로는 하지 않지만 누군가 잡아당기듯이 가라앉는 경험은 사람을 놀라게 만든다. 아울러 실제로는 조금밖에 내려간 것에 불과한데 쑥 내려가도 바닥에 닿지 않다 보니 끝없이 가라앉는다고 생각한다. 그러다 몇 번 물을 삼키고 나면 코가 띵하고 머리가 멍하여 물에 대해 겁을 집어먹게 된다. 다시는 물에 들어가려고 하지 않는다.

"소언아 성빈아, 물에 들어와. 아빠랑 물놀이 하자!"

"아냐. 물이 무서워!"

"물 하나도 무섭지 않아. (가볍게 헤엄을 치며) 자, 아빠 봐봐."

"바닥이 너무 깊단 말이야."

"그럼 헤엄치지 말고 아빠랑 공 던지기 놀이 하자."

"정말로 공놀이만 하고 수영은 안 하는 거지?"

물의 두려움을 넘어서 물과 친해졌다고 해도 금방 헤엄을 칠 수 없다. 튜브나 키판을 사용하면 사람이 그것을 믿고서 마음을 놓기 때문에 혼자서도 발장구를 쳐서 앞으로 나갈 수 있다. 키판을 놓은 순간부터 다시 사람은 긴장을 하기 시작한다. 가만히 있으면 그냥 물속으로 가라앉는다고 생각하므로 팔과 다리에 힘이 많이 들어가 열심히 팔을 저어도 앞으로 나가지 않고 아래로 가라앉는다. 그렇게 힘을 너무 많이 써서 몸의 힘이 쭉 빠지면 팔·다리에 힘이 덜 들어가서 몸이 뜨게 된다. 참, 역설적이다. 물에 뜨려고 그렇게 애를 쓰면 도리어 속절없이 가라앉고, 뜨려고 하지 않고 물에 몸을 맡기면 물에 뜨는 것이다. 물에 뜨려고 하는 의지가 물에 가라앉게 만드는 결과를 낳은 것이다.

이 역설은 다른 스포츠에도 적용된다. 축구 선수가 골문 앞에서 좋은 기회를 잡아 강슛을 하려다가 공을 골문 너머로 차버리는 경우가 허다하다. 골프의 퍼팅도 그렇고 야구의 배팅도 그렇고 힘을 얼마나 적절하게 빼느냐가 퍼팅을 잘하고 공을 잘 때려내는 관건이 된다. 무조건 힘이 들어간다고 좋은 것이 아니라 쓸데없는 힘을 빼는 것이 좋은 것이다. 다른 스포츠와 마찬가지로 수영도 힘을 뺄 즈음이면 물과 조금이라도 더 같이 있고 싶어진다.

몸의 안정성이 깨지면 사람은 무섭고 두려워하게 된다. 사람이 이성으로 자신을 완벽하게 통제할 수 없는 것이다. 어릴 때 물의 두려움에 사로잡힌다면 그것은 다른 대상으로 전염되어 널리 퍼진다. 새로운 것을 할 때까지 물에 빠져 허우적거리며 물을 마신 기억이 떠올라 매사에 자신감을 잃게 된다. 이 두려움을 이기게 하는 것은 꾸지람과 같은 또 다른 두려움이 아니다. 그렇게 하면 억지로 두려움을 벗어난 듯이 보여도 더 몸을 얼어붙게 만들어 물을 더 싫어하게 된다. 천천히 물에 익숙해져서 자신도 모르는 사이에 두려움을 뛰어넘으면 부작용이 없다. 물의 두려움을 뛰어넘는 경험을 하게 되면 다른 두려움도 결국 이겨낼 수 있게 되어 두려움을 편하게 바라보게 된다. 두려움을 없앨 수는 없지만 그것의 높이는 줄일 수 있다.

헬렌 켈러는 보지도 듣지도 말하지도 못했지만 7년에 걸쳐서 '물(water)'을 살아 있는 단어로 받아들이게 되었다. 설리반의 헌신적인 사랑이 있었기 때문에 가능한 일이었다. 우리는 주위 사람만이 아니라 자기 자신이 두려움을 넘어설 수 있도록 얼마나 오래 사랑으로 기다릴 수 있을까?

숲에 치유의 길이 있다

특별히 계산에 넣었던 것은 아니지만 생활하는 곳 가까이에는 늘 숲이 있었다. 고향 마을 뒷산에는 늘 여러 가지 나무로 둘러 싸인

숲이 있었다. 그중에서도 강가에 있는 대나무 숲의 이파리들이 부딪치는 소리로 잔잔한 음악을 만들어냈다. 대학교가 관악산 자락에 있었던 덕택에 어렵지 않게 관악산의 숲을 즐겼다. 그 뒤로 광명에 살면서 도덕산을 자주 오르내렸다. 당시 막 박사 학위논문을 쓰던 때라 글이 막히면 도덕산에 올라 내달리기도 하고 천천히 걷기도 했다. 지금도 숲이 많다. 인왕산, 삼청 공원, 서울 성벽, 와룡 공원, 창경궁, 종묘, 창덕궁 등 여기가 서울의 도심인가 싶을 정도로 숲이 우거져 있다. 점심을 먹은 뒤나 머리가 아플 때면 으레 신발끈을 동여매고 가까이에 있는 숲으로 들어간다.

주말이 되면 아이들을 꼬드긴다. 맛있는 것을 사줄 테니 집에만 있지 말고 서울 성곽의 숲으로 산책을 가자고.

"힘들어 죽겠어! 도대체 언제 서울 성곽에 도착해?"

"조금만 더 가면 돼. 힘내!"

"(서울 성곽으로 가는 길에 들어섰다.) 왜 이쪽으로 가자고 한 거야?"

"일단 조용하고 바람이 불어서 시원하잖아!"

"집에서 선풍기 틀면 시원한데 굳이 숲까지 와야 돼?"

"너 아까 머리 아프다고 하더니, 이제 말 안하네. 봐, 숲에는 사람을 낫게 하는 힘이 있다니까."

아이들은 일단 집에 들어오면 밖으로 나가려고 하지 않는다. 밖에 나오면 조금만 걸어도 피곤하다고 야단이다. 하지만 숲속에 들어서면 아이들의 불만도 줄어든다. 우선 거리를 오가는 차량이 내는 온갖 소음이 들리지 않는다. 집에서 전자 제품이 돌아가면서 내는 '윙' 소리도 나지 않고 천장에서 '쿵쾅' 거리는 소리도 나지 않는다. 이처럼 숲에 들어서면 여러 가지 소음으로부터 벗어난다. 물론 숲에도 소리가 있다. 바람 부는 소리, 지저귀는 새 소리, 오가는 사람들이 재잘거리는 소리, 계곡에서 졸졸졸 흐르는 물소리……. 하지만 이 소리는 소음이 아니라 정겹게 들린다.

집과 학교에서는 공부 아니면 일을 하느라 몸이 쉴 겨를이 없다. 숲은 일을 하거나 공부를 하려고 가는 곳이 아니다. 이처럼 일로부터 벗어나서 스트레스를 느끼지 않는다. 맑은 공기를 깊게 들이마시니 복잡하고 답답하던 가슴이 탁 트이는 느낌을 준다.

숲에 오면 왜 무겁던 머리가 가벼워지고 답답하던 가슴이 뻥 뚫리고 피곤하던 몸이 개운해지는 걸까? 숲에 무슨 요정이 있는 것이 아니라 피톤치드(phytoncide)라는 물질이 있어서 사람의 지친 몸을 낫게 한다. 피톤치드는 그리스어로 식물을 뜻하는 '피톤(phyton)' 과 살균을 뜻하는 '치드(cide)'가 합해진 말로 식물이 분비하는 살균 물질을 가리킨다.

동물은 제각각 자신을 보호하는 수단을 갖는다. 빠른 발로 맹수의 추격을 따돌리거나 빳빳한 가시로 적을 찌른다. 식물은 땅에 뿌리를 박고 있으므로 이동해 위험을 피할 수 없다. 피톤치드는 움직일 수 없는 나무가 자신을 지키기 위해서 공기 속으로나 땅속에 발산하는 일종의 항생 물질이다. 이것은 해충, 곰팡이 등을 죽이는 물질이지만 사람에게는 아주 보탬이 되는 일을 한다. 피톤치드는 사람의 몸에 자연스럽게 스며들어 우리 몸을 해치는 균을 없애주고 악취마저 잡아준다.

　요즘 아예 숲을 찾아서 심신을 맑고 밝게 하는 것을 삼림욕(森林浴)이라고들 한다. 따뜻한 물로 목욕을 해서 때를 벗겨내면 혈액 순환을 촉진시키므로 목욕하고서 "아, 개운해!"라고 한다. 마찬가지로 숲에 들어가도 따뜻한 물로 목욕하듯이 상쾌해지고 편안해지는 것을 느낀다.

　하지만 어린이들에게 숲은 위험할 수도 있다. 나무에 가려져서 훤히 드러나지 않는 길, 평지처럼 마음 놓고 뛰어다닐 수도 없고 세찬 바람과 '웅웅' 거리는 소리는 익숙하지 않은 아이에게 무섭게 느껴질 수도 있기 때문이다. 따라서 무조건 깊고 울창한 숲이 좋은 것이 아니라 사람에게 맞는 곳을 잘 골라야겠다.

　빌딩의 숲, 기계의 숲, 책의 숲이니 여러 가지 숲이 있지만 실제로 숲에 제일 잘 어울리는 것은 나무숲이다. 그냥 숲을 가기만 할 것이 아니라 숲에서 할 수 있는 일들을 더 알아보자.

갯벌에서 두려움을 배우다

나는 첩첩산중까지는 아니더라도 도시에서 멀리 떨어진 시골에서 태어났다. 점잖게 말하면 촌사람이고 거칠게 말하면 촌놈이다. 내가 태어나고 자랐던 마을은 뒤로 산이 있고 앞으로 들이 있고 그 앞에 남강이 흐른다. 그곳이 세상의 전부인 줄 알았다. 크면서 장보러 가거나 아프면 들리는 읍내(의령, 지수)가 있고 고모할머님이 우리 집에 오실 때마다 맛있는 것을 사오는 도시(진주)가 있다는 것을 알았다. 아직도 고모할머님이 사오신 노란 귤의 기억이 너무나도 뚜렷하다. 동네에서 보고 먹을 수 있는 것으로 수박, 참외 등이 있지만 귤은 처음이어서 너무나도 신기했기 때문이다.

나중에 중·고등학교에 다니면서 버스를 타고 읍내와 도시를 혼자 다녔다. 그러면서 보고 싶고 타고 싶은 것이 생겼다. 자가용을 탄다는 것은 생각조차 못했고 버스보다 더 큰 기차를 타보고 싶었다. 책과 TV에서 기차를 보면 쇠로 만든 물건이 '칙칙' 큰 소리를 내면서 달렸다. 하지만 우리 마을에서는 기차를 직접 두 눈으로 보거나 만져볼 일이 없었다. 그리고 집 앞의 강이 흘러가 마지막으로 닿게 되는 바다를 보고 싶었다. 사는 곳이 온통 산으로 막혀 있어서 사방이 뻥 뚫린 바다를 보는 것이 소원이었다. 그리고 발을 놓으면 쑥쑥 빠진다는 갯벌에서 아이처럼 진흙 장난을 하며 놀고 싶었다.

사람이란 해보지 않은 것을 해보고 싶어하기 마련이다. 그렇게 보고 싶던 바다를 국민학교 5학년 때 울산의 방어진에서 보았고 고등학교 3학년 초에 거제의 해금강에서 보았다. 그 뒤 서울에서 대학을 다니면서 인천으로 가서 갯벌을 보았다. 어린 시절에 그렇게 보고 싶었던 것을 모두 본 셈이다.

"아아악, 누가 나 좀 잡아줘!"

"왜 그래?"

"똑바로 서려고 해도 자꾸만 넘어진단 말이다."

"힘을 빼. 힘을!"

"그게 잘 안 된다 말이다. 누가 넘어지고 싶어서 넘어지나?"

"넘어져도 괜찮아. 옷은 버려도 다치지 않으니, 넘어지는 걸 즐
겨 봐!"

갯벌에 들어서면 제자리를 잡고 서기가 어렵다. 다리에 힘을 주
고 똑바르게 서려고 하면 어느새 벌러덩 뒤로 넘어진다. 수영장에
서 가라앉지 않으려고 손발을 힘껏 휘저으면 휘저을수록 물에 빠
지는 것과 같은 이치다. 갯벌은 물과 또 다른 속도감을 준다. 물은
뭔가를 느낄 사이도 없이 쑥 가라앉는다면 갯벌은 발이 갯벌의 바
닥에 흔적을 남기면서 '악' 소리와 함께 쭉 미끄러져진다. 순간 당
황해서 빨리 일어서려고 발버둥을 치면 금방 일어났다가 도로 넘
어진다. 중심을 잃은 자리가 쭉 미끄러지면서 두서너 번 엉덩방아
를 찧고 제 몸도 제대로 가눌 수 없다는 사실에 허탈해지기도 한다.
이렇게 넘어지다 보면 넘어지지 않으려고 조심을 하지 않게 된다.

아무리 조심하려고 해도 되지 않으니까 아예 포기하는 것이다.
아울러 자꾸 넘어지다 보면 넘어지지 않으려 들이는 힘을 빼게 되
고 넘어지는 것 자체에 대한 두려움이 없어진다. 역설적으로 넘어
지지 않으려고 하니까 벌렁 넘어지고 "에라 모르겠다. 넘어지라면
넘어지라지!"라고 마음을 비우면 넘어지지 않게 된다. 즉, 반대 상
황을 밀어내지 않고 오히려 받아들이면 반대로 되지 않는다는 사
실을 깨닫게 된다. 질병도 싸워서 이겨 병인을 없애버리려고 하면
건강을 해치지만, 병인을 달래면서 함께 지내면 오히려 건강을 지
킬 수 있는 것과 닮았다.

장자에 나오는 요리사 정이 소를 잡는 포정해우(庖丁解牛)라는

고사가 생각난다. 《장자 양생주》에 나오는 이야기다. 요리사는 처음에 잔뜩 힘을 주고 소를 잡아서 칼이 심줄을 만나면 심줄을 건드리고 뼈를 만나면 뼈에 부딪치니 칼이 금방 상했다. 그러나 요리사는 차츰 숙련이 되어 힘을 들이지 않고 뼈와 뼈 사이를 부드럽게 지나가게 칼을 쓰게 되었다. 그 후 19년이 되어도 칼은 새 칼처럼 아무런 손상이 없었다고 한다. 갯벌에서 일하시는 분들은 오히려 미끄러지는 것을 이용해서 쑥쑥 앞으로 나아가는데 초보자들은 미끄러지지 않으려고 하니까 더 미끄러지는 것이다.

갯벌과 비슷한 것으로 영화에 자주 등장하는 모래 늪 또는 유사(quicksand)가 있다. 영화 〈인디아나 존스: 크리스탈 해골의 왕국〉을 보면 모래 늪에 빠지는 장면이 나온다. 해리슨 포드 일행이 소련의 특수부대 케이트 블란쳇(이리나 스팔코 역) 일당의 추격을 피해 달아나다가 다시 붙잡히게 되는데 그들은 모래 늪에 빠져서 멀리 달아날 수 없었다. 간혹 영화에서 사람이 유사에 쓸려서 죽는 상황을 설정하기도 하지만 그것은 영화나 문학의 과정일 뿐 사실과 다르다. 모래 늪의 밀도가 인체의 밀도보다 크기 때문에 몸 전체가 빠져서 죽는 일은 결코 없다. 다만 너무 당황해서 지나치게 몸부림을 치다보면 평형을 잃어서 죽을 수는 있다.

일을 그르치는 것은 실력이 아니라 두려움일 수가 있다. 갯벌에서 미끄러지는 것을 두려워하지 않고 받아들이는 체험을 해보자.

키우는 것의 보람

부모 세대는 뭐든 사 먹으려고 해도 살 것이 적었다. 채소며 과일이며 모두 직접 씨를 뿌리고 김을 매서 키웠다. 우리 세대 중 시골 출신은 사람 입에 들어가는 곡식과 채소가 어떻게 자라는지 그것을 어떻게 돌보는지 눈으로 보고 자랐다.

자식 세대는 슈퍼나 마트에 이미 다 자라서 손질된 것을 사는 것을 보았을 뿐 그것이 어떻게 자라는지를 본 적이 없다. 농산품과 공산품의 구별이 있지만 자식 세대의 눈에는 둘 다 만들어지는 것으로 보인다.

농산품과 공산품은 각기 달리 만들어진다.

공산품은 원료를 적절한 비율로 섞여서 가공 처리의 과정을 거쳐서 똑같은 것이 짧은 시간에 대량으로 나온다. 농산품도 대량으로 나올 수 있지만 반드시 일정 시간을 필요로 한다. 수박의 경우 씨를 뿌리고 넝쿨이 자라는 데도 시간이 걸리지만 꽃이 피고서도 25~30일이 지나야 익은 수박을 맛볼 수 있다. 양파는 9월에 씨를 뿌려서 11월에 옮겨 심고 3, 4월에 알이 굵어지므로 수확에는 적어도 6개월이 걸린다.

한 번 심어놓기만 하면 저절로 자라는 것이 아니라 때에 맞춰 거름을 주고 풀을 뽑아주고 물을 뿌리고 온도를 맞춰야 한다. 99번 잘하더라도 한 번 실수하면 그해 농사는 망치게 된다. 수박의 경우 비닐하우스에서 재배하는데, 아침이면 보온을 위해 덮어둔 이불을 걷고 문도 열고 저녁이면 다시 문도 닫고 이불을 덮어야 한다. 농부들의 한결같은 보살핌을 받아서 수박은 마트 판매대에 상품으로 놓이게 되는 것이다.

아이들은 어른의 보살핌을 필요로 한다. 밥상을 차릴 때면 아이는 자신도 역할을 하고 싶은지 이것저것을 나르고 싶어 하지만 불안하다. 음식이야 쏟으면 치우면 되지만 아이가 다칠 수 있기 때문이다.

하지만 어린아이도 보살핌을 받기만 하는 존재가 아니라 자신의 사랑을 드러내려고 한다. 고양이나 개에게 부모가 하듯이 흉내를 내고 그것이 마땅치 않으면 장난감을 가지고 보살피는 역할을 한다.

"아빠, 수업 시간에 배웠는데 집에서 쉽게 양파를 키울 수 있대."

"그래, 어떻게?"

"먼저 못 쓰는 컵이나 페트병을 잘라서 그 속에 물을 채워. 다음에 양파를 그 위에 두면 돼."

"그래. 너 혼자서 할 수 있겠니? 물도 갈아주는 등 잘 돌봐야 할 텐데."

"그 정도쯤이야, 물론 할 수 있지."

"아휴. 우리 준재, 찬재가 농부가 다 됐네, 다 됐어."

어린이는 유치원과 학교를 다니게 되면 자신이 어린아이여서 보호만 받는 존재가 아니라 뭔가 혼자서 해낼 수 있다는 것을 보여주어야 한다.

보살핌도 받기만 하는 것이 아니라 하고 싶고, 사랑도 듬뿍 받기만 하는 것이 아니라 맘껏 쏟아야 한다. 이것이 나름대로 균형을 이룰 때 정서적인 안정감을 느끼게 된다. 이때 집안일에 끼어들려고 하는데 자꾸만 "애들은 저리 가라"고 하거나 뭐든지 "좀 더 커서 하라!"고 하면 소외감을 느낀다. 아울러 집안일에서 방관자가 된다. 이후에도 뭔가를 하라고 해도 쉽게 하려고 하지 않을 수 있다.

양파를 키우다 보면 아이는 싹이 나는 것에서 키우기의 보람을 느끼게 된다. 하지만 싹이 보이더라도 그것이 잘 자랄 수도 있고 뿌리가 썩어서 도중에 시들어버릴 수도 있다. 잘 자라더라도 양파 싹이 많이 날 수도 있고 덜 날 수도 있다. 이 모든 시작과 차이는 소년·소녀로 하여금 생각을 하게 한다.

언제 싹이 나고 싹이 얼마나 빨리 자라며 물을 며칠마다 갈아주었는지, 하나하나가 알아가는 과정이고 더 잘하기 위해 뭘 어떻게 해야 하는지 찾아가는 과정이다. 이로 인해 기쁨과 슬픔을 느끼고 책임의 무게와 깊이를 알게 된다. 아울러 양파를 물 위에 얹어놓기만 하면 하룻밤 사이에 쑥쑥 자라는 것이 아니라 클 만큼 크기 위해 시간을 필요로 하고 필요한 만큼 기다려야 한다는 사실을 스스로 발견하게 된다. 양파의 싹만 크는 것이 아니라 돌보는 '나'도 함께 커가는 것이다. 일방적으로 보살핌을 당해서는 느낄 수 없는 소중한 경험이다. 누군가의 보살핌을 받음으로써 안정을 느끼고 무언가를 돌봄으로써 성장을 느낀다.

나는 학교 다닐 때 병아리를 사서 키웠다. 동물이 자라나는 것이 식물보다 사람에게 더 큰 보람을 안겨주지만 죽게 되면 더 큰 상실의 아픔을 준다. 식물로부터 시작해서 키우기 위한 준비가 착실하게 되면 동물을 돌보는 것으로 나아가는 것이 좋겠다.

노동의 기쁨

아이들은 아침에 학교에 가면서 "교통카드를 충전해야 하니까 만 원 줘"라고 한다. 부모는 지갑을 뒤져서 달라는 돈을 건넨다. 아이들은 그렇게 불쑥 돈이 필요하다고 생각한다. 아마 아이들은 부모가 은행처럼 늘 돈을 지니고 있어서 달라면 언제든지 줄 수 있는 것으로 생각하는 것 같다. 하지만 여유가 있다고 하더라도 날마다 사정이 다르다. 월급날 즈음에는 돈이 있지만 다음 월급날이 되기 전까지는 작은 돈도 아쉬울 수가 있다. 미리 이야기를 하면 예산을 잘 짜서 준비라도 할 텐데 불쑥 돈을 달라고 하면 그 자리에게 줄 수 없다. "돈이 없어서 다음에 줄게!"라고 말하는 부모의 심정은 여간 쓰라린 게 아니다.

나는 도시에서 중·고등학교를 다닐 때 아버님은 시골에서 농사를 짓고 어머님은 자그마한 가게를 했다(아버님은 노령으로 농사에서 손을 뗀 뒤에 병환으로 돌아가셨고 어머님은 아직도 가게 일을 하고 계신다). 학교 다닐 때 자주 집에 가지는 못했지만, 결국 갈 때마다 돈을 달라고 해야 하는 입장이었다. 처음에는 "필요하니까 당연히 달라고 해야지!"라고 생각하지만 점차 가계의 살림살이를 알고 나서는 "돈을 달라!"는 말이 쉽게 떨어지지 않는다. 회사에 다니거나 사업을 하면 돈이 때맞춰 들어오므로 그나마 계획적으로 돈을 쓸 수 있다. 하지만 시골은 농사를 지으면 몇 달이 지나서 농작물을 팔 수 있으므로 돈을 버는 주기가 일정하지 않았다. 돈 쓸 데는 많고 돈 나오는 곳은 적어서 늘 '돈'이란 말에 마음을 졸였을 부모님을 생각하면 마음이 안타깝다.

어린이는 일을 하려고 해도 할 수가 없다. 어린이는 돈을 쓰기만 하지 벌 수는 없다. 돈을 어떻게 버는지 돈을 벌기 위해서 얼마나 일을 해야 하는지 그 과정을 알아차리기 어렵다. 그냥 손에 돈을 넣을 수 있느냐 없느냐에 관심을 두고 있다. 자칫 아이가 돈을 달라는 대로 다 주면 돈을 너무 쉽게 생각해서 건전하지 않은 소비 습관을 키우게 될까봐 걱정스럽다. 특히 맞벌이 부부는 자식에게 잘 해주지 못하는 것을 돈으로 보상하려는 경향이 있다. 즉, 시간이 없어서 놀아주지 못하는 만큼 돈을 줘서 아이가 하고 싶은 것을 하고 사고 싶은 것을 사게 한다. 이런 부모의 마음이 아이에게 잘못 전해져서 돈을 막 써도 되는 것처럼 착각할 수가 있다.

"엄마, 나 신문 배달하기로 했어."

"그래. 근데 새벽 일찍 일어나야 하는데 너 같은 잠꾸러기가 할 수 있을까?"

"아냐. 나도 이제 내 용돈은 내가 벌어서 써야지."

"아휴, 우리 아들 대견하기도 하지."

"(며칠 지난 뒤 새벽) 성민아, 신문 배달하려면 지금 일어나야지?"

"아, 3분만 더 자고 일어날게."

"그러다가 늦는다. 어서 일어나."

"아, 피곤해 죽겠네. 지금 몇 시야? 아이쿠, 늦었네."

"밥 먹고 가야지."

"아냐, 늦었어. 갔다 와서 먹을 게."

요즘에는 자식이 신문 배달을 하겠다고 하면 그대로 두는 부모가 많지 않을 듯하다. 내가 학교 다닐 때만 해도 요즘처럼 편의점 아르바이트 같은 자리가 없었기 때문에 신문 배달, 전단지 돌리기, 떡 장사, 군고구마 장사 등을 해서 용돈을 벌곤 했다. 처음 시작할 때는 몇 달 고생해서 부모님께 선물도 하고 자신이 필요한 물건을 살 수 있으리라 생각한다. 꾸준히 해서 평소에 사고 싶었던 물건을 살 때의 그 짜릿함은 이루 다 말로 표현할 수가 없다. 그것을 얼마나 끔찍하게 아끼는지 다른 식구들이 함부로 손을 대지도 못하게 한다. 또 첫 월급을 받아서 당시의 풍습대로 부모님의 속옷을 사서 전해드릴 때의 느낌은 부모나 자식 모두 쉽게 잊을 수 없다. 그 이후에 부모는 동네 사람을 만나면 "아이가 뭘 해서 속옷을 사주었다!"라며 자랑을 해대곤 한다.

하다 보면 생각대로 되지 않고 몇 달을 넘기지 못하고 그만두는 경우가 많다. 하지만 적어도 신문배달을 하다보면 "돈 벌기가 쉽지 않다", "돈을 아껴서 써야겠다"라는 생각을 자연스럽게 하게 된다. 이렇게 자식들이 집안 형편을 생각해서 한 푼이라도 아끼려고 하면 어른들은 그런 아이에게 "저 녀석, 참 철이 들었단 말이야!"라며 칭찬을 하곤 했다.

중·고등학교 다닐 때는 일하기가 어렵다. 고3이 수능을 치르고 나서 여유가 생기면 부모가 아이와 함께 주변의 주유소, 편의점 등을 찾아가서 임금을 정하면서 아르바이트를 하게 하는 것이 좋을 듯하다. 그렇게 하려면 법률을 알 필요가 있다. 현행 법률에서 만 13세 미만은 어떠한 경우에도 취업을 할 수 없다. 만 18세 미만의 경우에는 취업이 가능하지만 부모님 동의서를 제출해야 한다. 그렇지만 교도소, 정신병원, 고압실 안의 작업, 잠수 작업, 술을 만들거나 가축을 잡는 일에는 종사할 수 없다. 만 18세 이상은 성인과 똑같은 대우를 받지만 만 19세 미만까지는 담배 소매업, 술 판매, 무도장, 숙박업에서 일할 수 없다. 그리고 아르바이트라고 하더라도 사업주가 적은 돈으로 사람을 막 부리는 것을 막기 위해서 일하는 사람에게 주어야 하는 최소한의 임금을 정부가 법으로 정하고 있다. 이는 해마다 다른데 2008년은 시간당 3770원, 2009년은 4000원, 2010년은 4110원이었다.

공자도 아버지가 일찍 돌아가셔서 어머니와 함께 살았다. 《논어》〈자한〉을 보면 집안 사정이 넉넉하지 않았던 탓에, 그는 돈이 생기는 일이라면 이 일 저 일 닥치는 대로 해서 여러 가지 기술을 갖게 되었다.

그래서 훗날 그가 시대의 성인(聖人)으로 평가를 받을 때 어떤 사람들은 공자가 성인이면 성인다워야 한다며 자질구레한 기술에 뛰어난 것을 두고 뒤에서 비아냥거리기도 했다. 오늘날로 치자면 공자는 청소년 시절에 편의점이나 주유소에서 아르바이트를 했을 것이다. 이런 체험이 자신과 세상에 대한 원망으로 나아가지 않고 사람들을 보다 더 따뜻하게 이해할 수 있는 밑바탕이 되었다고 할 수 있다.

헤어짐은 만남을 소중하게 한다

이전 세대와 자식 세대는 손님을 맞이하고 보내는 방식이 완전히 다르다. 요즘 아파트의 경우 현관문에 와서 초인종을 누르면 집안에서 문을 열어 손님을 맞는다. 손님이 집 안에 들어와도 집에 있던 사람이 방에서 잠깐 인사하고 제 방으로 들어가버린다. 손님이 떠나더라도 현관문에서 작별하는 경우가 많고 간혹 승강기로 함께 내려가 건물 앞에서 인사를 한다.

나는 어린 시절에 남강을 건너 외갓집에 가곤 했다. 한참 걸어서 외갓집이 보이면 내달려서 대문을 벌렁 열어젖히고 "외할머니, 우리 왔어요!"라고 큰소리부터 쳤다. 외할머니는 우리를 꼭 껴안았다가 놓아주면서 두툼하고 거친 손으로 우리의 얼굴을 만지곤 했다.

"외할머니, 우리 갈게요."

"그래 조심해서 가(외할머니는 우리를 따라서 대문을 나선다)."

"들어가세요. 건강하세요(고개를 돌려 앞으로 나선다)."

"(계속 우리 뒤를 따르며) 조심해서 가. 사장어른께 안부 전하고 엄마, 아빠 말 잘 듣고."

"예. 그만 집으로 들어가세요."

(결국 동구 밖까지 따라 나와서 손으로 가라는 신호를 한다. 그리고 우리가 길모퉁이를 돌 때까지 그 자리에 서 있다.)

당시 외할머니는 헤어질 때 늘 "이제 가면 언제 다시 보냐?"고 말했다. 이 말은 오고 가는 것이 쉽지 않던 시절이라 한 번의 만남과 헤어짐은 늘 마지막이 될 수 있다는 가정을 담고 있었다. 특히 어린 우리야 그 마음을 헤아릴 수 없지만 나이 드신 어른 입장에서는 '다시'가 그냥 하는 말이 아니라 살아서 꿈틀거리는 말이었다. 나는 이렇게 만남이 어렵고 헤어짐이 더 어려워서 하나하나를 소중하게 여기는 시대를 살아왔다. 헤어지는 것은 아직도 익숙하지 않다.

요즘 만남과 헤어짐을 보면 참 '쉽다'는 생각이 든다. 쉽다와 어렵다는 사람마다 시대마다 상대적이기 때문에 하나로 싸잡아서 말하기는 어렵다. 아무리 '쿨'하게 만나고 헤어진다고 해도 헤어진 사람이 전혀 아무렇지도 않을 것이라고 단정할 수는 없다. 하지만 집에 손님이 찾아왔다가 떠나는 장면을 보면 지금은 옛날보다 만남과 헤어짐에 그렇게 많은 의미와 정을 두지 않는 것이 분명하다. 손님이 현관을 나서자마자 문을 '쾅' 닫고서 떠난 손님을 두고 뭐라고 한마디 하는 것을 보면 경쾌하다 못해 경박한 느낌을 준다.

여기에는 헤어지는 것에 대해 예전과는 전혀 다른 생각이 깔려 있는 것이다.

이전 세대는 헤어지는 것을 원래 하나였던 것이 떨어져나 가는 것이라고 생각했다. 사람이 만난다는 것은 둘이 하나로 포개어져 있는 것이 아니라 네 것 내 것 구분 없이 한마음과 한 몸이 되는 일심동체(一心同體)로 생각했다. 떼려야 뗄 수 없는 관계가 된 것이다. 그럼에도 불구하고 헤어진다면 꼭 "사람이 만나면 헤어지기 마련이다"라는 회자정리(會者定離)를 읊조린다. 이처럼 헤어짐은 하나를 찢어서 둘로 갈라놓는 엄청난 아픔을 겪어야 했다.

자식 세대는 헤어지는 것을 필요에 의해서 붙었다가 용도가 끝나면 떨어지는 것으로 생각한다. 사람이 만난다는 것은 각자의 것을 그대로 지키면서 서로 필요해서 함께 있는 것이다. 필요가 두 사람을 묶어두는 것이고 필요가 끝나면 묶어두는 힘이 스르르 떨어지는 것이다. 헤어질 때 왜 슬프지 않겠는가? 하지만 이 헤어짐은 어찌할 수 없는 것이 아니라 다른 것을 위해 원해서 하는 것이다.

자식 세대의 경우 이성이 서로 교제를 하다가 헤어질 때 '이별'의 의식을 치르지 않는다. 헤어질 경우 이전 세대 같으면 약속을 해서 차마 입에 떨어지지 않는 말을 하느라 입술이 우주의 무게를 들었다 놓았다 해야 "저어, 우리……"라는 말이 겨우 새어나왔다. 이만큼 말해도 다시 침을 꿀컥 삼키고서야 다음 말을 이어나갔다. 반면 자식 세대는 문자로 이별을 통보한다. 그리고 단축키 1번을 삭제해버리는 것으로 이별의 의식이 끝난다. 그러나 자식 세대도 간단한 의식과 달리 마음의 이별 의식은 꽤나 오랫동안 진행된다. 헤어진 뒤 행동이 이전과 달라 주위에서 "무슨 일이 있냐?"고 물으면 담담하지 않고 작은 일에 신경질을 내고 지나갈 만한 일에 짜증을 부린다. 의식이 거칠다고 해서 상처가 없다고 지레 짐작할 수는 없을 듯하다.

함께 있을 때는 그것이 영원할 줄 알지만 떠날 때 그것이 순간이었음을 알게 된다. 순간이라고 생각하는 것 자체가 함께 있었던 것이 '의미 있었다'는 뜻이다. 그만큼 시간이 빨리 그리고 달콤하게 지나갔다는 것이기 때문이다.

학년이 올라갈 때, 학교를 갈 때, 이사를 갈 때마다 골치 아프지 않고 빨리 처리할 일로 보지 말고 하나씩 따져보며 함께했던 시간의 의미를 돌아보는 의식을 치렀으면 좋겠다. 예컨대 이사를 앞두고 시간이 편한 날 가족이 함께 동네를 산책도 하고 동네 사람과 인사도 하고 촛불 하나 켜놓고 추억을 이야기하며 떠나는 게, 쫓기듯 짐을 싸서 피난 가듯이 후다닥 떠나는 것보다 더 인간답지 않을까?

장례식장에서 배우는 인생

어린아이는 죽음을 이해하지 못한다. 죽음을 받아들이려면 순간과 영원을 구분할 줄 알아야 한다. 아이는 아무리 긴 시간도 짧은 시간으로 바꾸어서 생각한다. 누가 죽었다는 것은 그 사람이 잠깐 어디로 간 것이므로 그 '잠깐' 다음에 다시 돌아올 것으로 생각한다. 그래서 잠깐이 지났는데도 죽은 사람이 "왜 돌아오지 않아?" 하고 물으며 계속 찾는다. 또 사람이 죽었다고 하는데도 '까르르' 웃으며 평소와 마찬가지로 뛰논다.

그런데 요즘 장례식장에 가보면 다들 학교나 학원으로 갔는지 학생들은 코빼기도 보이지 않는다. 죽음만큼 인생 공부가 되는 것이 어디에 있을까? 학생에게 학교 공부만이 아니라 인생 공부도 중요하다. 가르쳐주는 사람이 없어도 배우는 것이 죽음이다. 지금 하고 있는 것을 '죽음'과 대비해서 생각해볼 수 있고 살아가는 의미를 죽음과 짝지어볼 수도 있고 사랑하는 이의 죽음을 나의 현재와 이후의 죽음과 견주어볼 수도 있다. 금방 답을 찾을 수 없을지는 몰라도 끝이 있는 것과 끝이 없는 것, 삶과 죽음, 죽음 이후에 남는 것을 생각해볼 수도 있다.

우리는 살아가면서 대부분 부분으로 살아간다. 수학 시간에 수학 문제를 풀고 영어 시간에 영어를 공부하기도 하지만 사회 시간에 사회가 싫어서 다른 짓을 하기도 한다. 그러다 문득 '내'가 도대체 무엇을 하고 있는가라는 생각이 든다. 이때 '나'는 1시간 전에 끝난 영어 책을 챙기고 나서 조금 전에 수학 문제를 열심히 풀던 '나'가 아니라 여러 가지 상황에서 숱한 일들을 처리하는 '나'를 하나로 묶어주는 중심이다. 물론 수학에 너무 강한 자신감을 가지고 있을 경우 수학 문제를 푸는 나와 중심으로서의 나 사이에 간격은 아주 좁다. 그렇더라도 중심으로서의 나는 수학을 푸는 나만으로 좁혀지는 않는 전체를 가리킨다. 중심과 전체로서 '나'를 만날 수 있는 것이 바로 죽음이다. 지금 죽느냐 사느냐 하는 상황인데 자장면을 먹을 것인가 짬뽕을 먹을 것인가는 아무런 의미를 가질 수가 없다. 평소 그것이 아주 중요한 선택이었다고 하더라도 죽음 앞에서는 너무나도 사소하게 눈길조차 줄 수 없는 것이다. 이처럼 전체를 만날 수 있는 좋은 공부의 장에 학생들이 없다는 것은 이전 세대가 자식 세대에 죄를 짓는 것이라고 할 수 있다. 앞으로 장례 식장에 학생들이 많이 있기를 바라 마지않는다.

나는 개인적으로 몇 년 사이에 할머님, 형님, 아버님을 차례로 여의었다. 이제 어린아이가 아니므로 언젠가 사랑하던 사람들이 내 곁을 떠날 줄 알았지만 그렇게 갑자기 돌아올 수 없는 세상으로 가실 줄 몰랐다. 나는 세 분의 부음을 서울에서 들었다. 처음에

250

"돌아가셨다"는 말을 들었을 때 나는 몸 어딘가에서 그렇게 큰 '쿵' 하는 소리가 날 줄 몰랐다. 사람이 멍해지면서 잠시 무엇을 어떻게 해야 하는지 알지 못했다. 시간이 지나 몸과 마음을 추스르고 현실로 돌아왔을 때 아내는 마침 큰아이를 임신하고 있었다. 할머니의 사망과 큰아이의 출생이 맞물리면서 사람이 어디로 왔다가 어디로 가는지 한참을 생각하게 되었다.

사람은 결국 혼자이고 혼자 남는다.

이 말은 우리 옆에 있는 사랑하는 사람이 아무런 소용이 없다는 것이 아니다. 앞서 말했듯이 중심과 전체로서 '나'는, 사랑하는 사람이 중요하냐 중요하지 않냐 하는 점과 떼어놓고 말하는 것이다. 아무리 사랑하는 사람이 있다고 해도 결정을 할 때 '나' 혼자 하고, 시험장에 들어설 때 '나' 혼자 들어간다. 누구도 대신할 수 없고 꼭 내가 해야 하는 경우 혼자로서의 나를 경험한다. 이런 점에서 혼자로서의 나는 사랑하는 사람으로 둘러싸여 있다고 하더라도 근원적으로 고독하고 외로울 수밖에 없다는 뜻이다. 결국 사람은 함께 있으면서도 혼자 있는 것이다. 오랜 시간을 같이 살아온 사람들이 하나둘 세상을 떠나게 되면 '혼자로서의 나'라는 생각이 더 절실해진다.

혼자 남은 나는 어떻게 될까? 마침내 그런 나마저도 자식과 사랑하는 이들에게 '혼자로서의 나'를 느끼게 해주면서 죽을 수밖에 없다. 사람은 사랑하는 사람과 함께 있으면서 혼자이고 또 언젠가 사라질 운명을 벗어날 수 없는 것이다. 이 때문에 죽음은 쓸쓸하거나 분위기를 가라앉게 하지만은 않는다. 오히려 영원하지 않다는 사실을 깨달아 남아 있는 시간 동안 훨씬 더 의미 있고 심도 있으며 열정적으로 살아갈 수 있는 계기가 마련된다.

이제 죽는 것이 싫다고, 죽음을 먼 훗날의 일이라며 제쳐놓으려고 "그만 이야기합시다"라거나 "나중에 생각합시다"라고 하지 않았으면 좋겠다. 죽는 것이 달갑지는 않더라도 죽음을 가까이에서 보고 그 의미를 따질수록 삶의 밀도와 농도가 진해지기 때문이다.

사방이 조용해지고 쉽게 잠이 들지 않는 날이면 억지로 잠을 자려고 발버둥치지 말고 일어나 앉아서 '부모님이 없으면', '내가 죽으면'의 그 다음 이야기를 해보자. 이것은 청승을 떠는 짓이 아니라 나를 전체로 만나는 행복한 시간인 것이다. 우리는 죽음을 경험해볼 수는 없지만 임사(가사) 체험(near-death experience)의 사례를 간혹 들어본다. 이를 통해 '죽음'과 친해지는 기회로 삼을 만하다. 또 삶이 너무 가벼워지고 짜증나고 조급해지면 수의를 입어본다거나 관에 들어가서 누워보는 체험을 해보는 것도 좋으리라. 이를 통해 바람 빠진 풍선처럼 힘없는 인생이 활기를 되찾고 처진 어깨를 올리고 좁은 가슴을 쫙 펼 수 있을 것이다. 죽는 것을 꺼려해도 죽음은 꺼려할 것이 아니다. 오히려 죽음을 꺼리는 것을 꺼려야 할 것이다. 죽음을 꺼리기에 지금이 영원할 줄 알고 건방을 떨고 오만하게 구는 사람들이 있는 것이다.

실패에서 배우는 법

실패는 사람에게 운명처럼 따라다니는 그림자다. 우리가 그림자를 떨쳐낼 수 없듯이 실패를 떼어놓고 저만치 나아갈 수는 없다.

우리는 뭔가를 하기 전에 그것이 성공하기를 바라지 실패를 바라지 않는다. 우리는 일을 시작하면서 바로 결과를 알 수 없다. 물론 철저하게 준비를 해서 일이 실패로 가지 않고 성공으로 가도록 노력할 수는 있다. 하지만 그 준비라는 것은 사람이 할 수 있는 한에서 최선일 뿐이지 완전하다고는 할 수 없다. 이에 사람은 일의 진행 방향에 기대를 집어넣어서 실패를 피하고 성공을 바랄 뿐이다. 예컨대 대입을 준비하는 수험생 중 알면서도 실패의 방향으로 가는 사람은 없다. 성공의 방향인 줄 알았지만 실패로 끝날 수 있는 것이다.

이처럼 인간은 지적으로 현재와 미래를 하나로 연결 지어서 바라볼 수 없기 때문에 오늘에서 미래의 결과를 예측할 수는 있지만 단정할 수는 없다. 인간이 신처럼 모든 것을 알고 모든 것을 실행할 수 있지 않는 한 실패의 가능성으로부터 결코 자유로울 수 없다. 영화 〈벤자민 버튼의 시간은 거꾸로 간다〉를 보면, 벤자민 버튼이 사랑하는 데이지가 교통사고를 당하고 무용수의 길을 접어야 하는 장면이 나온다. 버튼은 결과를 전해 듣고서 '교통사고'가 여러 가지 조건의 결합으로 이루어진 것으로 파악한다. 실연당한 여성이 실연을 당해서 물건을 포장하지 않았고 손님이 포장하는 것을 기다리느라 시간을 지체한 것 등의 조건이 결합되면서 데이지가 교통사고를 당했다는 것이다. 그래서 "실연당한 여성이 실연을 당하지 않아서 포장을 제때에 해놓았더라면 손님이 시간을 지체하지 않았을 것이다"라는 식으로 생각하면서 "그중에 어떤 일이 하나라도 일어나지 않았다면 교통사고가 일어나지 않았을 텐데……"라고 추측을 한다. 사람은 그 많은 일의 연쇄를 다 알 수도 없고 설혹 우리가 그것을 알았더라도 사고를 빗겨갈 수 있는 능력이 없다. 따라서 우리는 실패한 사람에게 가혹하고 신랄하게 따지기보다는 너그럽고 따뜻하게 달래줄 수 있어야 한다.

예컨대 프로야구 경기에서 결과가 한 팀이 다른 팀에게 0:1 또는 1:12로 졌다고 해보자. 둘 다 그 팀이 졌다는 점은 같다. 하지만 앞의 경기는 투수가 너무 잘 던졌지만 타자가 못 쳐서 진 것이고, 뒤의 경기는 투수도 타자도 모두 못해서 진 것이다. 앞의 경우 다른 투수가 너무 잘 던졌을 뿐이지 진 팀의 투수가 잘못 던진 것이 결코 아니다. 졌다는 사실에 주목해서 왜 1점이라도 내주었느냐고 따진다면 투수가 사람이기를 포기하고 신이 되기를 요구하는 것이다. 투수에게 뭐라고 할 것이 아니라 격려하고 위로해주어야 할 것이다.

하지만 실패에는 여러 가지 성공과 다를 바 없는 실패가 있고 반쯤 성공한 실패가 있으며, 늘 되풀이하는 실패가 있고 더 이상 나쁠 수 없는 최악의 실패가 있고 더 이상 되돌릴 수 없을 정도로 치명적인 실패가 있다. 실패라고 해서 모든 실패를 도매금으로 싸잡아서 말할 수는 없다. 책임이 있지만 용서받을 수 있는 실패가 있고 책임이 있어도 용서받을 수 없는 실패가 있다. 여기서 우리는 같은 실패라고 하더라도 배울 것은 배워야 함을 알 수 있다.

"(궁금함을 억누르고) 이번 시험 어떻게 봤어?"
"(걱정하는 투로) 국어, 영어, 수학은 잘 봤는데 다른 건 망쳤어!"

"(화부터 내지 말고) 국영수 말고 다른 과목은 공부하지 않았니?"

"(핑계부터 찾지 말고) 공부를 하기는 했는데 방향을 잘못 짚은 것 같아."

"(상처를 주지 말고) 방향을 잘못 짚은 원인을 생각해보았니?"

"(실패를 피하지 말고) 수업에 집중하지 않았던 것 같고 핵심을 파악하지도 못했어."

"(기회를 막지 말고) 다음에는 잘할 수 있어? 같은 실수는 되풀이하지 않기야."

"(주관에 빠지지 말고) 응. 생각을 좀 더 해보고 다른 친구들에게도 물어봐야겠어."

실패는 줄이고 피할 수 있으면 피해야 하지만, 하지 말았어야 하는 실패는 없다. 실패를 초라하게 만드는 것은 실패를 했다는 사실이 아니라 실패를 애써 무시하며 그것으로부터 배우려고 하지 않는 것이다. 강의 중에 나는 종종 이런 말을 한다. "어떤 강의가 재미없다고 졸거나 딴짓을 하지 마시라. 딴짓을 하며 강의 시간을 다르게 보낸다고 생각할 수 있지요. 그렇게 다르게 보내는 시간도 결국 '너'의 시간이지 다른 누군가의 시간이 아니지요. 강의 시간이 지루할 수는 있지만 그냥 흘려 보낼 너의 시간은 없는 것입니다. 그 시간에 할 수 있는 최선의 것을 찾지 않고 그냥 따분하다는 이유로 문자를 보내고 친구와 장난치며 분위기를 망치지 마시라. 수업을 망치는 것이 아니라 너의 인생을 망치는 것이기 때문입니다."

우리는 너무 성공 신화에 취해서 내가 하는 일 모두, 내가 시키는 일을 하나같이 성공해야 한다는 생각을 왜 갖지 않는지 모르겠다. 손무는 《손자》〈모공(謀攻)〉에서 이렇게 말했다. "상대를 알고 자신을 알면 백 번 싸우더라도 위험해지지 않는다(知彼知己, 百戰不殆(지피지기, 백전불태)]." 우리는 흔히 이 말에서 '피곤하다', '위험해지다', '불리한 상황에 놓이다' 라는 의미의 태(殆)를 쉽게 지다, 패하다의 패(敗)로 바꿔서 읽는다. 태보다 패는 한층 더 심한 나쁜 결과이므로 불태보다 불패는 최상의 결과를 나타내게 된다. 이처럼 글자를 바꾸는 데서 알 수 있듯이 사람은 '사실'을 그대로 보려고 하기보다는 '기대'와 '희망'을 집어넣어서 생각하려고 한다.

실패를 범죄나 전염병처럼 결코 가까이 해서는 안 되는 것으로 취급한다면 그 사람은 실패에 좌절하지 않을 수는 있지만 실패를 통해 제대로 배울 수는 없다. 그것이 더 무서운 실패를 낳을 수 있다. 흔히 국가 실패니 시장 실패니 기업(경영) 실패니 하는 것은 국가·시장·기업이 견제와 균형을 간섭으로 보아 피하고 자신만이 옳다고 지나치게 믿는 데서 생겨난 것이다. 그것으로 인한 고통을 국가·시장·기업이 지지 않고 시민이 고스란히 떠안은 경우가 너무도 많다. 실패에 너그러운 세상이 되기를 바란다.

세계를 마주하다

짧게나 길게 여행을 떠났던 사람이 집의 문을 열면서 대뜸 말한다. "집보다 편한 곳이 없다." 이 말의 짝꿍은 "집 나가봤자 고생이다" 라는 말이다. 이 말대로라면 집 밖을 나서는 것, 즉 여행은 편하지도 않고 고생만 진탕 하므로 아무런 의미가 없을까? 그렇게 보기에는 좀 이상하다. 연휴와 주말이 되면 사람들은 짐을 챙겨서 어디론가 떠나느라 긴 행렬을 짓지 않는가? 그럼 앞의 말은 오랫동안 집을 비워서 괜히 미안해서 집을 달래려고 하는 말일까?

일상과 여행은 릴레이하면서 지친 삶에 활력을 불어넣는다.

새로운 일을 하게 되면 몸과 마음이 긴장을 한다. 몸이 일을 온전히 받아들일 즈음이 되면 신선함은 어디론가 사라지고 '또'라는 말과 함께 지겨움이 찾아온다. 자장면을 좋아하는 사람도 몇 날 며칠 동안 자장면을 먹게 되면 "또 자장면이야!"라는 말로 불만을 드러낸다. 일상은 똑같거나 비슷한 일이 미치도록 되풀이되는 특징을 갖는다.

지겹도록 되풀이되는 것은 과연 내가 하는 것이 어떤 의미가 있는 걸까라는 강한 의문을 던지게 만든다. 진지하게 질문을 던져봤자 일상에서 무의미만을 건져 올릴 뿐이다. 그렇다고 일상을 아무런 의미 없이 굴러가게 무한정 내버려둘 수도 없다. 어떻게 수렁에 빠진 일상에 의미를 던져줄 수 있을까?

일상을 떠나는 수밖에 없다. 여행을 떠난다는 것은 스톱워치를 눌러서 일상의 시간이 지나가는 것을 멈추게 하는 것이다. 나를 일상과 다른 시공으로 집어넣는 것이다. 다른 시공으로 들어서자마자 '나'는 긴장하면서 일탈한다. 그간 축 늘어졌던 팔다리에 힘이 솟고 무기력하던 머리에 생각이 들끓기 시작하고 멈춰버린 심장이 뜨겁게 뛰기 시작한다.

새롭고 신기하고 색다른 것은 늘 똑같은 것에 익숙해진 나를 소리치게 하고 아름다움을 느끼게 만든다. 여행은 나를 들뜨게 만드는 힘이 있다. 집으로 돌아올 때쯤 축 늘어져 있었던 일상은 이미 풋풋한 생기를 수혈받아서 활력으로 넘친다. 다음 여행을 떠날 때까지 활력은 일상을 돌리고 돌릴 것이다.

여행은 나를 방관자에서 주인으로 끌어낸다.

집에 있으면 누군가(어머니)가 만들어주는 밥을 먹기만 하고 빨아주는 옷을 입기만 하면 된다. 밥을 먹을 때 식탁에 있으면 되고 옷을 빨아야 할 때면 옷감을 세탁실에 두면 된다. 사회가 나를 필요로 한다면 나는 그만큼 대응하면 된다. 예비군 훈련에 가서 사격을 하고 나머지 시간은 다른 사람들이 사격이 끝나기만을 기다리면 된다. 내가 일찍 사격을 했다고 훈련이 끝나는 것도 아니기 때문이다. 절차와 흐름에 맞춰 사회에서 정해진 매뉴얼대로 따라가면 된다. 즉, 앞에 서서 끌어가지 않고 옆에서 쳐다보고 있을 뿐이다.

여행을 가면 먹고 자고 입고 빨래하는 것을 포함해서 모든 것을 혼자서 알아서 해야 한다. 혼자서 먹을 것을 찾아야 하고 저녁이면 혼자서 지친 몸을 누일 숙소를 구해야 했다. 피곤해서 만사가 귀찮으니 누가 나를 대신해서 밥을 가져오고 잠자리를 깔아줄 수 있냐고 부탁할 수 없다. 지치고 피곤해서 쓰러질 듯해도 내가 나서서 찾아 먹고 쉴 수 있도록 해야 한다. 그간 뒤에서 팔짱을 낀 채 어떻게 하나 두고 보던 방관자의 역을 끝내고 팔목을 걷어붙인 채 스스로 문제를 해결해야 한다.

여행은 여러 곳을 돌아다니지만 결국 나에게서 끝나는 여정으로 짜여진다.

내가 걸음을 옮길 때마다 시공은 나에게 길을 터준다. 나는 열린 곳을 통해 이곳저곳을 끊임없이 들락거린다. 내가 지나간 곳은 다시 내 앞으로 오지 못하고 계속 나의 등을 바라본다. 새로운 것을 찾아갈수록 지나간 것은 시선에서 멀어진다. 시선에서 멀어진 것은 사라지지 않고 가슴과 머리에 똬리를 틀고 자리를 잡는다. 뭔가가 가슴과 머리에 쌓이면 쌓일수록 여행에서 얻은 의미의 샘이 깊어진다. 의미들이 나에게 말을 건네기 시작한다. 나는 찍은 사진을 날짜별로 장소별로 정리하듯이 의미들을 나누고 합친다. 이로써 이전의 나는 여행을 통해서 새롭게 길어낸 의미와 하나가 되어서 새로운 나로 탈바꿈하게 된다. 여행이 멈추는 곳이 마지막 여정이 아니라 나의 가슴과 머리인 것이다.

나는 여행에서 돌아와 지치고 힘들 때마다 가슴과 마음속에 추억의 페이지를 펼치며 남몰래 웃음을 짓는다. "그때가 좋았어!"라는 말과 함께.

이런 여행과 가장 어울리는 것은 어떤 여행일까? 모든 일정이 결정된 단체 여행? 아니다. 좋은 기억을 만들기 위해 친구와 함께 떠나는 추억 여행? 아니다. 사업을 성사시키기 위해서 모든 준비를 하고 떠나는 사업 여행? 아니다. 아무래도 혼자서 떠나는 배낭여행이 제격에 어울릴 것이다. 이 여행 하면 한비야가 떠오를 것이다.

한비야의 선배가 없는 것은 아니다. 선배로는 불법을 배우기 위해서 서해를 건너 당나라를 다녀왔던 의상이 있고, 조선 성종 19년에 제주도에서 풍랑을 만나 중국 남부에 이르렀다가 베이징을 거쳐서 우리나라로 돌아와 《표해록(漂海錄)》을 썼던 최부 등이 있었다. 이제 여러분이 다가올 시대의 후배들에게 선배 역할을 수행해야 할 시간이다.

떠날 때 나의 몸을 지키는 물품을 배낭에 넣고 돌아올 때 나의 가슴을 채우는 의미를 담아오자.

인생이 풍성해지는 20가지 고생

고생 실습을 쓰면서 "편한 것이 좋은 거야!", "편리하다"라는 말을 줄곧 생각했다.

꼬치꼬치 따져보지 않으면 괜찮은 말로 보인다. 하지만 정색을 하고 따지면 "과연 그럴까?"라는 의문이 든다. 편한 것이 안 좋을 수 있고 불편한 것이 좋을 수도 있지 않을까? 차를 타고 다니는 것이 편하기는 하지만 건강에 좋은 것만은 아니다. 패스트푸드가 해 먹기에 간편하지만 몸에 좋다고 할 수는 없지 않은가? 달리기나 줄넘기를 오래하면 숨이 턱에 차올라 헉헉거린다. 숨쉬기가 너무나도 불편하다. 하지만 그렇게 되풀이해서 폐활량이 커지면 건강해진다. 따지고 보면 "편하다고 해서 꼭 좋은 것만은 아니다"라고 바꿔야 할 듯하다.

편리(便利)는 하기에 편하고 해보니 이롭다〔便而利(편이리)〕는 뜻이다. 그런데 편과 리가 꼭 순접으로만 이어질까? 편하고 또 이로울 수도 있고〔便而又利(편이우리)〕, 편하지만 이롭지 않고〔便而不利(편이불리)〕, 편하지 않지만 이롭고〔不便而利(불편이리)〕, 편하지 않고 이롭지도 않을 수 있다〔不便不利(불편불리)〕.

이렇게 '편'과 '리'를 네 가지로 갈라놓고 보니 이들이 각각 행복이나 불행과 연결되는 것도 단순하지는 않을 듯하다. 편리하면서 행복할 수도 있고, 편리하지만 불행할 수 있고, 불편하지만 행복할 수 있고, 불편하고 불행할 수 있다.

공자라면 편리와 행복에 대해서 어떻게 생각했을까?《논어》를 보면 그는 사람이 편리하면서 행복하게 사는 것을 결코 반대하지 않았다. 오히려 사람들이 그 길을 갈 수 있기를 바라 마지않았다. 그러나 현실에서 행복과 편리가 꼭 짝이 되는 것은 아니다. 그는 차선의 길로 하기에 불편하지만 삶에 이로울 수 있는 길을 찾고 불편하지만 행복할 수 있는 길을 걷고자 했다.

富而可求也, 雖執鞭之士, 吾亦爲之 부이가구야, 수집편지사, 오역위지
如不可求, 從吾所好 여불가구, 종오소호

부자를 목표로 삼을 수 있다면 차를 모는 한이 있더라도 나는 부자가 되려고 할 것이다. 하지만 만약 그렇게 할 수 없다면 나는 내가 좋아하는 것을 따르려고 한다. _ '술이' 중에서

다른 말은 몰라도 마지막 네 글자, 종오소호(從吾所好)만은 기억했으면 좋겠다. 이 구절이 있기에《논어》는 전통에 숨이 꽉 막힌 책이 아니라 개인의 자유를 허용하는 열린 책이 되었다. 이렇게 말할 수 있었던 것은 어린 시절의 가난이 그를 혹독하게 단련시키기는 했지만 그를 얼어붙게 하지 않고 또 남과 사회를 미워하게 만들

지 않았다는 것을 알 수 있다. 힘들어 숨이 막히지만 그 고생을 바탕으로 삼아 스스로 원하는 길을 걸어갈 수 있었던 것이다. 어린 공자를 성인 공자로 키웠던 것은, 그가 비껴가지 않고 정면으로 부딪쳤던 가난과 고생이었다. 그래서 당시 사람들은 공자를 두고 "가능하지 않다는 것을 알면서 코피를 흘려가면서 하려고 힘쓰는 자〔是知其不可而爲之者與(시지기부가이위지자여)〕"라고 불렀던 것이다.

인생은 고생(苦生)과 락생(樂生)이 릴레이하면서 수놓는 자수와 같다. 고생이 힘껏 뛰어와서 락생에게 바통을 건네줘서 락생이 바통을 놓치지 않고 굳게 잡아 앞으로 뛴다. 뛸 만큼 뛰고 나서 락생은 바통을 고생에게 건네준다. 이렇게 고생과 락생이 서로 밀어주고 당기면서 인생(人生)을 채우고 있다.

현대에 들어와 우리는 인생에서 이 고생을 쉼 없이 빼놓으려고 했다. 실현이 불가능한 것이다. 하나의 불편이 사라지자 다른 불편이 찾아와서 우리 주변을 서성거린다. 편리하려고 차에 의존하다 보니 비만이 우리를 더욱 불편하게 하고 우리의 건강을 위협하고 있다. 우리는 그 사소한 불편에도 면역력을 갖지 못해 우왕좌왕, 갈팡질팡하다가 불편을 받아들인다. 차를 버리고 걷기 시작한다.

산업화 시대는 불편과 고통을 사람의 적으로 설정하고 전쟁을 벌이듯 인생에서 추방시키려고 했다. 도시화, 문명, 위생 등으로 근대의 목표를 달성했다고 선언하려는 순간에 새로운 불편과 고통이 회견장의 문을 밀치고 후다닥 몰려든다. 그리고 묻는다. "불편이 없으니까 행복하던가요?"(콘크리트 아파트에 사니까 삶의 질이

높아지던가요?), "불편과 고통을 완전히 없앨 수 있던가요?"(위생을
철저히 하니까 면역력이 높아지던가요?), "오히려 불편과 고통을 없애
다 보니까 아주 사소한 것에도 너무나 심한 고통과 불편을 겪지 않
던가요?"

　이제 생활에 불편과 고통을 몰아낼 것이 아니라 그를 친구로 받
아들여 함께 갈 준비를 해야겠다. 그래야 생활의 고통만이 아니라
인생의 고통이 찾아오더라도 쉽게 허물어지지 않고 버텨낼 수 있
을 테니까! 고생이 주위에 없으면 고생을 사서라도 해보자. 고생을
통해 나를 넓히고 남을 이해하면 우리가 행복해질 수 있을 것이다.

나를 키우는 행복한 고생

이제 책을 마무리하면서 나는 스스로 물어본다. "나는 고생을 많이 했는가?", "고생이 나를 어떻게 키웠는가?"

나 스스로도 고생을 할 만큼 했지만 부모 세대가 했던 것에 비하면 새 발의 피도 되지 않는다. 또 고생 여부는 상대적인 판단이므로 힘겹게 사는 사람에 비해 고생을 하지 않았다고 할 수 있다. 다른 것은 몰라도 내가 한 고생은 나로 하여금 새로운 것에 도전하고 앞날에 희망을 품게 했다고 할 수 있다.

삼대의 신장을 따져보면 '부모 세대 〈 우리 세대 〈 자식 세대'의 순서가 된다. 고생의 크기로 보면 그 반대가 될 것이다. 물론 세대마다 자신들이 가장 어려웠다는 항변을 할지도 모른다. 하지만 사람이 개인적으로 느끼는 고생도 고생이지만 시대가 주는 고생을 무시할 수 없다. 필요한 게 모자랐던 부모 세대의 고생이 결코 적다고 할 수 없다.

나는 이 글을 통해 자식 세대가 이전 세대를 이해하고 또 반대로 이전 세대가 자식 세대를 이해하기를 바란다. 서로 한마음 한뜻이 될 수는 없다고 하더라고 다른 세대가 그렇게밖에 할 수 없는 정황을 이해하면 좋겠다. 서로 자기 세대를 기준으로 "저 사람들 왜 저래?"라는 적의를 줄이게 되기를 바란다.

산업화와 도시화의 시대에는 부모 세대의 모든 것이 오래되고 낡은 것으로 취급되었다. '시골'이라 하면 더럽고 지저분하고 누추한 곳이라는 색안경을 쓰고 바라보았다. 반면 '도시'라고 하면 깨끗하고 산뜻하고 아름다운 곳이라는 인상을 전달했다. 시골이 살길은 시골이기를 포기하고 도시를 닮는 수밖에 없었다. 시골은 이미 생명력을 잃은 중증 환자였다.

지금은 '시골' 하면 인간적이고 풋풋하고 정겨운 곳으로 여겨진다. '도시'라고 하면 복잡하고 아찔하고 충돌이 날카롭게 부딪치는 곳으로 여겨진다. 시골은 도시가 갖지 못한 무한한 생명력을 지닌 곳으로 높이 취급되고 있다. 이제 시골은 없앨 수 없는 소중한 곳으로 탈바꿈했다.

이로써 자식 세대가 우리 세대를 거쳐 부모 세대와 만날 수 있는 소통의 길이 생긴 것이다. 여간 반가운 일이 아니다. 이 길이 넓어져서 함께 느끼는 공감(共感)과 더불어 가는 동행(同行)의 장이 되기를 바라 마지않는다. 아울러 고생하더라도 그것이 희망으로 이어져 고진감래가 되어야 개인적으로나 사회적으로 살맛 나는 세상을 느끼게 되는 것이다. 고생하더라도 끊임없이 절망으로 이어진다면 고진감래는 책에서만 나오는 말이 될 것이다. 희망(希望)은 바라고 원한다는 뜻도 되지만 원하는 것이 드물다(없다)는 뜻도 된다. 그만큼 희망과 절망은 가까이에 있다는 뜻이리라. 이 책

266

이 고진감래를 죽은 말이 아니라 산 말로 만드는 데 보탬이 되기를 바란다.

이 책을 쓰기 위해서 뼈대와 목차를 잡느라 꽤 많은 시간을 들였다. 여러 차례 뜯어고치고 기워 틀을 세웠다. 목차가 정해지자 쓰는 것은 참으로 빠른 속도로 진행되었다.

일상과 강의를 위한 시간을 제외하고 생활 습관을 새벽형에서 올빼미형으로 바꿔가면서 글을 써내려갔다. 생각의 응결과 글쓰기의 효율을 중재시키기 위해서는 부득이한 선택이었다. 이제 다시 옛 습관으로 돌아가야겠다. 고생이 시작되는 것이다.

이 글은 내가 혼자 썼지만 같이 함께 살며 이야기를 만든 가족들이 있기에 가능했다. 새삼 부모, 형제와 주위 분들에게 고마움을 전한다. 그리고 원고가 책이 되기 전에 늘 함께 읽어주는 분들께도 고마움을 표한다. 특히 바쁜 시간 속에서도 원고를 읽어주고 틀린 것이 없다는 것을 확인해준 신미영, 신양미, 신용근 세 분에게 영광을 바친다.

2010년 4월 25일 새벽에 탈고하며

고생 실습 도우미

끼니의 소중함

· 월드비전(www.worldvision.or.kr) 〉 활동참여 〉 열린 기아체험 사이트 등

· 다일복지재단 '밥퍼나눔운동' (http://www.baffor.org) 사이트.

· 가시다 히데키 외, 이상술 옮김, 《세계에서 빈곤을 없애는 30가지 방법》, 알마, 2007.

· 김수현, 손병돈, 이현주, 《한국의 가난》, 한울아카데미, 2009.

· NHK 워킹푸어 촬영팀, 《워킹푸어》, 열음사, 2010.

· E. F. 슈마허, 골디언 밴던브뤼크 엮음, 이덕임 옮김, 《자발적 가난》, 그물코, 2010.

· 윤구병, 《가난하지만 행복하게》, 휴머니스트, 2008.

걷기 여행

· 말로 모건, 류시화 옮김, 《무탄트 메시지》, 정신세계사, 2009.

· 한국여행작가협회, 《대한민국 걷기 좋은 길》, 열번째행성(위즈덤하우스), 2009.

· 김영록, 양원, 《주말이 기다려지는 행복한 걷기여행: 전국편》, 터치아트, 2007.

· 김영록, 박미경, 《주말이 기다려지는 행복한 걷기여행: 서울, 수도권》, 터치아트, 2008.

· 서명숙, 《놀멍 쉬멍 걸으멍 제주걷기여행》, 북하우스, 2008.

· 이혜영, 《지리산 둘레길 걷기여행》, 한국방송출판, 2009.

· 메가쇼킹, 《탐구생활 4: 그대와 함께 하이킹》, 네이버 연재 웹툰

손이 나를 말한다

· 조은수, 이가경 그림, 《재주 많은 손》, 아이세움, 2009.

· 스기타 코이치, 안효주 옮김, 《요리의 비밀》, 여백, 2008.

· 한미옥, 《굽은 어깨, 거칠어진 손》, 소화, 2005.
· 양평 단월 고로쇠 축제, 여주 명성황후 생가 민속마을의 전통문화 체험관 등

나를 돌아보는 시간

· 장선우 감독, 안성기, 이혜영 주연, 〈성공시대〉(1988)
· 지자체 별 청소년활동진흥센터 누리집
· 정채봉, 《코는 왜 얼굴 가운데 있을까》, 샘터사, 2008.
· 바바하리 다스, 류시화 옮김, 《성자가 된 청소부》, 정신세계사, 1999.

오감을 깨우는 낭독

· 홍경수, 《여섯 살, 소리 내어 읽어라》, 21세기북스, 2008.
· 멤폭스, 공경희 옮김, 《아이랑 소리 내어 책 읽는 15분의 기적》, 랜덤하우스코리아, 2008.
· KBS 낭독의 발견 엮음, 《인생 낭독》, 달, 2008.
· 사이토 다카시, 황선종 옮김, 《독서력》, 웅진지식하우스, 2009.

소리를 살리는 침묵

· 한인현 작사, 이흥렬 작곡, 〈섬 집 아기〉
· 박지원, 《일야구도하기(一夜九渡河記)》, 《열하일기(熱河日記)》 〈산장잡기(山莊雜記)〉
· 필립 그로닝 감독, 〈위대한 침묵〉(2009 개봉)

내 안의 중심 찾기

· 박진표 감독, 김명민(루게릭병 환자 백종우 역), 하지원(장례 지도사 이지수 역) 주연, 〈내 사랑 내 곁에〉(2009 개봉)
· 월출산 구름다리, 대둔산 구름다리, 의령 구름다리, 가마골 생태공원(담양)의 흔들다리(현수교), 코끼리 코 돌리기, 물구나무서기
· 신정근, 《중용, 극단의 시대를 넘어 균형의 시대로》, 사계절, 2010.

세상에서 가장 무거운 짐

· 영화 오래보기 대회
· 전래동화 《소가 된 게으름뱅이》
· 권혁철, '라이프: 나는 잠꾸러기가 되련다', 〈한겨레 21〉 제449호(2003.03.05)

· 브루노 콤비, 이주영 옮김, 메비우스 그림, 《낮잠이 내 몸을 살린다》, 황금부엉이,
  2010.

산이 가르쳐주는 것
· 양희은, 〈한계령〉(1985)
· 최선웅, 《100명산 수첩》, 진선출판사, 2007.
· 엄홍길, 《8000미터의 희망과 고독》, 이레, 2003.

들과 섬이 가르쳐주는 것
· 안도현, 〈섬〉, 《그리운 여우》, 창작과비평사, 1997.
· 이정향 감독, 유승호(상우 역), 김을분(할머니 역), 〈집으로〉(2002 개봉)
· 대록산(서귀포시) 일대 유채꽃 길, 도갑사(전남 영암) 길목의 유채단지
· 하동 평사리 악양 들판(박경리 《토지》의 무대), 전남 김제 들판(조정래, 《아리광》의
  무대) (*김제 벽골제 터 바로 옆에 있는 농경문화 박물관 안에 '아리랑 문학비'가 있는데, "김
  제 들판은 한반도 땅에서 유일하게 지평선을 이루어내고 있는 곳"이란 조정래 선생의 글귀가
  새겨져 있다.)

길 위에 배움이 있다
· 선사, 역사, 자연사 박물관, 미술관, 전시회 관람 등
· 로버트 프로스트, 피천득 옮김, 《가지 않는 길》
· 신경림, 《길》, 창작과비평사, 2000.
· 고은, 《만인보(전11권)》, 창작과비평사, 2010.

머리가 아는 것과 몸이 아는 것
· 월터 윅, 박정선 옮김, 《물 한 방울》, 소년한길, 2002.
· 바즈켄 앙드레아시앙, 장 마르가, 이수지 옮김, 《물 부족시대가 정말로 올까?》, 민음
  인, 2006.
· 헬렌 켈러, 박에스더 옮김, 《헬렌 켈러 자서전》, 산해, 2008.

숲에 치유의 길이 있다
· 우리숲 누리집(www.woorisoop.org)
· 박범진, 《내 몸이 좋아하는 산림욕》, 넥서스BOOKS, 2006.
· 모리모토 가네히사 외, 산림치유포럼 옮김, 《산림치유》, 전나무숲, 2009.

· 김윤정, Kyomong 그림, 《아마존의 눈물》, MBC프로덕션, 2010.

갯벌에서 두려움을 배우다

· 대한민국공식 갯벌정보 포털 '갯벌정보시스템'(www.tidalflat.go.kr)
· 서해갯벌(*서해갯벌은 북해연안, 캐나다 동부연안, 아마존 유역연안, 미국 동부 조지
 아연안과 함께 세계 5대 갯벌지역이다.)
· 우연정, 파피루스 만화, 《Why? 갯벌》, 예림당, 2006.
· 이혜영, 조광현 그림, 《갯벌에 뭐가 사나 볼래요》, 사계절, 2004.

키우는 것의 보람

· 주말농장 누리집(www.weeknfarm.co.kr)
· 권오진, 《아빠의 습관 혁명》, 웅진주니어, 2006.
· 박순옥, 《주말농장 만들기 STEP. 29》, 파랑새미디어, 2009.
· 후지타 사토시, 남진희 옮김, 《베란다에서 키우는 웰빙 채소》, 넥서스BOOKS, 2006.

노동의 기쁨

· 김동재, 《노동법 140》(개정증보판), 시대의창, 2009.
· 위기철, 안미영 그림, 《청년 노동자 전태일》, 사계절, 2005.
· 박채란, 한성원 그림, 《국경 없는 마을》, 서해문집, 2004.

헤어짐은 만남을 소중하게 한다

· 김용택, 《참 좋은 당신: 마흔여덟 편의 사랑시와 한 편의 이별시》(개정판), 시와시학
 사, 2007.
· 웨인 다이어, 박상은 옮김, 《오래된 나를 떠나라: 옛 습관과의 이별》, 21세기북스,
 2009.
· 아즈마 야스시, 박정임 옮김, 기민혁 사진, 이윤미 그림, 《헤어짐의 심리학: 우리가
 이별하는 18가지 진짜 이유》, 21세기북스, 2010.
· 노명우, 《프로테스탄트 윤리와 자본주의 정신: 노동의 이유를 묻다》, 사계절, 2008.

장례식장에서 배우는 인생

· 이충렬 감독, 최원균, 이삼순, 〈워낭소리〉(2008 개봉)
· 이정국 감독, 최진실(정인 역), 박신양(환유 역), 〈편지〉(1997 개봉)
· 허진호 감독, 한석규(정원 역), 심은하(다림 역), 〈8월의 크리스마스〉(1998 개봉)

· 엘리자베스 퀴블러 로스, 이진 옮김, 《죽음과 죽어감》 이레, 2008.
· 미치 앨봄, 공경희 옮김, 《모리와 함께한 화요일》, 세종서적, 2001/살림, 2010.
· 아이라 바이오크, 곽명단 옮김, 《아름다운 죽음의 조건》, 물푸레(창현), 2010.
· 부위훈, 전병술 옮김, 《죽음, 그 마지막 성장》, 청계, 2001.

실패에서 배우는 법

· 호아킴 데 포사다, 앨런 싱어, 김경환 옮김, 《마시멜로 이야기》, 한국경제신문, 2005.
· 데이비드 핀처 감독, 브래드 피트(벤자민 버튼 역), 케이트 블란쳇(데이지 역), 〈벤자
  민 버튼의 시간은 거꾸로 간다〉(2009 개봉)
· 손무, 유재주 옮김, 《손자병법》, 돋을새김, 2007.
· 스티븐 코비, 김경섭 옮김, 《성공하는 사람들의 7가지 습관》, 김영사, 2003/개정증보
  2004.
· 하타무라 요타로, 윤정원 옮김, 《나와 조직을 살리는 실패학의 법칙》, 들녘미디어,
  2004.
· 필리프 사시에, 홍세화 옮김, 《민주주의의 무기, 똘레랑스》, 이상북스, 2010.
· 유성룡, 김흥식 옮김, 《징비록》, 서해문집, 2003.
· 법정, 《무소유》, 범우사, 1999.
· 켄 블랜차드 외, 조천제 옮김, 《칭찬은 고래도 춤추게 한다》, 21세기북스, 2003.

세계를 마주하다

· 제주도 사이버 삼다관(www.jejusamda.com) 바람관 〈 바람타는 섬 〈 바람과 표류 〈
  표해록
· 유홍준, 《나의 문화유산 답사기》 전3권, 창작과비평사, 1997.
· 한비야, 《지도 밖으로 행군하라》, 푸른숲, 2005.
· 한비야, 《바람의 딸, 우리 땅에 서다》, 개정판 푸른숲, 2006.
· 한비야, 《바람의 딸 걸어서 지구 세 바퀴 반》 전4권, 푸른숲, 2007.
· 토니 휠러, 모린 휠러, 김정우 옮김, 《론리 플래닛 스토리: 여행을 향한 열정이 세상
  을 바꾼 이야기》, 안그라픽스, 2008.
· 무라야마 하루끼, 김진국 옮김, 《슬픈 외국어》, 문학사상사, 1996.